お茶と探偵㉕

レモン・ティーと危ない秘密の話

ローラ・チャイルズ　東野さやか 訳

Lemon Curd Killer

by Laura Childs

コージーブックス

LEMON CURD KILLER
by
Laura Childs

This edition published by arrangement with Berkley,
an imprint of Penguin Publishing Group,
a division of Penguin Random House LLC.
through Tuttle-Mori Agency,Inc.,Tokyo

挿画／後藤貴志

レモン・ティーと危ない秘密の話

謝辞

サム、トム、エリシャ、ステファニー、サリール、M・J、ボブ、ジェニー、ダン、そしてバークレー・プライム・クライムおよびペンギン・ランダムハウスで編集、デザイン（なんてすてきなカバー！）、広報（すばらしい！）、コピーライティング、ソーシャルメディア、書店の営業、ギフトの営業、プロデュース、そして配送を担当しているすばらしい面々にあふれんばかりの感謝を。〈お茶と探偵〉シリーズを楽しみ、評判をひろめてくださったお茶好きのみなさん、ティーショップの経営者、数々のブック・クラブ、書店関係者、図書館員、書評家、雑誌の編集者とライター、ウェブサイト、テレビとラジオの関係者、そしてブロガーのみなさんにも心から感謝します。本当にみなさんのおかげです！

そして、セオドシア、ドレイトン、ヘイリー、アール・グレイなどティーショップの仲間を友人や家族のように思ってくださる大切な読者のみなさまにも感謝の気持ちでいっぱいです。本当にありがとう。これからもたくさんの〈お茶と探偵〉シリーズをお届けすると約束します！

主要登場人物

セオドシア・ブラウニング……インディゴ・ティーショップのオーナー
ドレイトン・コナリー……同店のティー・ブレンダー
ヘイリー・パーカー……同店のシェフ兼パティシエ
アール・グレイ……セオドシアの愛犬
ピート・ライリー……セオドシアの恋人。刑事
デレイン・ディッシュ……セオドシアの友人。ブティックのオーナー
ナディーン……デレインの姉
ベッティーナ……ナディーンの娘
ハーヴィー・ベイトマン……ナディーンの共同経営者
マーヴィン・ショーヴェ……ナディーンの共同経営者
メリアム・ショーヴェ……マーヴィンの妻。ファッションブランド店のオーナー
エディ・フォックス……制作会社の代表。撮影監督
サイモン・ナードウェル……アンティーク銃専門店の経営者
マーク・デヴリン……デザイナー
ジュリー・エイデン……インターン
エコー・グレイス……デザイナー

1

〝人生からレモンという酸っぱい果実を渡されたら、甘いレモネードを作ればいい〟。そんな格言があるが、セオドシア・ブラウニングはそれよりもいくらか独創的なアプローチをとった。彼女はいま、夢のようなレモンのお茶会を主催しているところだった。

頭に思い描いてみて。花柄の紗のドレスに身を包み、帽子をかぶり手袋をはめた南部レディが六十人。その全員が、何百個というきらびやかな白色光を張りめぐらせた本物のレモン畑という、おとぎ話のような会場でティーテーブルについている。絵葉書のように美しい、そうでしょ？　さらに、レモン風味のお茶の繊細な香りがただよい、大きなガラスのボウルには採れたてのレモンが山と積みあげられ、レモンのスコーンがひと品めとして出される。さらに目玉イベントのファッションショーがそろそろ始まるところで、見所たっぷりのランウェイの様子をあますところなく伝えようと撮影班が待機している。ひどくぴりぴりしたデザイナー、スタイリスト、ビジネスパートナーたちが裏であわただしく動きまわっているのは言うまでもない。

やるべきことは山ほどある。セオドシアにはそうとう荷が重い。チャールストンでも有名なチャーチ・ストリートにある、インディゴ・ティーショップという魅力あふれる自分の店でお茶を出すのと、今回のレモンのお茶会のような大がかりなイベントをさばくのとではまったく勝手がちがう。

「レモネードのピッチャーをもうひとつ取ってくれる？」セオドシアは若きシェフ兼パティシエのヘイリーに言った。「それと、そこにあるシルバーのアイスバケットもお願い」

セオドシアはサウス・カロライナ州唯一のレモン畑がある〈オーチャード・ハウス・イン〉の厨房で、顔にかかった鳶《とび》色の巻き毛を吹き払った。お茶のソムリエのドレイトン、シェフのヘイリー、それにヘルプの給仕係ふたりの協力を得て、料理とドリンクの準備を着々と進めている。コース料理のどの品も（ありがたいことに）予定どおりにできあがっている。少なくとも、そう見える。

「あの女性といると頭がどうかしてくるよ」ドレイトンはレモンバーベナ・ティーの茶葉を量り取りながら言った。天性の弁舌家である彼は、音節をひとつひとつ区切り、ていねいにリズムをつけて発音する。

「それってデレインのこと？」セオドシアは桃を思わせる健康的な肌と豊かな鳶色の髪にぴったりマッチしたクリスタルブルーの瞳でドレイトンを見つめた。ほっそりとしたアスリート体形のセオドシアはエネルギーの塊で、いつはじけてもおかしくない。

「デレインにカリカリさせられるのはいつものことではないか。いまに始まったことではない。そうではなく、彼女の横柄な姉のナディーンの話だ。けしからんにもほどがある。モデルたちをいびるだけでなく、撮影スタッフに対しても、ああしろこうしろとヒステリックにわめいているのだよ。名前はど忘れしたが、素人同然の撮影監督に対してもだ。仲違いしている様子や不機嫌な声がゲストのみなさんにも伝わってしまうのではと心配でね」

三段のトレイにロブスターのティーサンドイッチを盛りつけていたヘイリーが顔をあげた。

「いやな雰囲気になってるってこと？」ほっそりした体つきとブロンドの髪のヘイリーはものすごくキュートで、まだ二十代前半と若く、感受性がとても強い。

「そのとおり」ドレイトンは言った。

セオドシアがシンクの窓の外に目をやると、ナディーンがリタリンひと瓶でハイになったような様子で、両腕を振りながら走りまわっているのが見えた。

「ねえ、こうしましょう。あなたとヘイリーはスコーンとお茶とレモネードを持って会場をもうひとまわりして、そのあとティーサンドイッチを出してちょうだい。わたしはナディーンを落ち着かせてくる」

なにかと仲裁役にまわることの多いセオドシアとしては、トラブルはごめんだった。それにドレイトンがいつもの冷静さを失うのも困る。誠実な人柄の六十代の彼は、お茶のソムリエとしてセオドシアを支える存在で、めったに取り乱すことがない。けれどもきょうの彼は、パニック状態に少しずつ近づいていた。クリーム色のシルクのジャケットに淡いピンクの蝶ネクタイを合わせたその姿は、春のうららかな午後にふさわしく装った南部紳士そのものだ。服にはしわひとつなく、乱れた髪は一本もない。

セオドシアは芝生を突っ切っていきながら、顔を少し仰向け、暖かな陽射しを受けた。チャールストンとの境からほんの数マイルのところにあるジョンズ・アイランドのレモン畑でお茶会を開催するなんて、本当にいいことを思いついたものだ。完璧な厨房と充分な数の駐車場をそなえたプランテーション風の朝食つき宿《B&B》、〈オーチャード・ハウス・イン〉はうってつけの会場だった。しかも、ここにあるレモンの木はすべて宿のオーナーが海外から輸入して植え、食用に適した実がつくよう手をかけて育ててきたという。本当に驚くしかない。

セオドシアは仮設の更衣室として使っている白いテントの前を通り過ぎた。なかでは十人ほどの小食のモデルたちが、レギンスやホルターネックのトップスに細い体を押しこんでいるのだろう。つづいて小さな小屋の前を通ると、緑色のつなぎを着こんだ維持管理担当の職員が熊手をしまおうとしているのが見え、撮影監督が三脚に取りつけたカメラをあれこれいじっているのが目に入った。けっこう暑い日なのに、監督——たしか名前はなんとかフォックスだったはず——はダークグリーンのバーバリーのブレザーを着こみ、首にはリネンのスカーフをゆるく巻いていた。

セオドシアは思わずほほえんだ。アフタヌーンティーとファッションショーの撮影じゃなく、カンヌ映画祭で賞を受け取る準備をしているような恰好だ。

レモン畑に数歩足を踏み入れたところで、ようやくデレインとナディーンの姉妹が激しく言い争っているのが見えた。デレイン・ディッシュは顔を真っ赤にし、昂奮したホリネズミよろしく早口でわめきながら姉のナディーンを怒鳴りつけている。

「最初にランウェイを歩くのは、いちばん目を引く衣装のモデルと相場が決まってるの」デレインは声を張りあげた。「そのあと、徐々にデザイン重視のものを見せるのよ」デレインはチャールストンでも有名なブティックのひとつ、〈コットン・ダック〉のわがままなオーナーだ。また、この街の準セレブであり、噂話大好き人間であり、数え切れないほどファッションショーを手がけてきたベテランでもある。きょうはギャザースカートに体にぴったりした揃いのペプラムジャケットを着ていた。

むっつり顔で黄色いワンピースがあまり似合っていないナディーンは、妹の言葉には聞く耳を持たない様子だ。

「おふたりさん」セオドシアは姉妹の会話に割りこんだ。「なにか問題があったなんて言わないでよ」

デレインがくるりと振り返った。

「問題ですって？　ナディーンがかかわると、なにかしら問題が起こるのはいつものことでしょうに」

ナディーンの顔がいっそうけわしくなった。

「いつもいつもわたしを役立たず扱いしないでちょうだい」彼女はデレインをせせら笑った。「言っておきますけどね、〈レモン・スクイーズ・クチュール〉はわたしのプロジェクトで、わたしがクリエイティブ・ディレクターをつとめているの。だから、悪いけど引っこんでてちょうだい」

デレインはサイズ0の服が入るほどほっそりとした体形で、なめらかな黒い髪にハート形の顔をしているが、ナディーンはその正反対だ。短く刈りこんだ明るいブロンドの髪、ふくよかな体つき、しかも気分はデレインよりも変わりやすい。そんなことが可能だったらの話だけど。

「お願いだから、ふたりともいますぐ深呼吸をして」きょうはセオドシアが企画したお茶会ではあるけれど、姉妹の喧嘩をやめさせなければ、プロレスのレッスルマニアみたいになってしまう。

「だけど、タイミングってものが」デレインは言い訳を始めた。「不確定要素がこんなにたくさんあるのよ……すべてを完璧にしたいじゃない。お料理も、ファッションショーも……」

「いいから落ち着いて」セオドシアはなだめるような声を出した。「第一に、お茶会のことは心配しなくて大丈夫。ドレイトンもわたしもこれまで数え切れないくらいこなしてきてるのよ。それに、ファッションショーについて言えば、モデルさんたちは全員、すでに衣装に着替えて美しく変身し、ランウェイをさっそうと歩きたくてうずうずしているはず。すばらしいショーになる予感がするわ」

ナディーンはワックスで整えた眉をさっとあげ、ボトックスを注入しすぎた光沢のある唇を不愉快そうに引き結んだ。

「そうは言うけど、これはわたしにとってビッグチャンスなんですからね。チャールストン・ファッション・ウィークのキックオフイベントというだけじゃなく、わたしと共同経営者たちがはじめて開催する、〈レモン・スクイーズ・クチュール〉の本格的なファッションショーなの！」

セオドシアはため息をついた。〈レモン・スクイーズ・クチュール〉はスポーツウェア、またはナディーンが好んで使う言い方によればアスレジャーウェアの新ブランドで、きょう、レモンのお茶会でお披露目することになっている。

しかも、ハーヴとマーヴというふたりの共同経営者の急な思いつきで、土壇場になって撮影クルーに入ることが決まったせいで、現場は大混乱だった。〈レモン・スクイーズ・クチュール〉のウェブサイトで流す、見ていて楽しくてはつらつとしたファッション動画を作成すること自体は悪いアイデアではないものの、いかんせん、タイミングが遅すぎた。

セオドシアは腕時計に目をやり、頭の近くをのんびり飛んでいる蜜蜂を手で払った。

「ねえ、こうしましょう。ファッションショーの開始予定時刻まであと十分あるわ。デレイン、あなたはモデルたちの様子を見にいって。それからナディーン、あなたはちょっと休憩したらどう？　きょうはマスコミ関係者も来ているんでしょ？　その人たちと話をする前に、レモネードでも飲んで……」

「頭を冷やすことね」デレインがきつい調子であとを引き取った。

ナディーンは妹と言い争ったせいで、いらいらがおさまらず、〈オーチャード・ハウス・

イン〉の裏口まで歩いていった。怒りでかっかしていた彼女は一瞬ためらったものの、スクリーンドアをあけてひと気のない厨房に足を踏み入れた。なかはひろく、いくつもの金属製の棚にはシチュー鍋、たくさんのフライパン、シートケーキの型が並んでいる。大きなカウンターにはきょうのお茶会に準備したものの残りが置いてあった——あまった三段のトレイに、レモンのクリームスコーンを山のように積みあげてラップをかけた皿。青いクーラーボックス六個には、つい先ほどまで数え切れないほどのティーサンドイッチが入っていたが、いまは全部からになっている。さらには、缶入りのお茶、ティーポット、その他、お茶まわりの道具がところ狭しと散らばっていた。

ナディーンはお茶にもティーサンドイッチにも興味がなかった。いまはとにかく、煙草を一本吸って気持ちを落ち着けたかった。ここが禁煙だろうが関係ない。どうせばれっこないのだから。ティーショップの人たちは、お客をもてなすのに大わらわだし、おばかで高慢ちきな妹はファッションショーを自分のものにして、わたしの共同経営者に取り入ろうと必死なはず。ふん。デレインは昔から強引だった。

スカートのポケットに手を入れ、半分残っているマールボロ・ライトのパックを出して一本振り出し、火をつけた。むさぼるように吸い、ゆっくりと吐き出した。いらいらする気持ちとファッションショーに対する大きな不安を鎮めようとした。肩から力が抜けはじめ、ようやく気持ちが落ち着いてきたとき、厨房と大きめの客間とを隔てるドアの向こう側から言い争うふたりの声が聞こえた。

そこで好奇心を刺激され（ナディーンはふだんから好奇心旺盛だ）、共同経営者のハーヴとマーヴがまたものののしり合っているのかもしれないと考えた。足音を忍ばせて近づき、ドアに耳を押しあてたところ、聞こえてきたのは……。

またもや言い合う声だった。ねちねちと執拗で、しかもしだいにヒートアップしている。とはいえ、どちらの声もかなり低く、具体的な内容を聞き取るのはほぼ不可能だ。

わたしの話をしているのかしら？　ナディーンは妄想をたくましくした。ハーヴとマーヴのふたりとはあまり折り合いがよくなかった。ナディーンにはファッションやあらたな商品展開に関する知識が決定的に欠けているという事実に、ふたりはようやく気がついたのだ。化けの皮がはがれてからというもの、ふたりはなにかにつけてナディーンを怒鳴りつけ、わめき散らしてばかりいる。ナディーンにとっても気持ちのいいことではない。仕方ないじゃない。デザインもセールスもマーケティングも素人同然なんだから。ええ、履歴書を少しばかり（はいはい、ほとんど全部よ）でっちあげたのはたしかだけど、これでも役に立とうとがんばってるのよ。製造や販売に関する実際の知識がなくたってしょうがないでしょ？

耳をすまし、なんと言っているのかはっきり聞き分けたくて、ナディーンは体を近づけた。そうするうち、スイングドアに額がぶつかって、ギシッと大きな音がしてしまった。同時に、ナディーンはバランスを崩して——ああもう、いまいましいハイヒールのせいだわ！——よろけ、ドアにいきおいよくぶつかった。

ドアが大きくあき、ナディーンは客間に飛びこんだ。

照れ笑いを浮かべつつ、バランスを取り戻そうと両腕をぐるぐるまわしながら、ナディーンは部屋のなかのふたりに目をこらした。すぐに誰だかわかった。

「あら、やだ」思わず早口になった。「本当にごめんなさい。わたしはただ……」謝罪の言葉を半分ほど言ったところで、大きな黒いダッフルバッグに目がとまった。なかに詰まっているのは……。

うそでしょ。

とんでもなくまずいことになったのを察したナディーンは、さっさと退散するべく取り乱したように向きを変えた。

遅すぎた。

脚を必死に動かし、アドレナリンで血管がわき立つのを感じながら厨房に引き返す途中、先の尖ったものが後頭部にぶつかった。スズメバチのひと刺しのような、はっきりとわかる痛みが走った。ナディーンは驚いて大きな悲鳴をあげた。その直後、後頭部全体が燃えているような、耐えがたい痛みが襲ってきた。なにが起こったのかと考える余裕もなく、数え切れないほどの雑念が頭を駆けめぐるなか、彼女は大きな音をたてて床に倒れた。

永遠の眠りにつく直前、ナディーンが認識したのは、引きずりこまれる感覚だった。寒くて暗くてべたべたした場所に。

2

「気のせいだろうか、チャールストンの上品なご婦人のなかに、たくましいトラック運転手にもひけをとらないほど食欲旺盛な方が何人かいらっしゃるようだ」ドレイトンがセオドシアに言った。「いままたテーブルをひとまわりしてきたのだがね、ほぼ全員がレモンのスコーンのおかわりを所望されたよ。三個めがほしいとおっしゃるご婦人もいらしたくらいだ」

「だって、うちのスコーンは最高においしいもの」セオドシアは言った。「お客さまには内緒にしておいてほしいけど、ヘイリーはふっくらとして軽い口当たりを実現するために、ケーキ用の特別な小麦粉を使ったらしいの」

「喜ばしいことだ、もちろん。しかし、追加のレモンカードが必要だ」

「ひとつ走りして少し取ってくるわ」

セオドシアはくるりと向きを変え、〈オーチャード・ハウス・イン〉の裏口に向かった。足がいくらか急いているのは、ファッションショーがいつ始まってもおかしくなく、ほんのちょっとでも見逃したくないからだ。チャールストン・ファッション・ウィークの幕開けとなるお茶会を主催するなんて、そうそうあることではない。

レモンカードを出して、靴の形をしたガラスの小さな容器にすくい入れよう、とセオドシアは心のなかでつぶやいた。ヘイリーが予備の容器をいくつか詰めてくれていると助かるんだけど。

カウンターに置いた柳細工のバスケットをちらりとのぞいたところ、入れ物がちゃんとあるのが確認できた。ばっちりだ。

きょうのお茶会は、なにが起ころうとも計画どおりに進めなくてはいけない。

セオドシアはガラスでできた靴の形の小さな容器を六個、カウンターに並べ、ウォークイン冷蔵庫まで行って扉をあけた。

すると、とんでもないものが目の前に現われた。

遺体だった。冷蔵庫の床に。うつぶせ状態で両手両脚を大きくひろげ、レモンカードのボウルに頭をほぼ突っこんでいた。わたしのレモンカードに。

死んでいるのは誰？　セオドシアの頭に稲妻のように最初にひらめいたのはその疑問だった。すぐに頭を高速回転モードに切り替えた。そんな、うそでしょ。あのあざやかな黄色いワンピースには見覚えがある。ナディーンだ！

セオドシアははっと息を吸いこみ、口に手をやった。まばたきをし、ごくりと唾をのみこんでから、落ち着きを取り戻そうとした。いくらかなりともショックが静まるのを待った。

ここでいったいなにがあったんだろう？　セオドシアはべつに科学捜査の専門家というわけではないが、恐怖と好奇心の入り交じった目でナディーンの様子をうかがったところ、後頭部に小さな黒い穴のようなものが、ぎざぎざしていて縁に血がついた穴のようなものが見えた。後頭部というか、うなじのすぐ上のあたりだ。生きている望みはほとんどない。ナディーンはこの世を去ったと頭ではわかっていたが、それでもいちおうかがみこみ、手を震わせながら、ナディーンの首筋に指を二本、あてがった。

なにも感じとれなかった。脈拍も。頸動脈の熱も。息を吹き返す可能性は万にひとつもない。

セオドシアはナディーンの遺体から遠ざかったが、冷蔵庫の扉はあけたままにした。そして、このあとどうしたらいいか考えた。

やるべきことはわかっている。警察に知らせなくてはいけない。それから、お茶会とファッションショーを中断するのだ。

簡単にはいかないだろう。

それでも、やるしかない。

そうよ、とセオドシアは自分に言い聞かせる。さっさとやらなくちゃ。

携帯電話を手に裏口から飛び出すと、間の悪いことにデレインと鉢合わせした。というより、まともにぶつかったと言ったほうが近く、左肩がデレインの肩に激しく当たって、ふたりとも体が大きく揺れた。

「いったーい」デレインは不機嫌に叫んだ。「なんなのよ、もう」

「なかに入っちゃだめ」セオドシアは制した。

デレインは怪訝そうにセオドシアを見つめた。「なんでだめなの？」

「なんでって、ちょっと……問題が……」セオドシアはすでに携帯電話で緊急通報の九一一をタップしはじめていた。

デレインは鼻をぴくぴく動かして、渋い顔をした。

「ちょっと、なにしてんの？ 番号を三つタップしたわよね？ まさか、緊急通報の番号？」

セオドシアがその質問に答える間もなく、通信指令係が応答した。

「九一一です、どうなさいましたか？」

「人が亡くなりました」セオドシアは伝えた。それから息継ぎもせずに一気呵成にまくしたてた。「場所はボヒケット・ロードにある〈オーチャード・ハウス・イン〉。誰かよこしてください。警察とか、そちらで手配できる人を。大至急」

「人が亡くなった？」デレインが訊いた。「いったいなんの話？ 誰が死んだの？」

セオドシアはそれには取り合わず、通信指令係の話にじっくりと耳を傾け、内容の把握につとめた。

「バーニー保安官に無線連絡してくれるんですね？ ええ、ありがとう。保安官の到着を待ちます。郡の監察医もよこしてもらえますか？」セオドシアはそわそわしながらも、通信指令係の質問に集中したのち答えた。「いいえ、はっきりした死因はわかりませんが、銃で撃たれたように見えます……はい、あきらかに不審死と思われます。つまり、おそらくは……殺人ではないかと」

「殺人！」デレインが金切り声をあげた。

セオドシアは三十秒ほど通信指令係の冷静な声に耳を傾けたのち、言った。

「さあ、どうでしょう。やってみます。わかりました。敷地内から誰も出さないようにするんですね」

セオドシアが電話を切ると、デレインが手をのばしてきて腕をつかんだ。

「どういうこと？　人が死んだって言ったわね――しかも、殺人かもしれないって。誰が殺されたの？」

「ねえ、デレイン。ひとつ深呼吸してから、よく聞いて。気をたしかに持つのよ」

デレインの顔がたちまち曇った。

「なにを言ってるのかさっぱりわからないんだけど。まったく、なんなのよ、もう」

「殺人の被害者のことなんだけど、残念ながら、あなたのお姉さんなの。ナディーンだった」

小麦色のフェイスパウダーと頬紅を塗り重ねたデレインの顔が真っ青になった。額にしわを寄せ、せつない声を洩らした。

「冗談よね？　セオ、お願いだから冗談だと言って！」

「そう言えたら、どんなにいいか」

「うそよ、そんなのありえない。そんなわけ……」デレインはそこで全身が急速冷凍したか、エンジンが切れたかしたみたいに言葉を詰まらせた。その直後、白目をむいて、崩れるように地面に倒れた。

かくして、セオドシアはファッションショーを中止するという、気の進まない発表をおこなった。デレインはようやくもとのデレインに戻っていた。また、ナディーンの娘のベッティーナには、できるだけ慎重に母親の死が告げられた。

数分後、クレイ・バーニー保安官と保安官助手のふたり、それに救急隊員をふたり乗せた救急車が大音量のサイレンとともに到着した。

長身でやせ形、短く刈りこんだ白髪とごつごつした顔のバーニー保安官は、二十七年以上にわたってこの郡の保安官をつとめており、事故も殺人も死もたくさん経験している。

「彼女を動かしたか？」それが、彼がセオドシアに最初にかけた言葉だった。

「いいえ」セオドシアがそう答えるのと同時に、救急隊員がふたりのわきを猛然と通り過ぎた。救急隊員たちは膝をつき、無駄なのを承知でナディーンの気道、呼吸、脈拍を確認した。

「発見した時点で、彼女が死んでいるとわかったのか？」バーニー保安官は質問した。

「まちがいないと思ったわ」

「そうか」バーニー保安官は言うと、部下ふたりに目を向けた。「セス、ロスコー、おまえたちはここに残って現場を封鎖しろ。おれはあっちに行って、会の出席者たちから話を聞いてくる」

「承知しました、保安官」セスが言った。セスはサーファーのようなぼさぼさのブロンドの髪をした、冴えない感じの若者だった。ロスコーはクルーカットに刈りあげ、海兵隊から抜け出してきたばかりのように見えた。

セオドシアがファッションショーの中止をやんわりと伝えただけで失望をもたらしたのだから、バーニー保安官の言葉が、集まった人々からむき出しの敵意を向けられる結果となっても不思議はなかった。

「問題があったですって？　どんな問題なの？」ある女性がきつい口調で質問した。

「どうして全員が足止めされてるのよ？」べつの声が叫んだ。

ナディーンの共同経営者のひとりも声をあげた。「なにがあったか説明しろ！」

バーニー保安官ができるだけ遠回しに状況を説明すると、客は静かになった。ナディーンが殺害されたという知らせに全員が暗澹《あんたん》たる気持ちを抱いたようだ。多くの人が目頭を押さえ、なかには悪党集団がここへの襲撃をくわだてているかもしれないとばかりに、周囲を心配そうにうかがう人もいた。

デレインはテーブルについて何度も洟《はな》をすすり、ナディーンの共同経営者のハーヴとマーヴはうろうろしては小声でなにやら話し合い、モデルたちはぼんやりと煙草をふかしていた。

セオドシアは母親の死を嘆くベッティーナをなぐさめると同時に、〈オーチャード・ハウス・イン〉のオーナーのアンドレア・ウィルツにとんでもない出来事の一部始終を説明するのに大わらわだった。

十分後、ぴかぴかの黒い鑑識の車が到着し、乗っていたふたりはさっそく白い防護服を着た。そのうちのひとりがバーニー保安官と握手をして言った。

「こちらでの作業が終わったら、被害者をチャールストン検死事務所に搬送します。先方とそういう契約を結んでいますので」それから三人揃ってB&Bのなかに姿を消した。

ドレイトンがセオドシアににじり寄った。「きみに話しておかなくてはならんことがある」

「どんなこと?」

「きょう、ナディーンが撮影監督のエディ・フォックスと激しく言い合っているのを聞いてしまったのだよ」

「どういうこと?」

セオドシアは片方の眉をあげた。

「要するにだね……」

「フォックスさんがナディーンを殺した犯人だと言いたいの?」

ドレイトンは肩をすくめた。「うむ、なんとも言えんな。ちょっと思っただけだ。もっとも、〈レモン・スクイーズ・クチュール〉にかかわっている全員がナディーンの首を絞めてやりたいと、ひそかに思っていたように感じられてね。きょうは一日、彼女がひどく辛辣で尊大だったことや、他人に対する扱いがひどかったことを聞かされていたのだよ」

セオドシアは集まった人たちを見て、いったい誰がナディーンを殺したのだろうかと考えた。ううん、正確に言うなら、誰がナディーンを撃ち殺したのか、だわ。ここにいる誰かが銃を隠し持っているにちがいない。そうよね? あるいは、すでに森のどこかに捨てたのかもしれない。森でなければ、ボヒケット川の付近に。

それにナディーンはいつ殺されたのだろう？

セオドシアは必死に考えた。デレインとナディーンとわかれてから、冷蔵庫でナディーンの遺体を見つけるまでの時間は九分か十分というところだ。それだけあれば、いろいろなことが起こった可能性がある。実際、いろいろなことが起こったのだ。

犯人はまだ敷地内にいるのだろうか？　いまこうして肩と肩を触れ合わせて立っているなかの誰かなの？　それとも外から入りこんできたの？　ここに忍びこむのはたやすいし、お茶の提供と撮影クルーが忙しく動きまわっていることを考えればなおさらだ。お客、モデル、スタイリスト、メイクアップ・アーティストの存在は言うまでもない。まさしく楽勝だったにちがいない。

セオドシアは思わず身震いした。しばらくぼんやり考えた末、電話に手をのばしたものの、すぐに思いとどまった。再検討したのち、けっきょく電話をかけた。

「やあ」温かみがあって心地よいピート・ライリーの声が耳に飛びこんできた。発信者番号を確認したから、かけてきたのがセオドシアだとわかったのだろう。ガールフレンドであり、セーリング仲間であり、グルメ仲間のセオドシアからの電話だと。

「信じられないことが起こったの」セオドシアは言った。

「おしゃれなお茶会が雨でだめになったとか？」

「窓から外を見てごらんなさいな。黒い雲が見える？」

「全然。チャールストン港をながめたところ、たしかにお日様が照っているようだ」そこでいったん間をおいた。「で、なにがあったんだい？　どうしたんだ？　声が変だよ」

「デレインのお姉さんのナディーンを覚えてる？」

「一度だけ会ったことがある。もうこりごりだけど」ライリーは言った。「あんなにテンションが高い人はぼくの感覚に合わないよ」

「もう、そんな思いをすることはないわ。ナディーンは殺されたの」

「なんだって！」ライリーは叫んだ。

レモンのお茶会

セオドシアとドレイトンのようにレモンのお茶会を開催してみませんか(ただし殺人はなしで)。黄色いランチョンマット、黄色が使われている陶磁器、黄色いタンポポかキズイセンの柄のポットなどでテーブルを飾りましょう。最後の仕上げに、大きなガラスのボウルを用意して、そこに生のレモンをたくさん入れておきます。レモンのいい香りがただようなかで、まずはレモンのスコーンを召しあがっていただき、ふた品めにはオランデーズソースをかけたエッグズ・ベネディクトを。ティーサンドイッチは少し趣向を変えて、イチゴと山羊のチーズのブルスケッタをどうぞ。メインディッシュにはレモンチキンを召しあがっていただきましょう。〈キャピタル・ティーズ〉ならレモン・ドロップ・ティーがありますし、〈グレイス・ティー・カンパニー〉からはレモン・バーベナ・スイート・リモネットというお茶が出ています。紅茶か白茶を出すなら、薄くスライスしたレモンをたくさん、テーブルに用意するのを忘れずに。レモンのバークッキーはこの会の締めくくりにぴったりのデザートです。

3

ピート・ライリーはチャールストン警察の殺人課に所属する二級刑事だ。興味深い殺人事件のにおいを嗅ぎつけると、奮い立ってつい目を向けてしまう性格なのを、セオドシアはよく知っている。

セオドシアは咳払いした。「だから、ナディーンが……」

「そうじゃない、そこはちゃんと聞こえた。でも……いきさつは？　犯人は？」

「犯人は」セオドシアはゆっくりと言った。「レモンのお茶会の参加者かもしれない。あるいは、ファッションショーの撮影《シュート》スタッフの誰かとも考えられる。そうでなければ、たまたま迷いこんだ異常者が彼女の見た目が気に入らなかったのかもしれない」

「その可能性は低いだろう」ライリーは言った。「ナディーンはどうやって殺されたのか教えてくれないか？」

「わたしから聞いたなんて言わないでほしいけど、後頭部を小口径の銃で撃たれたみたい」

「なるほど。だから、ファッションショーの発砲《シュート》というのか」

セオドシアは笑いたかったが、笑わなかった。体の奥でゆっくりと大きくなっていく不安

の塊を蹴散らしたくてたまらなかった。台なしになったお茶会、殺害された女性、悲しみにくれる妹と娘。

「力になってはもらえないわよね」彼女は言ってみた。

ライリーの声が瞬時に真剣なものになった。

「いや、力になることはできるよ。だから、ぼくに電話してきたんだろう？　いまからそっちへ行って、手を貸そうか？」

セオドシアはすばやく考えた。ここはライリーの管轄ではないけれど、彼には人を不快にさせないだけの頭がある。それに、充分な訓練を受けている刑事で、頼りになる存在だ。

「そうしてくれるとうれしい」セオドシアは意を決して言った。


ピート・ライリーはいつもながら、落ち着きはらっていた。衝撃と不安が渦巻いている状態なのに。二十分後、到着した彼はセオドシアを抱きあげた。

「来てくれてありがとう」ぎゅっと抱き締められたとき、彼があらたに手に入れた二二口径のグロックが体に強く押しつけられた。なんだか……安心できる。

ピート・ライリーはうなずいて、彼女の頭のてっぺんにキスをした。彼は悲惨な事件に対処するのにも、殺人などの深刻な事件を捜査するのにも慣れている。三十七歳の彼はチャールストン警察の前途有望なる刑事のひとりであり、背が高く、ひたむきな性格で、筋のとおった鼻と高い頬骨、コバルトブルーの瞳をしている。そんな彼をセオドシアはピートではなくライリーと呼び、彼のほうはセオと呼んでいる。ふたりにとって、そう呼び合うのがごく自然だった。そして、そんなつき合いもかれこれ二年になる。

セオドシアが厨房のドアをノックすると、バーニー保安官がドアをあけて顔を出した。チャールストン警察の刑事を紹介されて驚いたかもしれないが、保安官はそれを顔に出さないだけの礼儀をわきまえていた。ライリーの登場を歓迎しているそぶりすら見せた。

「被害者を発見するにいたったいきさつを、もう一度説明してもらいたい」

バーニー保安官はセオドシアに言った。厨房は人であふれていた。保安官、ピート・ライリー、セオドシア、保安官助手、救急隊員、それに鑑識の職員がふたり。ドレイトンまでもがなかに入る許可をせしめたようだ。鑑識の職員が照明をポールに取りつけ、いくつかのものに赤いテープで印をつけ、あたりをビデオにおさめ、スチル写真を撮影し、繊維、毛髪、痕跡証拠がないかと現場を確認している。

しかし、まだ遺体を運び出してはいなかった。気の毒なナディーンはいまも、ぬいぐるみのように手脚を投げ出した恰好でレモンカードに顔を突っこんだままだ。

「ウォークイン冷蔵庫をあけたら、彼女が見えたの。レモンカードに顔を突っこんだ状態だった」セオドシアはナディーンの周囲に飛び散ったどろりとした黄色い物体に目をやった。そうとういきおいよく倒れこんだらしい。

「彼女はなにか取ろうと思ってあそこに入ったのかな？」ライリーが訊いた。

「ちがうと思う」セオドシアは言った。「撃たれたあと、厨房の床を引きずられたように見える。ほら、あそこを見て。彼女の靴がある場所に赤いテープで印がついてる。ハイヒールが片方、脱げたんでしょう。ということは、揉み合いがあったにちがいないの。ナディーンが……」セオドシアは目もとをすばやく拭った。「ナディーンが取り押さえられ、撃たれたときに。そして、冷蔵庫に無造作に放りこまれたんだわ」

「ナディーンはなぜ厨房にいたんだ？」バーニー保安官が質問した。

「床に煙草が落ちてました」鑑識のひとりが言った。「少し吸ったようですが、揉み消したようには見えません。被害者はこっそり煙草を吸いに来たのでしょう」

「煙草を吸いに厨房に入ったのか。きみが用意した料理が置かれているというのに」ライリーが言った。

セオドシアはため息をついた。「ナディーンに分別を求めてもだめよ」

ドレイトンはいまもって、この事件を理解できていなかった。

「あんなふうにレモンカードに突っこんだということは、ナディーンは気を失って溺死したということかね？」

バーニー保安官が首を横に振った。「床に倒れたときにはすでに死んでいたと思われる。いや、正確に言うなら床ではなく、あのボウルに入った……あんたらはあれをなんと呼んでるんだ？　レモンハーブ？」

「レモンカード」ドレイトンがむっつりと言った。

バーニー保安官はかぶりを振った。「そうか。はじめて聞く名前だ」

「誰も彼女の命を奪った銃声を聞いてないの」セオドシアは言った。

「驚くほどのことじゃない」バーニー保安官は言った。「おそらく犯人は消音器を使ったんだろう」

「それって一般的なものなの？」セオドシアは訊いた。

「ごく一般的なものだ」バーニー保安官は答えた。

鑑識職員のひとりがひらりと冷蔵庫のなかに入り、手袋をはめた手でナディーンの後頭部を手探りした。「ざらざらしてます。至近距離で撃たれたんでしょう」

「なんとおそろしい」ドレイトンは言い、顔をそむけた。

セオドシアも背筋が寒くなるのを感じた。犯罪そのものにも、その冷酷非道さにも。

「火薬の残留物の検査はできる？」彼女は訊いた。

「パラフィン検査ですね」保安官助手のセスが言った。

「容疑者がいるならできる」バーニー保安官が言った。「しかし、ここにいる全員を検査するとなると、全部で七十人以上になるだろうから……やみくもにやるわけにはいかんだろう。相当の理由がなくてはな」

「あるいは、裁判所命令が必要ね」セオドシアは言った。「たしかにそこが問題だわ」

「セオドシア」ライリーが警告するような声で言った。「先走ったことは言わないほうがいい。というか、いっさいかかわらないほうがいい」

「そんなつもりはないわ。ただ……興味があるだけ。だって、どうしてナディーンなの？

彼女はいったいなにをして、こんなふうに殺されたの？」

「それは捜査であきらかにすればいいことだ」ライリーがたしなめた。

ドレイトンがあらためて遺体のほうを向き、顔をしかめてから言った。

「弾はいまも彼女の体内にあるのかね？」

「たぶんな」バーニー保安官は言った。「だが、そいつは監察医にまかせればいい」

「それにしても見事に命中してますね。被害者にとっては不意打ちだったんでしょう」鑑識職員のひとりが言った。

「ちがう」セオドシアは否定した。「そうじゃない。ナディーンはまずいことになったと悟って、逃げようとしたのよ」

「そう推理する根拠は、彼女の靴が片方、脱げていたからか？」

「それもあるし、あとはわたしの勘」胸の奥でものすごくいやな予感がしていたが、とりあえず、自分だけの秘密にしておくことにした。


名前と住所が書きとめられ、かなりの数の人たちが話を聞かれると、きょうはこれで終わりにする以外、やることはほとんど残っていなかった。お客は不安と怒りの入り交じった様子でぞくぞくと自分の車に引きあげていき、撮影スタッフは機材をまとめ、モデルたちはおんぼろのステーションワゴンに一斉に乗りこんだ。

セオドシアはナディーンの娘のベッティーナに声をかけてなぐさめようとしたが、デレインは少しでもはやく姪をチャールストンに連れて帰りたがった。セオドシアはナディーンの共同経営者であるハーヴィー・ベイトマンとマーヴィン・ショーヴェとも話をしたが、ふたりとも事件に大きなショックを受けていて、さっさとこの場を立ち去りたいようだった。

ほぼ全員がいなくなったころ、監察医が黒いバンで到着した。彼は助手を引き連れて厨房に入っていき、ナディーンの遺体を黒いビニールの死体袋に慎重におさめ、乗ってきた車に積みこんだ。

ライリーがバーニー保安官と立ち話をしていたので、セオドシアは最後にもう一度現場を見ようと、厨房に引き返した。

鑑識職員のひとりがちょうど、レモンカードが入ったボウルを手に取ったところだった。

「レモンカードも押収するの？」セオドシアは訊いた。

鑑識職員はうなずいて、大きなビニール袋にボウルを入れた。「証拠ですから」彼はあたりを見まわした。「もう、ここのものは片づけてもかまいません。あとは最後にもう一度、隣の部屋を捜索します」

セオドシア、ドレイトン、ヘイリーが皿、トレイ、それに食べ物の残りをすべて詰め終えたときには、遅い時間になっていた。セオドシアとドレイトンは作業の手を休めることはなかったが、ヘイリーは何度となく冷蔵庫のほうをちらちら盗み見ていた。

とうとう彼女は言った。「あそこに入ってるスコーンの残りはとっておかないよね？」

「当然ではないか」ドレイトンはぶるぶると体を震わせた。「あそこにあるスコーンは殺人事件現場にあったものなのだぞ」

「じゃあ、あとで回収して、鳥にあげることにしようっと」ヘイリーは言った。

「さっきデレインとベッティーナと話をしていたようだが。ふたりはナディーンの死をどう受けとめているのだね？」ドレイトンはセオドシアに言った。

「かなりつらそうだった」セオドシアは言った。「デレインはナディーンに冷たい態度をとったものだから、大きな罪悪感を抱えてる。ベッティーナはお母さんが亡くなって、ただただ悲しみにくれていた」

「かわいそうなベッティーナ」ヘイリーはそう言うとクーラーボックスをふたつ持ちあげ、ドアの外に出した。「本当に気の毒でならないわ」

「わたしもだよ」ドレイトンはティーカップ六個を気泡緩衝材でくるみ、ボール紙でできた大きな箱にしまった。「また戻って、残りを取りにくる」彼は言うとボール紙の箱を持ちあげ、ヘイリーのあとを追って外に出ていった。

セオドシアはその場に突っ立ったまま、あたりを見まわした。冷蔵庫のドアはいまもあいた状態で、レモンカードが入っていた容器の蓋が床に落ちている。拾いあげようとして、考え直した。ううん、このままにしておこう。たいしたものじゃないんだし。

「おや、大丈夫かい？」

振り返ると、ライリーが見つめていた。

「ええ、なんとか、わざわざ来てくれてありがとう」

「家まで車でついていこうか？　落ちこんでるようなら、少し一緒にいてもいいし」彼はセオドシアにほほえみかけた。「気晴らしになるかもしれないだろ」

「ううん、わたしなら大丈夫」

「そうか、わかった。気をつけるんだよ」彼は軽くキスをして帰っていった。

セオドシアはもう一度厨房をながめまわすと、暮れかけた空のもとに足を踏み出した。

4

「きのう、あんな不運に見舞われたとは、いまだに信じられんよ」

月曜の朝を迎えたインディゴ・ティーショップで、ドレイトンは命綱をつかむようにティーカップを強くつかみ、テーブルをはさんで向かい合うセオドシアとヘイリーに訴えた。

「実際には、不運に見舞われたのはナディーンだけどね」とヘイリーが返す。

「ヘイリーの言うとおりよ」セオドシアは言った。

ドレイトンはため息をついた。

「そうだな。だが、せっかくのお茶会が台なしになってしまったことがつらくてたまらんのだよ。あれだけ苦労して準備したというのに、それが水泡に帰してしまったのだからね。きのうのお客さまはきっと、われわれに最悪の評価をつけたにちがいない」

「そうじゃないかもよ」セオドシアは言った。「全額返金を希望されなかったお客さまにはお詫びの品を差しあげたの。今度の土曜日に開催されるティー・トロリー・ツアーのチケット」

「それで納得してもらえたの？」ヘイリーが訊いた。

セオドシアはほほえんだ。

「ティー・トロリー・ツアーに参加すると、歴史地区にある三つの異なる場所をめぐって、お茶のコースがいただけると説明したら、チケットを受け取った方はみんなとてもうれしそうにしていたわ」

ヘイリーはセオドシアに向かって指を立てた。「さすが、頭がいいわね、ボス」

「ああいう状況だったんだもの、そのくらいはしないとね」

ドレイトンが大きく息を吐き出した。「状況か。容疑者は誰かという問題を避けているような言い方だな。犯人はいったい……?」

「さあ」セオドシアは言った。「それを突きとめるのはバーニー保安官の仕事よ」

「でも、ライリーが来てくれてよかったね」ヘイリーが言った。「鋭い質問をいくつかしたし、みんなを落ち着かせてくれたもの」

「来てくれたのは本当によかったけど、あそこは彼の管轄じゃないわ」セオドシアは言った。「だから、おおっぴらにあの事件を捜査するわけにはいかないの」

「それはなんとも残念だ。彼の能力は必ずや役にたつはずなのだが」ドレイトンはいつも五分遅れているアンティークのパテックフィリップの腕時計に目をやった。「おっと、まもなく九時になるぞ、おふたりさん。お客さまがいついらしてもおかしくない」

セオドシアはダージリンの最後のひとくちを飲みほして立ちあがった。

「おもてに札を出してくる」彼女は〝営業中　お茶と軽食をどうぞ〟と飾り文字で書かれた

小さな手書きの札を手に持ち、正面の入り口から外に出た。ドアの左にある真鍮《しんちゅう》のフックに札をかけたちょうどそのとき、うしろから足音が聞こえてきた。つづいて、忍び泣きの声が耳に届く。なんだろうと振り返ると、デレインが立っていたのでセオドシアは驚いた。

「デレイン……どうしたの、急に」けわしい顔で石像のように突っ立ち、白いリネンのハンカチを鼻に押しあてているデレインをセオドシアは見つめた。デレインはすっきりとした仕立ての黒いスカートスーツにピンクのブラウスを合わせ、手には揃いのバッグ、黒いピンヒールを履いているせいで、体が少しぐらぐらしている。耳のダイヤモンドのスタッドピアスがきらきら輝いていた。

「セオ」デレインは口をひらいた。「こんなときに頼れるのはあなたしかいないの。信頼できるのはあなただけなの」

セオドシアはデレインの肩に腕をまわして引き寄せた。

「お姉さんのことは本当に残念だったわ」

デレインはまたも小さくすすり泣いてからうなずき、目もとを拭った。

「ええ、セオ。気遣ってくれてありがとう。ナディーンとあたしが必ずしも仲がよかったわけじゃないのを、あなたは誰よりもよく知ってるわよね。というか、仲がよかったことなんか一度もなかったんだけど。でも、自分の姉があんなふうに殺されるなんて……無慈悲に撃ち殺されるなんて……しかも、自分のファッションショーがおこなわれる会場で。そんなの、とてもじゃないけど耐えられない」

「なかに入りましょう」セオドシアはうながした。「おいしいお茶を飲んでいってちょうだい」彼女はドアをあけ、店内に向かって声をかけた。「ドレイトン？　気つけがわりのお茶をなにかお願いできる？」

ドレイトンはデレインの様子を見てとると、うなずいてさっそく手を動かしはじめた。

セオドシアは小さなテーブルのひとつにデレインをすわらせ、自分はその正面にすわった。彼女の手を取って、ぎゅっと握る。「きっといつかは乗り越えられるわ、ハニー」

「そうね」デレインはあまり確信がなさそうに言った。

「ベッティーナの様子はどう？」デレインは姉との折り合いがさほどよくなく、しょっちゅう悪口を言っていたのはセオドシアもよく知っている。けれどもベッティーナとなると話はまったくべつだ。まだ二十代前半と若く、母親が非道な殺され方をした事実に大きなショックを受けているのはあきらかだ。

「ベッティーナは……なんとか耐えてるわ」デレインは言った。「あの子なりに」

気の毒なベッティーナは悲しみのあまりすっかり取り乱しているという意味だろう。

「きのうのベッティーナはひどく気が動転しているように見えたわ」セオドシアがそう言ったとき、ドレイトンが中国産の白地に青の柄のティーポットと揃いのカップを持ってふたりのテーブルにやってきた。

「ネパール産の烏龍茶だ。蜂蜜の香りがする、こくのあるおいしいお茶だ。それに、体を温めてくれる」

「ありがとう」セオドシアが小声でお礼を言うと、ドレイトンは入り口近くのカウンターに戻り、ティーポットを並べる作業を始めた。

セオドシアはお茶をカップに注ぎ、デレインのほうに押しやった。

「飲んで。少しは気分がよくなるから」

デレインは両手でカップを包むようにして持ち、豊かな香りを吸いこんだ。

「いまはまだ、なにをしても気分がよくなるとは思えないわ」

「いまも軽いショック状態にあるせいよ。でも、それもいずれは薄らいでいく。しかも、あなたが思っているよりも早いかもしれない。さあ、飲んで。これはドレイトンのお気に入りのお茶のひとつなの。心を静めてくれる効果があるんですって」

デレインは少しだけ口に含んだ。「うん、たしかに。とてもおいしい」

「お姉さんの死を乗り越える時間を作らなきゃだめよ。セルフケアにつとめなきゃ」

「それよりも、少しばかり財務のセルフケアをしないと」デレインは言った。

「どういうこと？」

「あなたは知らないでしょうけど、セオ、〈レモン・スクイーズ・クチュール〉に投資するお金をナディーンに渡したのはあたしなの」

「全然知らなかった」いつもすっからかんのナディーンが、事業に投資するお金をどうやって工面したのか、セオドシアも心のうちで気になっていた。そういうことだったのか。

「あたしが必死に働いて貯めたお金なのよ」デレインはつづけた。「ナディーンがすかんぴんだったのはセオもよく知ってるでしょ。それも昔からずっと。投資したお金をどうやって回収すればいいっていうの！」彼女は手首を返し、そのせいで、つけていたショパールの腕時計におさまったダイヤモンドがゆらゆら揺れ動いた。

「共同経営者のふたりに訊いてみたら？」

デレインは鼻にしわを寄せた。「そんなこと、もうとっくにやったわよ。きのう遅くに、ハーヴとマーヴのふたりと話したんだから。のらりくらりと逃げるばかりだった。だから、きょうの朝いちばんに保証金を出してくれた銀行に電話をかけたの。そしたらフランク・ウエッツエルっていう意地の悪い銀行員ときたら、あたしと話そうともしないんだから」

デレインがまたも洟をすすると、大粒の涙が頬を伝い落ちた。

「なんとかなるわよ」セオドシアは励ました。「まともな弁護士を雇えば……」

デレインは首を横に振るばかりだった。

セオドシアはとりあえず、お金のことから話題を変えることにした。

「そもそも、ナディーンはどうしてファッション業界の人たちとかかわるようになったの？」

デレインはおどけたように顔をしかめた。「もう、あたしったら、なんてばかなのかしら。あんな人たちと組んだなんて。何ヵ月か前、ナディーンが訪ねてきたことがあって、いつものように、なにをするでもなくぶらぶらしてたんだけど、そのうち、あたしが〈コットン・ダック〉の発注をしているのに興味を持ちはじめたの。で、いろいろあって、自分なりの人脈を築きはじめたってわけ」

「ファッション業界における人脈ね」

「そういうこと」デレインは鼻で笑った。「なにもかもおじゃんになるなんて、あたしにわかるわけないでしょ？　ナディーンに支援の手を差しのべなきゃよかった。あんなにお金を貸さなきゃよかった」彼女はティーカップに手をのばしたが、ピンクのシャネルのバッグのなかで携帯電話が鳴り、ぎくりとした。「びっくりさせないでよ、もう！」うわずった声でそう言うと、胸を手で押さえた。携帯電話を出して発信者を確認し、渋い顔になった。

「なにか問題でも？」セオドシアは訊いた。

「そうかも」デレインは電話を耳にあてがった。「もしもし？」早口で言った。「いまの時点で話し合うことはあまりないと思うけど……ん？」デレインは唇をとがらせ、ふいに口をつぐむと、相手の言葉に聞き入った。「いまなんて言ったの？　もう一回、言ってくれる？」彼女は目をきょろきょろさせていたが、動揺はしだいにおさまっていった。「あら、そうなの？　まじめな話……ううん、それは考慮に入れてなかったわ……そうね、やってもいいわよ。それで投資したお金がいくらかでも戻ってくるなら」涙は魔法のように乾き、態度も急激によくなっているように見える。「ええ、今夜のファッション・ダズル・ショーで？　なんとかなると思うけど。というか、喜んでやらせてもらうわ。わかった、じゃあ、また。ええ、あなたもね」

デレインは電話を切った。しばらく携帯電話をじっと見ていたが、やがてバッグにしまった。

セオドシアはデレインを見つめた。「いい知らせだったみたいね」

「ものすごくいい知らせよ」デレインは口もとを小さくゆがめてほほえんだ。「電話はマーヴィン・ショーヴェからだったの。ほら、ナディーンの共同経営者の片割れで、ブロード・ストリートにある〈ショーヴェ・スマートウェア〉っていうお店もやってる人」

マーヴィン・ショーヴェとはきのう会っている。長身で白いものの交じった髪の紳士で、落ち着きなくうろうろ歩きまわっていた。とんでもない事態になる前から。ナディーンが殺される前から。

「ミスタ・ショーヴェからなにを打診されたか、絶対にわからないと思うわよ」デレインは言った。

デレインの態度がまったくちがうものになっていたことから、なにかあったのだとセオドシアは察した。たしかに彼女は気が変わりやすいことで有名だけれど、この変化はあまりに唐突だ。さっきまで不機嫌な口調でしゃべっていたのに、いまでは少女のようなはずんだ声に変わっている。おまけにむっとした表情は消え、カナリアをのみこんだ猫のような奇妙な笑みを浮かべていた。

「ねえ、教えてちょうだい。ショーヴェさんはなにを頼んできたの？」

「それがね、ものすごくおもしろい話なのよ、本当に。よかったら、ブランドのアンバサダーの仕事を引き継いでくれないかって言われちゃった」デレインのつけまつげが突然、孵化《ふか》したばかりの蝶のようにひらひらと震えた。「すごいと思わない？」

入り口近くのカウンターからドレイトンが訊いた。

「ブランドのアンバサダーというのはいったいなんだね？」

デレインはうれしそうに顔をぱっと輝かせ、ドレイトンのほうを向いた。

「いまいちばん注目を集めてる役割なのよ。とくに有名ブランド業界でね。ブランドアンバサダーというのは、会社のブランドを代表するというか象徴となるような、話し上手で評判の高い個人のことよ」

「そのブランドが〈レモン・スクイーズ・クチュール〉なの？」セオドシアは言った。

「そしてきみがアンバサダーとやらに就任するのかね？」ドレイトンは驚きを隠せない声で訊いた。

「そういうこと。光栄だわ」彼女は顎をつんとあげ、胸を張った。「絶好のタイミングでの依頼と言っていいわね」

セオドシアは耳を疑った。たしかにデレインはおかしなことを思いつくことで有名だけれど、これは常軌を逸している。

「まさか、受けるつもりじゃないでしょうね……そのポジションを……お姉さんが殺された翌日に？〈レモン・スクイーズ・クチュール〉の関係者全員が容疑者とされているこの段階で？」

「そんなつもりで言ったんじゃないってば」デレインはあわてて言い訳した。「もちろん、捜査はこれからもつづくわけだけど、ブランドアンバサダーになれば、投資したかなりの額を取り戻せるのよ」デレインの目があざやかに明るく光った。

「どうかしてるんじゃないかって思われるのはわかってるけど、チームの主要なメンバーとして、もっとお金を稼ぐ必要があるの」

「デレインを評するにはたったの一単語で足りる」デレインがお茶を飲み終え、急ぎ足で出ていくと、ドレイトンが言った。

「かなりやばい《クレイ・クレイ》？」セオドシアは言った。「あら、それだと単語がふたつになっちゃうわね」

「わたしの頭にあったのは、貪欲という単語だったのだがね」

「会社の立ちあげにひと役買ったのは、デレインのお金だったのね」

「うむ、それにしても、豹変の原因はなんだろうな？　デレインは五秒フラットで苦悶の表情から歓喜の表情に変わったぞ」

セオドシアは笑顔なのか渋面なのか、どっちとも取れる顔をした。

「あなたもデレインのことはよく知ってるでしょ。彼女は演劇が専攻だったのよ」

「しかも優秀な成績で卒業した」とドレイトン。

「とはいえ、彼女がけっこうな額を失うのだとしたら……」セオドシアが最後まで言い終わらないうちに、入り口のドアが大きくあき、お客が入りはじめた。

「お客さまだ」ドレイトンは嬉々としてタイプAの仕事一筋というキャラクターをフル稼働させた。

もの数分で、セオドシアは〈フェザーベッド・ハウス〉というB&BのアンジーにBの紹介されたというお客を三つのテーブルに、それとはべつの四つのテーブルに観光客を案内した。それにくわえ、いつものように、チャーチ・ストリートに店舗をかまえる店主仲間たちが朝のスコーンと一杯のお茶を求めて顔を出した。

厨房という定位置にいるヘイリーは、バタースコッチのスコーン、クランベリーとクルミのスコーン、それにレモンのティーブレッドをこしらえ、焼き菓子好きの夢を現実にするのに力をつくしている。

選任のお茶の錬金術師であるドレイトンはアッサム、ロシアン・キャラヴァン、中国産の工夫紅茶をポットで淹れた。どれも、舌が肥えているお客を喜ばせ、誘惑するために選りすぐった逸品ばかりだ。

セオドシアも午前の目がまわる忙しさに大わらわだった。ひたすらお客を出迎え、お茶を出し、注文を取り、きょうもまた、小さなこのティーショップが活気に満ちていることに満足していた。

チャーチ・ストリートに面し、由緒ある聖ピリポ教会と同じブロックにあるインディゴ・ティーショップは、文字どおり、宝石箱のような店だ。フレンチカントリーとオールドイングランドの両方を少しずつ取り入れたセオドシアのティーショップは、青いトワル地のカーテンがかかった波形ガラスの鉛枠の窓、木釘でとめたマツ材の床、色褪《あ》せたオリエンタル・カーペット、石造りの小さな暖炉がそなわっている。フランス製のシャンデリアが温かな光を醸《かも》し——ドレイトンはいつもこれを画家のレンブラントが用いたライティング技法になぞらえてレンブラントライトと呼んでいる——アンティークのハイボーイ型チェストにはティータオル、ポットカバー、缶入りのお茶、瓶入りの蜂蜜、それにセオドシアのオリジナルブランドである〈T・バス〉というスキンケア用品などの人気商品がこれでもかと並んでいる。煉瓦《れんが》の壁にはティーカップを取りつけてピンクと緑色のリボンを編み込んだブドウの蔓《つる》のリースがかかっていた。

これを実現するため、セオドシアはささやかな遺産、貯金、それにマーケティングの仕事で得た確定拠出年金をかき集めた。そして覚悟を決めて即金で店を買ったが、その決断を後悔したことは一度もない。最初に雇ったのはお茶のソムリエであるドレイトンで、いまや彼は共同経営者も同然になっている。シェフからなにからすべてをこなすヘイリーはなんとなく求人に応募してきたのだが、創造性あふれる料理と目をみはるようなケーキ作りの技術はこちらの望みどおりのものだった。セオドシアもドレイトンも、彼女を仲間に引き入れる決心を固めた。

その他の装飾や茶器はどれも自然に集まったものばかりで、セオドシアが骨董店、のみの市、ガレージセールをのぞいてすばらしいヴィンテージもののティーカップ、ティーポット、ゴブレット、それに銀器をひとつひとつ見つけた結果だった。

五年以上をともにすごしたいま、セオドシア、ドレイトン、そしてヘイリーの三人は自信にあふれた機能的なチームとなり、一から手作りしたスコーンやマフィン、魅力的なお茶の品揃え、そんじょそこらにはないケータリング、いつも大人気のお茶会で観光客とご近所さんを魅了しつづけている。


セオドシアが白いリネンのナプキンを見栄えのする司祭の帽子の形に折り終えたとき、ヘイリーが得も言われぬいいにおいをさせながら、厨房からふらりと現われた。

「厨房からいいにおいがするわ」セオドシアは言った。

ヘイリーは笑顔を見せた。

「きょうのおいしいランチの準備中だもん。とはいえ……わかるよね？」

「とはいえ、まだみんなぴりぴりしてるけど」セオドシアは言った。「で、明日のスターリングシルバーのお茶会のメニューはすべて準備できているみたいね」

「うん、だいたいのところは。ただし……」ヘイリーは言いかけて口をつぐみ、指を一本立てた。「ちょっとだけ待ってて。もうひとりだけ業者と話をしたら、最終メニューを教えるから」

「わたしはそれでかまわないわよ。あ、そうだ。きょうのランチのメニューも説明してくれるんでしょ？　早いほうが助かるわ」

「あ、いけない。いますぐメニューを書いたカードを持ってくる」

5

ヘイリーが考えたきょうのランチ会のメニューはおいしいものばかりが並んでいて、ひと品めは海老のビスクスープとシーザーサラダ、前菜はベーキングパウダービスケットにのせたチキン・ア・ラ・キングと、サラダを添えたチェダーチーズのキッシュだった。ティーサンドイッチはサワードウブレッドにローストビーフのイングリッシュマスタード添えをのせたもの、黒パンにスモークサーモンとクリームチーズをのせたもの、それにピタパンにローストした赤パプリカで作ったフムスをはさんだものとなっていた。

十二時を十五分過ぎるころには、店内は文字どおりぎっしりと人で埋まり、セオドシアはテーブルからテーブルへと飛びまわっていた。注文を取り、それを厨房に伝え、急いで引き返してドレイトンが淹れたお茶のポットを手に、お客と世間話をした。

たしかに、目がまわるように忙しいけれど、その逆はなんて言うの？　ちっとも忙しくない？　それは勘弁してほしい。セオドシアはインディゴ・ティーショップを全身全霊で愛していて、ここでしか味わえない唯一無二の経験をお客に提供しようと、いつも心がけている。一日の休みもない、せわしないだけの世の中で、自分のティーショップは安らぎの場を提供していると自負している。食事とお茶だけでなく、のんびりとした雰囲気も楽しんでもらえる場であると。

午後一時、この日、二度めの驚きに見舞われた。入り口のドアがシュッという音とともにあいて、ナディーンの共同経営者のふたりが入ってきたのだ。

先に顔がわかったのはマーヴィン・ショーヴェだった。うしろに流したシルバーグレイの髪がふんわりと波打ち、襟から一インチのところまで届いている。背筋をまっすぐにのばし、ピンクのボタンダウンシャツの裾をパウダーブルーのスラックスにたくしこんでいる。そんなクジャクのような色合いの服だけでは物足りないのだろう、ショーヴェはいつも陽に焼けているらしい。まるで、ヒルトン・ヘッドからマイアミ、さらにはカリブ海と、一年じゅう、ゴルフを楽しんでいるように見える。

おもしろいことに、ハーヴィー・ベイトマンのほうはおしゃれの〝お〟の字もなかった。背が低く小太りで、黒い髪を五分刈りにし、いつもうっすらと無精ひげを生やしている。しゃれた身なりのショーヴェとちがい、ベイトマンはよれよれの緑色のポロシャツに悪趣味な茶色と黄色の格子柄のスラックスを合わせていた。落ち着きがなくて厚かましく、しかも押しが強そうなところは、高級コンドミニアムのタイムシェア所有権を売ってまわっているように見える。

デレインの話では、ショーヴェは高級ブティックの経営を通して小売業の経験をかなり積んでいるが、ベイトマンは売れずに処分品となった衣料品を購入し、それを安売り店に売るのが天才的に上手だとのことだ。それでけっこうな利益が出ているらしい。

「おふたりともようこそ」セオドシアは入り口に急ぎ、ふたりを出迎えた。「きょうはどうされましたか？」

きのうのファッションショーでの騒動について話をしに来たものと思ったのだ。実際そうだったが、ランチも食べていきたいと言われた。

なるほど、それならなんの問題もない。セオドシアはふたりを通りに面した窓の近くのテーブルに案内し、注文を取り、さんざん悩んだ末に頼んだニルギリを淹れたポットを運んだ。

「ちょっと話せるかな？」ショーヴェが訊いた。

セオドシアは店内を見まわした。お客のほとんどはそろそろランチを食べ終えるか、二杯めのお茶を味わっているところだったから、ちょっとくらいなら話す時間はある。それに興味もあった。

「どんなお話でしょう？」セオドシアはふたりと同じテーブルについた。

「われわれがいま、ブランドのお披露目に向けて全力で取り組んでいるのは知っているね」ベイトマンが言った。

セオドシアはうなずいた。「そうだろうと思ってました。実はけさ、デレインが来て、ブランドのアンバサダーの代役を頼まれたと聞きました」

「彼女はお姉さんよりも小売業の経験がはるかに豊富だからね」ショーヴェが言った。

「おまけに顔もひろい」とベイトマン。

「ええ、たしかに」

セオドシアはふたりをじっくり観察しながら、どちらかがナディーン殺害に関与した可能性はあるだろうかと考えた。けれどもすぐにライリーのアドバイスどおり、首を突っこむのはよそうと心に決めた。とは言うものの……。

「ひとつ質問させてください」セオドシアは言った。「デレインがおふたりとあらたに組むことになったことはベッティーナに話してあるんですか？」デレインが亡くなった姉の後釜にすわると言われれば、ナディーンの娘はよく思わないだろう。

「わたしの知るかぎり、娘さんは事情が変わったことを知らないはずだ」ショーヴェは言った。彼は向かいにすわるベイトマンを見やった。

「娘にはまったく関係ないことだからな」ベイトマンは落ち着いた声で答えた。「ベッティーナは〈レモン・スクイーズ・クチュール〉にはいっさい関与してないし、経済的な利害関係もない」

「それはそうですけど」セオドシアは言った。「でも、あらたなクリエイティブ・ディレクターを探さなきゃいけないはず。それがナディーンの仕事だったんですよね。でしょ？」

「彼女の肩書きはそうだった」ショーヴェは手入れの行き届いた爪をやけに真剣にながめていた。

「しかしだね、ここにお邪魔したのは、きのうの事件の話をするためでも、その影響について論じ合うためでもない」

「でも、事件はあったんですよ」セオドシアは反論した。ナディーンの遺体を見つけたときのことはいまも生々しく記憶に残っているし、まだその話題を打ち切るつもりはない。「しかも、わたしは関係者のひとりだった。だから、ナディーンの死を望んでいた人に心当たりはないか、おふたりにうかがいたいと思うのは当然でしょう？」言ってしまった。大きな爆弾を落としてしまった。だって、ふたりとも心当たりのひとつやふたつ、あるはずだもの。そうでしょ？

しかし意外にもそうではなかった。

「それが、われわれもとんと見当がつかなくてね」ショーヴェは言った。彼は額にしわを寄せ、気遣わしそうな表情を必死でつくろった。

セオドシアはベイトマンに視線を向けた。

「われわれもほかの人たちと同じようにショックを受けている」ベイトマンは言ったが、とくにショックを受けているようには見えなかった。「バーニー保安官と膝をつき合わせて相談し、捜査担当者たちとじっくり話をし、われわれが知っていることはすべて話した」

「といっても、知っていることはろくになかったが」ショーヴェが急いでつけくわえた。

「そうですか」セオドシアはひきさがらなかった。「ナディーンとのあいだになにか揉め事はありましたか？」

ふたりとも首を横に振った。

「じゃあ、外部の問題とか、ねたみが原因でしょうか？　制作陣や小売店とのトラブルとか？」

「なにも思いつかないな」ベイトマンは言った。「本当に必死に考えたんだがね。頭を絞り、脳みそをフル回転させたが、なにひとつ思いつかなかった。あの気の毒な女性を冷酷非道に殺害する理由など、ひとつもない」

「まったくの謎というわけだ」ショーヴェは言った。

そんなわけないじゃない。セオドシアは心のなかでつぶやき、席を立とうとした。

「でしたら……」

「ちょっと待ってくれないか？」ショーヴェが片手をあげた。「きみに頼みたいことがある」

セオドシアは椅子にすわり直した。「なんでしょう？」

「〈コンクール・デ・カロライナ〉は知っているだろうか？」ショーヴェは訊いた。

「もちろん」セオドシアは言った。〈コンクール・デ・カロライナ〉は毎年開催される大きなモーターショーで、会場は例年、地元のカントリークラブだ。最高級のクラシックカーが展示され、入場者は限定され、チケットは通常、一枚百ドル以上もする。

「今年は今度の金曜日、ジュニパー・ベイ・カントリークラブで開催されることになっているんだが、おたくの店でうちのケータリングをお願いできないだろうか」ベイトマンが言った。

「ホスピタリティテントを設置してもらうことになっていて、何人かのモデルに〈レモン・スクイーズ・クチュール〉の服を着てもらい、ささやかなショーをやろうと考えている」シヨーヴェが言った。

セオドシアはすばやく考えをめぐらせた。今週の金曜日にはお茶会の予定はないから、午後にケータリングをすれば収益のアップにつながることはまちがいない。それに、このふたりが無罪であると心から信じているわけではないので、当分は接点を持っておきたい気持ちもある。

「なんとかできると思います」セオドシアは請け負った。「どんなメニューをお考えですか？」

「きのう、提供していたようなものがいい」ショーヴェは言った。「飲み物はジンフィズとソルティドッグだけだから、その二種類のカクテルと相性がいいつまみを出してもらいたい」

セオドシアはカウンターに目を向け、指をくいと動かしてドレイトンを呼んだ。彼はテーブルまでやってくると、セオドシアがイベントについて説明するのを立ったまま聞いた。

「なにかお勧めはあるかな？」ショーヴェが訊いた。

「まずはカニサラダのティーサンドイッチなどはいかがでしょう？」ドレイトンが提案した。

「悪くない」ベイトマンが言った。「しかし、前菜にはもっとがっつりしたものがいいと考えていてね。来場者は男が多いから」

「でしたら」とドレイトン。「カモのパテのクロスティーニ、ひとくちステーキ、海老のタルトレットでは？　それから、シャルキュトリーとチーズの盛り合わせはいかがですか？」

ショーヴェはうなずいた。「いいと思う。高級感にあふれているし。では、やってもらえるね？」

「もちろんです」セオドシアは言った。「ご予算が許すならば、ですけど」

「予算は気にしなくていい」ベイトマンはそう言って立ちあがると、財布に手を入れ、セオドシアに名刺を渡した。「これを。訊きたいことがあれば、われわれのオフィスに電話をかけて、インターンのジュリー・エイデンと話すように」

ベイトマンは急ぎ足でティーショップを出ていき、ショーヴェはぐずぐずと残っていた。

「お茶とはね」彼は店内をぐるりと見まわした。「これで商売が成り立っているのかな？」

「まあ、なんとか」セオドシアは言った。

「とてもすてきなのはたしかだ。わたしの趣味には少々派手だが、お客さんは気に入っているようだね」

「お客さまはみなさん、とてもひいきにしてくださっています」ドレイトンが言った。

ショーヴェはお茶の最後のひとくちを飲むと、腕時計に目を落とし、ゆっくりと立ちあがった。「さて、そろそろ引きあげないといけない。パーソナルトレーナーの指導を受けることになっていてね」彼は自分のおなかを軽く叩いた。「きみたちはなにか運動をしているかい？」そう言って、ドレイトンからセオドシアへと視線を移した。

「まさか、とんでもない」ドレイトンは言った。

「軽く走っています」とセオドシア。

ショーヴェはほほえんだ。「それはりっぱだ」

「妙な連中だったな、そうは思わんか？」カウンターからドレイトンが声をかけた。ランチタイムの混雑は終わり、いまは数組のお客が残っているだけで、彼はあらたに仕入れたお茶の味見の準備をしているところだった。

セオドシアはカウンターまで行くと、両肘をついてもたれ、首の凝りをほぐした。

「ショーヴェさんとベイトマンさんのこと？　わたしもいやな気配を感じたわ」

ドレイトンは茶葉をポットに量り入れながら話をつづけた。

「人殺しの気配でないといいがね」

「それはなんとも言えないけど。でも、あの人たちの態度にはどこか、しっくりこないところがあるのよね」

「ナディーンが殺されたというのに、同情の気持ちをこれっぽちも見せなかったことを言っているのかね？　それとも、妹を褒めるために姉をけなしたことを言っているのかね？」

「あなたの言いたいことはわかる。でも一方、今週はファッション・ウィークで、あのふたりはビジネスマンとしていろんなリスクを抱えている。そういう場合、アパレルのバイヤーとコネを持っておく必要があるのよ」

「つまり、共同経営者としてやるべきことをやらなくてはならないということか」

「そういうこと」

「さて、これを」ドレイトンはダークグリーンの小さな磁器のカップにお茶を注ぎ、カウンターの上を滑らせた。「味見してもらいたい」

セオドシアはカップを持ってひとくち飲んだ。果物の風味と緑茶の味がした。

「おいしい」

「〈プラム・デラックス〉のマンゴーとアプリコットの緑茶でね。とてもいい香りのするあっさりしたお茶だ」彼はべつのお茶を注いだ。「それと、こっちは同じメーカーのシュガープラム・カルダモン・ティーだ」

「どちらもすばらしい味だわ。うちのお茶のメニューにぜひ入れましょう」

「そして、締めくくりはデザートティーだ」ドレイトンは三つめのカップにお茶を注ぎながら言った。「〈ハーニー&サンズ〉のチョコレートミントのお茶だよ」

「ペパーミントとチョコレートの味がして、おいしいクッキーを食べてるみたい」

「そうなのだよ」ドレイトンは満足そうに言った。そのとき、入り口のドアが大きくあき、ドレイトンはたちまち不機嫌な顔になった。「やれやれ、招かれざる客の登場だ」と小声でつぶやいた。

セオドシアは入り口に目を向けた。けばけばしい写真とゴシップ記事、それに地元のクラブと酒場の宣伝が満載の《シューティング・スター》という週刊タブロイド紙を発行しているビル・グラスだった。きょうはいつもの報道カメラマン風のベストとスカーフという恰好ではなかった。一九六八年ごろのカリフォルニアのコミューンを脱走してきた人のような服装だった。色褪せたジーンズにパッチワークのシャツ、履いているのはワラチと呼ばれる革の編み込みサンダルだ。ニコンのカメラを二台、首からさげていた。

「外の通りでショーヴェの野郎と鉢合わせした」グラスはそう言いながら、カウンターに身を乗り出した。「ここに来てたのか？」

「そうかもね」セオドシアは言った。ビル・グラスには好意のかけらも抱いていない。しつこくて押しが強く、しかもふてぶてしい。おまけに、おいしいネタはないかと、いつも虎視《こし》眈々《たんたん》とねらっている。

「なにかの営業に来たのか？」

「そうだとしても、あなたには関係ないでしょ」セオドシアはつっぱねた。ドレイトンはと見ると、ふたりに背を向け、忙しそうにお茶を量り入れている。

グラスはセオドシアの顔色をうかがった。

「たしか、やつはきのうの死のお茶会にいたんだよな。そうだろ？」

セオドシアは無言でグラスを見つめた。相手にしないほうがいい。ていねいに応対しつつも、テロリストのような人と交渉してはいけない。

「だよな。当然、やつはいたはずだ」グラスは言った。「なんてったって、ショーヴェは〈バナナ・ピール・ライン〉とかいうブランドの経営者のひとりなんだから」

「〈レモン・スクイーズ・クチュール〉よ」セオドシアは訂正してやった。

「どうでもいいけどな。ところで、やつがあの女を殺したのか？」

「正直なところ」セオドシアは言った。「いまの時点では、全員にその可能性があると思う」

「ちょっと嗅ぎまわってやろうか？　スキャンダルをかき集めてやってもいいんだぜ」グラスは訊いた。

ちょっと心が動いたが、セオドシアはやめておくことにした。バタースコッチのスコーンを藍色《インディゴ・ブルー》の紙袋に入れ、さっさと追い払いたい一心でグラスの胸に押しつけた。「はい、これ。おみやげ」

グラスは手で胸を押さえた。「おれを追い出そうってのか？」

「ごめんなさいね。でも、いまものすごく忙しいの」

午後三時、ヘイリーが深刻な表情でノートとペンを振りながら、厨房から出てきた。

「話があるの」彼女は言った。

ドレイトンは不安そうな顔になり、蝶ネクタイに手をやった。「なんの話だね？」

「ブライダルシャワーのお茶会について」

「そうか」ドレイトンは緊張をゆるめた。

ヘイリーは前に垂れてきたブロンドの髪をうしろに払い、ペンをノックした。「ドレイトンも知ってのとおり、近いうちに六、七組のブライダルシャワーの予定が入ってるけど、あたしとしては、同じことの繰り返しは絶対にしたくないんだよね」

「われわれが提供するお茶会はどれひとつとして、ほかに類を見ないすてきなものだと思うが」ドレイトンは言った。

「うん……それはそうなんだけど……」

「でも、いろいろ意見を出し合うのは悪いことじゃない。そうよね？」セオドシアはふたりがいるカウンターに近づきながら言った。

「もちろん、役に立つに決まってるじゃない」ヘイリーは言った。「結婚を予定してる女性にプレゼンするテーマをあらかじめいくつか用意しておけば、それに合うメニューを開発しやすくなるし」

「では、これは経営判断ということか」ドレイトンが言った。「ならば、スパのお茶会の開催を検討してはどうだろう？」

「くわしく説明して」ヘイリーは言った。

「当店のすばらしいハーブティーを出したいと、ずっと考えていてね。それに、セオドシアが考案した〈T・バス〉製品があるから、あれを粗品とすればいい」

「肩のマッサージをしてくれる人を呼ぶのもいいわね」セオドシアは言った。「それに、メイクアップ・アーティストもふたりくらいならお願いできるし」

「いまのでなにかメニューがひらめいたかね？」ドレイトンはヘイリーに訊いた。

「うん。すぐに頭に浮かんだのは、キヌアのサラダ、トマトと山羊のチーズをはさんだティーサンドイッチ、アボカドトースト、それに、グリルで焼いたカリフラワーステーキかな」

「なるほど。ほかにこんなのはどうかしら」セオドシアは言った。「パリのお茶会、グレート・ギャツビーをテーマにしたお茶会、あるいはシャビーシックのお茶会なんていうのもいいわ」

「弦楽四重奏団を招くのはどうだろう?」ドレイトンが言った。「音楽のお茶会にするのだよ」

「少しペースを落として」ヘイリーがたしなめた。「書くのが追いつかないよ」

「かなりの新機軸になるが、お客さまにカリグラフィーの基礎を学んでいただくというのもあるな」ドレイトンが言った。

「それに定番のピンクをテーマにしたお茶会やシャンパン・ブランチもあるわ」

「それ、大好き!」ヘイリーが大声を出した。「でも、もう充分すぎるよ。ふたりとも、めちゃくちゃ想像力が豊かなんだもん」

ドレイトンはほほえみ、一歩うしろにさがった。

「まったく、うそのようだな」

「なんのこと?」セオドシアは訊いた。

「きのう、ナディーンが殺されたのに、きょうはこうして三人でブライダルシャワーのお茶会のアイデアを出し合っているからさ」

「たぶん……」ヘイリーは言いかけて言葉を切った。

「たぶん、なんだね?」ドレイトンは訊いた。

ヘイリーはノートを閉じて言った。

「たぶん、くよくよしてるわけにはいかないってことかなと思って」

ヘイリーのその言葉を強調するように、入り口のドアがばたんと大きな音をさせてあいた。いったいなんの騒ぎかと目をやると、若々しい顔に苦悩の色を浮かべたベッティーナが立っていた。

「もしかして、あたし、軽はずみなことを言っちゃったかも」

ヘイリーは小声でつぶやいた。

6

「ベッティーナ！」セオドシアは叫んだ。「いったい……？」

ベッティーナはふらつく足でセオドシアに近づいた。

「どうしてもあなたに話したいことがあって」

「かわいそうに」セオドシアも近づいていき、若い女性の肩に腕をまわし、手近なテーブルに案内した。ヘイリーが椅子を引いてやり、ドレイトンはそばにひかえた。

ベッティーナは腰をおろすと三人を見あげた。「みんな親切にありがとう。でも、わたしは大丈夫。本当に」

「なにか食べるものを持ってくるね」ヘイリーが言った。

「わたしはおいしいお茶を用意するとしよう」ドレイトンも言った。

セオドシアはベッティーナの向かいに腰をおろした。「どうしたの？　話ってなに？」

ベッティーナは無理にほほえもうとしたが、まったくうまくいかなかった。

「話したいのは……えっと……」

「お母さんのことね」

「母が殺された件です」ベッティーナは小さく身震いしたように見えた。「そうなんです、母が殺された件でうかがいました」

「そう」セオドシアはいたわるように言った。「具体的にはどんなことかしら」

「おもに事件をめぐる状況です。というのも……バーニー保安官ははぐらかしてばかりでなにも教えてくれないからです。おぞましい真実を知らずにすむよう配慮してくれてるんでしようけど、わたしだってあの場にいたんだもの、事件の悲惨な全容はすべて知っているのに」

「たしかにそうね」セオドシアはこのままベッティーナに話をさせるほうがいいと判断した。思っていることをすべて吐き出させたほうがいい。一種の感情の排出をおこなうのだ。

「でも、わからないことだらけで。なぜ母が殺されたのか、納得のいく説明がないし、いまのところ容疑者はひとりも浮かんでいないようですし」

セオドシアはベッティーナの手を軽く叩いた。「そうね」

「セオドシアさんのボーイフレンドのライリー刑事にはきのう、いろいろ助けてもらったし、いくつかアドバイスももらいましたけど、あの方は管轄がちがうんですよね」

「わたしの管轄でもないわよ」

ベッティーナは背筋をのばしてすわり直し、セオドシアをじっと見つめた。

「わたしが聞いた話とはちがうようですけど」

ドレイトンがやってきて、カップふたつと芯芽を含む雲南紅茶が入ったポットをテーブルに置き、ベッティーナの顔色をうかがった。「きみが聞いた話というのは?」

ベッティーナは大きく息を吸いこんでから言った。

「セオドシアさんはチャールストンのミス・マープルそのものだって、たくさんの人が言ってます。頭がよくて粘り強くて、これまでにいくつか殺人事件を解決してきたそうですね」

「というか、単に巻きこまれただけよ」セオドシアはあわてて言い訳した。

ベッティーナはそう言われるのをわかっていたようだ。

「そんなことを言うなんて、謙遜のしすぎです。ハロウィーンの幽霊屋敷で女性が気の毒にも殺されたときのことはよく覚えてます。それに、すてきなクリスマス・パーティのさなかに年配の女性が亡くなったときのことも」彼女は両方の眉根を寄せ、セオドシアをじっと見つめた。「どちらの事件でも、セオドシアさんが犯人を突きとめるのにひと役買ったのは知っています」

「あのときといまはちがうわ」

ベッティーナはテーブルごしに手をのばし、セオドシアの腕に軽く触れた。

「とにかく、セオドシアさんの力がどうしても必要なんです。デレインおばさんもセオドシアさんの力を必要としてます。本人は死んでも認めないでしょうけど」

ドレイトンが咳払いをした。「ええと」

ベッティーナは彼のほうに目を向けた。

「はい、もう知ってます。デレインおばさんがブランドのアンバサダーを引き受けた話は」

「あなたはかまわないの？」セオドシアは訊いた。

「いえ、まさか」ベッティーナは言った。「どう考えても尋常じゃありません。だって……〈レモン・スクイーズ・クチュール〉の関係者が母をなんのためらいもなく殺した可能性だってあるんですから。そんな人たちを信用するなんて絶対にありえません」

「犯人はブランドとは関係ない人かもしれないわよ。外部の人間の仕業かもしれないんだ」

ベッティーナはうなずいた。

「その可能性はあります。でも、いったい誰が？　ヘアメイクの人たち？　やせっぽちのモデルたちじゃないのはたしかですよね。だって、彼女たちの頭のなかにあるのは、次の食事のことだけですから」

「わたしが言ったのは銀行の関係者とか、あるいは撮影スタッフの誰かという意味なんだけど」セオドシアは言った。「あなたのお母さんが誰かをそうとう怒らせた可能性だってあるし」

「母はそういう人なんです……いえ、そういう人でした」ベッティーナはまた涙を拭いた。

「いやだわ、母を過去形で語るなんて。本当につらい」

「わかるわ。心からお気の毒に思ってる」

ベッティーナは大きく息を吸ってから言った。

「母の性格に、がまんならない部分があったのはたしかです。でも、癪《しゃく》にさわるからって殺したりするものでしょうか？」彼女は椅子に背中をあずけた。「ありえません。動機はべつのところにあるはずです。もっと大きな動機が。お金とか、そういうことだとは思いませんか？」

「とっかかりになるのはたしかだな」ドレイトンが言った。

ベッティーナの顔がぱっと明るくなった。「じゃあ、力になってくれるんですね？　おふたりとも？」

セオドシアは最後にもう一度、言い訳をこころみた。

「こんな危険なことにドレイトンを巻きこむのは気が進まないわ」

「わたしはもう巻きこまれているではないか」ドレイトンが言った。

セオドシアの気持ちはすでにそちらに動いていたが、それでもまだ、消極的な返事にとどめようとした。

「どこまで調べられるかわからないわよ」

「いいんです、それで」ベッティーナは言った。「おふたりが調べてまわってくれていると思うだけで、気持ちがずっと楽になると思うので。ふたりの守護天使に守られているという感じがして」

「なんともすてきなたとえだ」ドレイトンが言った。

けれどもセオドシアは尻込みしつづけた。「どの程度深掘りできるか自信がないわ」

ベッティーナはテーブルを指で軽く叩いた。

「それって、引き受けてくれるという意味ですか？」

「少し調べて、何人かと話をするくらいならやるという意味よ。でも、どこから手をつけたらいいか、さっぱりわからなくて」

「それについて、ちょっと思いついたことがあります」ベッティーナは言った。

「容疑者に心当たりがあるのかね？」ドレイトンが訊いた。

「そうじゃないんですが、実はこのところ、母はものすごくいらいらしてたんです。いつもの、ちょっと虫の居所が悪いというレベルじゃありませんでした」

「会社での自分の立場を心配していたのかしら？」セオドシアは訊いた。

ベッティーナはうなずいた。「そうなんです。ファッションの仕事の経験なんかまったくないくせに飛びこんでしまったから、不安になってたんです」

「ちょっと待って」セオドシアは言った。「なにをやるのかわかってないのに、どうしてブランドの立ちあげに深くかかわることができたの？」

「うそをついたからです。母はハーヴとマーヴのふたりを徹底的に褒めまくりました。履歴書をでっちあげ、ファッション業界での経験がたくさんあるかのように経歴を盛ったんです——要するに、いつものうそ八百を並べたてたんです」

「で、あのふたりはそれを鵜呑《うの》みにしたの？」セオドシアは訊いた。

「ええ、頭から信じたみたい。質問することも、内容を確認することも、電話で問い合わせることもしなかったようです」

「ちょっと待ってくれたまえ。ナディーンはファッション業界にいたものとばかり思っていたのだが」ドレイトンが言った。「だから、ニューヨークに住んでいたのだとばかり」

ベッティーナは顔をしかめた。「ソーホーでばか高い靴を売っていました。ショーウィンドウの飾りつけを手伝うくらいはしたでしょうけど、そんなのはブランドの立ちあげにかかわるのとはまったくの別物です」

「うむ、たしかに」ドレイトンは言った。「天と地ほども差があるな」

「それなのに、自分はファッション業界をすべて知りつくしているという印象をふたりにあたえたんです。事業計画の書き方を心得ていて、ターゲットに響く実用的なデザインを提案できて、マーケティングと流通の経路を理解していると思わせたんです」ベッティーナは浮かない顔になった。「母は人を感心させるのは得意でしたけど、具体的になにかするのはあまり上手じゃなくて。なのにあろうことか、〈レモン・スクイーズ・クチュール〉の名ばかりのクリエイティブ・ディレクターになってしまって」

「ラフスケッチすら描かなかったの？」セオドシアは訊いた。

「一度もありません」ベッティーナは言った。「だから、外部のデザイナーを引っ張ってくるしかありませんでした。マーク・デヴリンという名前の男性です」

「ナディーンにはデザインの能力がまったくなかったのかね？」ドレイトンが訊いた。

「母はマジック・マーカーの使い方すら知らなかったんですよ」

「だとしたら、彼女にはなんの経験もないと知った共同経営者たちが厄介払いを望んだとも考えられるわね」セオドシアは言った。

「そうかもしれませんが、経験不足なのを隠していたからといって殺すのは、なんて言うか、やりすぎだと思いませんか？　だって、解雇するなり、弁護士を雇うなり、あるいは、よくわかりませんけど、大声で怒鳴って追い出せばすむことじゃないですか」ベッティーナはそこで言葉を切り、大きく息を吸いこんだ。「でも、殺したりするでしょうか？　しかもファッションショーの会場で？　それはいくらなんでも飛躍のしすぎだと思います」

「鋭い指摘だ」ドレイトンは言った。

「で、疑問なのは……本当のところ、きのうはいったいなにがあったのかということです」

「わたしもいまのとまったく同じ質問を、お母さんの共同経営者ふたりにしたわ」セオドシアは言った。

ベッティーナはきょとんとした。「ふたりときのう話をしたんですか？」

「ううん、きょうよ。二時間ほど前に。ふたり一緒にランチにいらしたの」

「あやしいですね」ベッティーナは言った。

「それが実は、〈コンクール・デ・カロライナ〉でのケータリングを頼んできたの」セオドシアは言った。

「なにか裏があるのでなければいいがな」ドレイトンが言った。

セオドシアとベッティーナがいぶかしそうな目を向けた。

「いや、もしかしたら、あのふたりは事件についてわれわれがどこまで知っているか、探りに来たのかもしれんだろう？」

「あるいは、本当にケータリング業者を探していたのかもしれないわよ」とセオドシア。

「そして、真っ先にわたしたちが浮かんだ」

「その可能性もあるがな」

セオドシアはしばらく考えていた。「たしかに、ちょっとあやしい感じはしたわね」

「で、どうするのだね？」ドレイトンは訊いた。「ベッティーナの力になるとしたら、どこから手をつけたらいいのだろう？」

「まずはこれを」ベッティーナはバッグに手を入れ、チケットを二枚、取り出した。一枚をセオドシアに、もう一枚をドレイトンに渡す。「今夜、ウィンダー・アーツ・センターで開催されるファッション・ダズル・ショーのチケットです」声に期待の響きがにじんでいた。「大物が大勢、来場することになっています。なので、いろいろと嗅ぎまわったり、いくつか質問したりするのに絶好の機会じゃないかと思うんです」

「いい考えね」セオドシアは親指でチケットの角に触れた。「すばらしいわ」


「ファッションショーにはなにを着ていくものなのかね？」ベッティーナがティーショップを出ていくと、ドレイトンが訊いた。

セオドシアは彼を上から下までじっくりとながめた。きょうのドレイトンはくすんだ黄緑色のハリスツイードのジャケットに、鳩羽鼠色のスラックス、ワイシャツ、そして白い水玉模様のついた金色のネクタイを締めていた。

「そのままでいいんじゃない?」

ヘイリーが洗いたてのティーカップを入れたプラスチックの洗い桶を持って、厨房から現われた。

「なんなら、もう少しいまっぽい服に着替えてもいいかもよ」

ドレイトンは眉を上下させた。「いまっぽい服とやらはどんなものなのか聞かせてもらおうか」

「穴あきジーンズに革ジャンを合わせて、ニット帽をかぶらせちゃおうかな」ヘイリーは真顔をたもつのがむずかしくなったのだろう、前かがみになって声を出さずに笑った。

「わたしに最新のファッションを説明する場合の問題点がなにかわかるかね?」ドレイトンは訊いた。

「わかんない」ヘイリーは言った。

彼はにやりと笑った。「右から左に抜けるだけで、頭になにも残らないのだよ」

ドレイトンはすでにいつもの英国紳士風の装いだったけれど、セオドシアはいったん家に帰って愛犬のアール・グレイを散歩させ、服を着替えた。いまの彼女は、光る素材の黒いレギンス、ピンクと黄色のひらひらしたシルクのトップス、ピンヒールのサンダルでドレスアップしている。

「今夜のきみは、新種の花でこしらえたブーケのような装いだな」ふたり並んでウィンダー・アーツ・センターのロビーをゆっくり歩きながら、ドレイトンが言った。赤煉瓦の壁をめぐらし、灰色の業務用カーペットを敷きつめたひろびろとしたスペースは、大勢のわくわく顔のファッショニスタでにぎわっていた。壁には近日公開の展覧会、演劇、詩の朗読競技会《ポエトリー・スラム》、ダンスイベントを宣伝するカラフルなポスターが貼られていた。

「花束みたいに見えるというのは褒めてるの？　それともけなしてる？」セオドシアは訊いた。

「いいとか悪いという意味で言ったのではないよ。この場にふさわしいと言ったのだ」

セオドシアはいかにも流行に敏感という人々を見まわした。たくさんのロゴ、テーラードジャケットにふんわりしたスカートを合わせた着こなし、細身のTシャツにところどころ穴があいているジーンズ、それに、なんとまあ、あれはグランジのリバイバル？　ここに集まっているのは友だちとランチを楽しむタイプの女性とはちがう。ちがわないとしたら、服の好みが極端に変わったのだろう。

頭からつま先まで真っ黒な出で立ちをしたストリートチルドレンのような若い女性が、会場に入っていくセオドシアとドレイトンにプログラムを手渡した。なかではビル・グラスが待ちかまえていて、ひっきりなしにシャッターを切っていた。幸いにも、セオドシアたちは捕まらずにすんだ。

「今夜は軽快でカジュアルなファッションが紹介されるみたいね」セオドシアはプログラムに目をとおしながら言った。「〈ラフ・アンド・レディ〉〈レモン・スクイーズ・クチュール〉〈パラゴン・スポーツ〉〈エコー・グレイス〉の四つのブランドが見られるんですって」

「〈レモン・スクイーズ・クチュール〉が出品するのなら、共同経営者のふたりもここに来るはずだな」ドレイトンはすでにもらったプログラムを筒状に巻き、上着のポケットに突っこんでいた。

「たぶんね」セオドシアはつま先立ちになって来場者をうかがった。「実を言うと、さっきマーヴィン・ショーヴェさんの姿を見かけたの。あいさつがてら、ちょっと質問して探りを入れてみましょうよ」

「彼のところまで案内してくれたまえ」

けれどもセオドシアとドレイトンが最初の一歩を踏み出すより先に、ふたりはデレイン・ディッシュに捕まった。〈レモン・スクイーズ・クチュール〉の蛍光ブルーのジャケットと揃いのレギンスを着た彼女は、ショーの総合司会を仰せつかったかのように、セオドシアたちをおおげさな態度で出迎えた。

「あたしたちのショーに来てくれたのね」デレインは昂奮した声で言った。今夜の彼女は強調文字とびっくりマークだらけのしゃべり方だった。「しかもふたり揃って。もう最高!」

「ベッティーナからチケットをもらったのだよ」ドレイトンが言った。

デレインは彼の腕をつかんだ。「まあ、そうだったの? なんて気がきく子なのかしら。母親が亡くなったというのに、本当にしっかりしてるんだから!」

デレインときたら、とんでもなく感覚がずれてるわね、とセオドシアは心のなかでつぶやいた。ナディーンはベッティーナの母親というだけじゃなく、デレインのお姉さんでもあったのに。だから、彼女の死に動揺していてもいいはず。そうよね？　でも、そうじゃないみたい。あきらかにそうじゃない。

「ええ、ベッティーナとしては、今夜この会場で何人かの様子をうかがってほしいそうなの」セオドシアは言った。この場にいる本当の理由を正直にデレインに話しておくほうがい
い。彼女のことだ、いずれ突きとめるに決まっている。

デレインは前かがみになって、不安と困惑の入り交じった目を向けてきた。

「そんなことをして大丈夫なの？」

「なにがまずいのかわからないんだけど」セオドシアは言った。「だって、殺人事件があったのよ」

デレインは手をのばし、不安そうな顔でセオドシアの腕をつかんだ。

「お願いだから事を荒立てないでちょうだい。どういう意味かわかるわよね」

「荒立てたりするわけがないだろう」ドレイトンがうんざりしたように言った。

「あ、そ」デレインは両手で顔をあおぎながら、ぞくぞくと入ってくる人々に目を向けた。

「いつまでもここでおしゃべりしてるわけにはいかないわ。声をかけなきゃいけない人がいっぱいいるんだもの」そう言うと、あざやかなブルーの社交界の蝶々のように走り去った。

「なんとも非常識な態度だな」ドレイトンは鼻で笑った。「お姉さんが殺されたというのに、ちょっとした不都合程度にしか思っていない様子だ」

セオドシアは肩をすくめた。「実際、そうなのかもしれないわ。あまり仲のいい姉妹じゃなかったのはたしかだし」あるいは、おおげさに芝居をすることで悲しみを隠しているのかもしれない。どっちであってもおかしくない。

ドレイトンが一段高くなったランウェイの端に設置されたカメラを指さした。

「今夜のショーは録画されるようだな」

ドレイトンの視線を追って、サウンドボードを操作しているDJの奥に目をやると、男性がふたり、カメラのそばに立っているのが見えた。照明かアングルかプロダクションバリューについて話し合っているのだろう。そのとき、そのうちのひとりが知っている顔であることに気がついて、セオドシアははっとした。

「ドレイトン、きのうの〈レモン・スクイーズ・クチュール〉のショーの撮影をまかされた人がいる」

ドレイトンは目を細くした。「フランス人の監督みたいな恰好をしているほうかね?」

「わたしには、イタリア人のフェデリコ・フェリーニ監督のように見えるけど」

「どこの国の人間でもいいが、少しばかりうぬぼれがすぎる感じだな」

「とにかく、あの人と話をしてみましょうよ」

しかし、人混みを押しのけるようにして進む途中、ふたりはマーヴィン・ショーヴェと鉢合わせした。今夜はシルバーグレイの髪をうしろになでつけ、淡い緑色のカシミアのセーターにクリーム色のリネンのスラックスを合わせ、足もとはトッズのローファーだった。いかにもカントリークラブに集うお金持ちタイプだ。

「また会ったね」ショーヴェは満面の笑みで顔を輝かせながらセオドシアとドレイトンに声をかけた。「まさかここで会うとはね」

「間際になってチケットをいただいたもので」ドレイトンが言った。「運のいいことに」

「〈レモン・スクイーズ・クチュール〉の服をランウェイで見るのが楽しみです」セオドシアは言った。

「今夜は当ブランドの全商品を見てもらえないのが残念だ。ほかの三人のデザイナーと共同開催だから、六、七点くらいになると思う」

「しかし、お客さまはそうとう期待しているようではないですか」ドレイトンは言った。

「今夜は満席のようですし」

ショーヴェは両腕を大きくひろげた。「なんて言ったらいいのかな。チャールストン市民はファッションに敏感なことで有名だからね」

「きょう、あなたと共同経営者の方がランチに寄ったあと、ナディーンの娘さんが店に来たんです」セオドシアは言った。

ショーヴェのひろい額にしわが寄った。「ほう?」

「ベッティーナはドレイトンとわたしに、少し探りを入れて、いくつか質問をしてほしいと頼んできました。お母さんはなにかの拍子にどこかで敵を作ってしまったと信じているようです」セオドシアはそう説明しながら、ショーヴェがなにか反応を見せないかと様子をうかがった。

「前にも言ったが、誰ひとり思い浮かばない」ショーヴェはすぐさま言った。

「おたくのファッションチームは何人いるのですか？」ドレイトンが訊いた。

「うーん、全部で六人だな」ショーヴェは言った。「いや、五人か。外部の関係者を数に入れなければ」

「〈レモン・スクイーズ・クチュール〉の人たちの関係は良好なんでしょうか？」セオドシアは訊いた。

「和気藹々《わきあいあい》とやっているよ」ショーヴェは答えた。

それはうそだとセオドシアは確信し、攻め方を変えることにした。

「ナディーンの私生活に影響をあたえたかもしれない出来事をご存じなら、とても助かります」

「そんなものはなにも……」ショーヴェは言いかけたところで言葉を切り、ふたたび口をひらいた。「そう言えば……ひとつあったかもしれない」

「どんなことですか？」セオドシアは訊いた。

「あそこにいるエディ・フォックスがからんでいる」ショーヴェはカメラが置かれているほうを親指でしめした。

「監督の人？」セオドシアは言った。

「フェリーニか」とドレイトン。

「あの男はフォックスファイアー制作の代表でね」ショーヴェは言った。「かなりよく知られた会社なんだよ。たしか、オオアオサギを題材にしたドキュメンタリー映画でサウス・カロライナ芸術評議会から金賞を授与されたはずだ。いや、オオアオサギじゃなくアメリカワシミミズクだったかもしれないが……ドローンを使って撮影したらしい」

「なるほど」セオドシアは先をつづけさせようとして言った。

ショーヴェはかかとに体重をあずけて唇をすぼめた。「とにかく、きのうのショーの撮影をフォックスファイアー制作に依頼した数日後、ナディーンがあの男と男女の関係にあるという噂を聞いた」

「ナディーンと監督が？」セオドシアはびっくりしたが、すぐに落ち着きを取り戻した。

「男女の関係？」ドレイトンがとがめるような口調で言った。

「ちょっと待って」セオドシアは言った。「いま、ふたりが男女の関係にあるという噂を聞いたと言いましたよね。でも、事実として知っているわけじゃないんですね？」

「あくまで噂だし、わたしも誰から聞いたか覚えてない。もしかしたら、ナディーン本人がやつの名前をうっかり洩らしたのかもしれない。あくまで勝手な憶測だけどね」ショーヴェは鼻で笑った。「あの男がどうして手の早い《ファスト》エディと呼ばれているかわかるかい？　それはともかく、ふたりはナディーンの彼氏の目の前でいちゃついていたのかもしれない」

あらたな情報が次々に、しかもめまぐるしくあきらかになったせいで、セオドシアはすべてを理解するのに苦労した。「ナディーンにはつき合っている人がいたんですか？」

「本当なのかね？」ドレイトンにとっても意外な情報だった。

「いたのはたしかだ」ショーヴェは言った。「ナードウェルとかいう名前だと彼女から聞いた覚えがある。ああ、そうだ、サイモン・ナードウェルだ。ここチャールストンの出身で、アンティークに関係する仕事をしているそうだ」

「知らない名前だわ」セオドシアは言い、ドレイトンは喉の奥から音を洩らした。

「くわしい話を聞きたければ――見るからに聞きたそうな顔をしているな――ナードウェルと話をするといい」ショーヴェはセオドシアにうなずいてから、ちらりと横に目をやり、会場の照明が暗くなってロック音楽が大音量で鳴りはじめると、急ぎ足で立ち去った。

「セオ、行こう」ドレイトンがセオドシアの肩に触れた。「そろそろショーが始まる」ふたりで席に急ぐ途中、ドレイトンはチケットに目をやった。「われわれの席は二列めの八番と九番か。こっちだ」

ふたりは「すみません」と小声で言いながら、すでに席についている客の前をすり抜け、硬い折りたたみ椅子に少しでも楽な格好ですわった。DJがサウンドボードを操作し、音楽はひたすらボリュームを増していく。アデルのクールな歌声が終わり、〝おれはちっとも満足が得られない〟と不満をぶちまけるミック・ジャガーの声に切り替わった。次の瞬間、舞台前方のフットライトがまぶしく光り、頭上の回転式スポットライトがランウェイに赤、黄、青の円を描いた。

「さっきのナードウェルという人のことだけど、なにか知ってる？」先頭の脚の長いモデルがステージに一歩を踏み出したとき、セオドシアはドレイトンに訊いた。

「個人的なつながりはないが、噂は聞いている」

「アンティーク業界の人なのね？」彼女は声を落として訊いた。

「専門としているのは」ドレイトンが言ったとき、照明がまぶしく光り、ふたりめのモデルがランウェイを歩きはじめた。「アンティークの銃だ」

7

ドレイトンの言葉にセオドシアは体に電気が流れたような衝撃を受け、椅子にすわったまま背筋をぴんとのばした。

ナードウェルという人はアンティークの銃を専門に扱っているですって？　そして、ナディーンは銃で撃たれて死んだ。こんな偶然ってある？

セオドシアは上の空でファッションショーをながめながら、銃をたくさん所有しているという、元ボーイフレンドについてあれこれ考えていた。いや、正確に言うなら、銃の専門店を所有している、だ。

それって、やけにあやしいし、やけにつじつまが合いすぎるし、やけに……いわくありげじゃない？

たしかにそうだ。でも、わたしになにができるの？　うん、いまの段階ではなにもできない。でも、明日の朝になったら……そうよ、明日は、ナードウェルという人に必ず接触しよう。

セオドシアは疲弊しきった脳のスイッチをどうにかこうにか切って、残りのファッション

ショーに集中しようとした。音楽、モデル、そしてあざやかな色合いの服の魅力にひたっていると、しだいに心が華やいでくるのが感じられた。

何度か大きく深呼吸すると、ようやく半分ほど気持ちがほぐれ、残りのショーを楽しめるようになった。

音楽がハイエナジーなものからワールドビート系に変わり、〈レモン・スクイーズ・クチュール〉の服の紹介が始まった。意外にも、どれもパンチがあってすてきだった。派手なイラストが目立つヨガウェアが多く、ダイビングウェアの素材で作られた服が少々と、着心地のいいフリース素材のものもいくつか登場した。夜のジョギングにぴったりなジョギングパンツもあった。小さなジッパーつきポケットがついていて、アール・グレイのおやつを入れるのにちょうどよさそうだった。

次に登場したのはエコー・グレイスという地元のデザイナーの手による服だった。どれもパステルカラー、ひだ飾り、ふさ飾り、ひらひらした袖を駆使していて、とてもロマンチックなものばかりだった。それなのに、古くさくも時代遅れにもまったく見えず、びっくりするほど現代的だった。コーチェラ・フェスティバルにでも着ていきたくなるような、かっこよさが感じられた。

「このエコー・グレイスのデザインはきみが好きそうな感じだな」ドレイトンが小声で言った。

「そうなの」セオドシアは拍手をしながら言った。「このデザイナーは独特の切り口を持った。

てるわね」

ショーが終わると、モデル全員がふたたび登場して、最後にもう一度、ランウェイを歩き、音楽がしだいに大きくなった。セオドシアはたちまち現実に戻り、殺人事件について考えはじめた。

「ナディーンはアンティークの銃で殺されたのかしら?」彼女はドレイトンに訊いた。

彼はセオドシアのほうを向いて、片方の眉をあげた。

「サイモン・ナードウェルが犯人だとしても、アンティークの銃を使ったとは思えんな。簡単に出所がたどれてしまうではないか」

「出所がたどれるというのが正しい用語ならば、あなたの言うとおりだと思う」

「わたしがなにを言わんとしたかはわかっているくせに」

「わかってる。でも、ナディーンの元ボーイフレンドと思われるナードウェルという人が、容易に銃を入手できる人なのはたしかなのよ。しかも、どんな種類の銃でも。そうでしょ?」

「ナードウェルは許可を得た銃の販売業者だろうからな、たしかにそのとおりだ」

周囲の観客が立ちあがってさらに拍手をつづけるのを見て、ふたりも立ちあがった。

「次はなにをするつもりだね?」ドレイトンは訊いた。

セオドシアは混み合った会場に目をこらし、ステージの突端をうかがった。ショーの撮影を終えたエディ・フォックスがカメラをいじりながら、照明係のひとりと話しているのが見えた。

「フォックスさんと話したい」

エディ・フォックスはセオドシアが近づいてくるのに気づくと破顔した。

「よお、あんたのことは覚えてる。きのう会ったティー・レディだろ」彼はセオドシアを指さしてから、指を鳴らした。「セオドシアなんとかって名前だったな?」

「セオドシア・ブラウニングよ。冷蔵庫でナディーンの遺体を見つけたのがわたし」

「なんとまあ」フォックスは胸をぴしゃりと叩いた。「ショックだったよな。なんともおかしな事件が起こるものだ」

「残忍な殺人事件をおかしいのひとことで片づけるのはどうかしら」ナディーン殺害をあまりに軽く見ているフォックスにセオドシアは唖然とした。

フォックスは肩をすくめた。「そうだな、しかし……あんたになにができる?」

「たとえば、ナディーンを殺した犯人を突きとめる、とか」

するとフォックスはいきなり身を乗り出した。「本気でやるつもりか?」

「とんでもない。でも、あなたにふたつほど質問があるの」

「なにについての質問だい?」彼の灰色の目がレーザーのように注がれ、この人は名前こそキツネ《フォックス》だけど、目もふるまいも餌を探すオオカミそのものだとセオドシアは思った。

「もちろん、ナディーンについて」

「なぜあの事件に興味を持つんだ?」フォックスは訊いた。「きのう現場にいたからというのはべつとして」

「ナディーンの娘さんのかわりに、少し調べているだけよ」

「彼女の娘か。なるほど」

セオドシアはひとつ深呼吸すると、単刀直入に切り出した。「あなたとナディーンは親密な仲だったと聞いたけど?」

「ねんごろな間柄を遠回しに言っているのか?」

「わからないから訊いてるの」セオドシアは言った。

「ああ、たしかにつき合いはあった。それにわれわれはいわゆる性的同意年齢に達してる、れっきとした大人だ。ナディーンは美人で、やや自己中心的なところがあったかもしれないが、女はみんなそんなものだろう。ちがうか?」

最低、とセオドシアは心のなかでつぶやいた。

「何度かふたりで会って、楽しい思いもした。だが、ぴんとくるところがまったくなくてね」

「それでも、彼女とは親しかったんでしょ」

「当然じゃないか」

「だとしたらおかしいわね。ナディーンが殺されたのに、さほど心を痛めているようには見えないもの」

「さっきも言ったが、そんなにウマが合ったわけじゃない。それに、感情表現は人それぞれじゃないか」フォックスはとってつけたような悲しみの表情を浮かべてみせた。

「そうなんでしょうね」セオドシアは言った。とりたてて不快なオーラを感じるわけではないが、フォックスにはどこか、のらりくらりとしたところがある。「ナディーンは誰かと面倒なことになっていたかしら？」

「彼女がファンシーなズボン男と恋仲でなかったことはたしかだ」

「ファンシーなズボン男というのは、つまり……？」

「ビッグボスのマーヴィン・ショーヴェだよ」フォックスは言った。「あいつとナディーンはしょっちゅう激しくいがみ合ってたな。まさに汚い言葉の応酬だった」

「原因は？」

「おもに金だ。ショーヴェは見かけほど金持ちってわけじゃない。とにかく、ナディーンがあいつのところであれだけつづいたのがびっくりだ」彼は言葉を切った。「まあ、つづいたってほどでもないか」

「何者かが彼女を退場させたから」とセオドシア。

フォックスは肩をすくめた。「そのようだ」

「会社がらみのトラブルはとりあえず置いておいて、ナディーンに仕事関係以外の敵がいた可能性はある？」

「実在の敵という言い方は特殊部隊の秘密任務みたいな響きがあるし、ちょっとばかしおおげさという気がするね」フォックスはじっと考えこむように顎をさすった。「だが、あんたの言いたいことはわかる。でもな、これと言って誰も思い浮かばないんだよ……」

「本当に？」

「ちょっと考えてから、返事をするのでいいか？」

セオドシアをじっと見つめるうち、フォックスの表情とボディランゲージに突如として欲望の色がひろがりはじめた。

「あるいは、そのうち飲みに行くのでもいい」フォックスはつづけた。

それはないかも。

セオドシアはほほえんだ。なんの反応もせず、下心ありきのこの人の誘いを無視するほうがいい。

「そうか、それなら――」フォックスは言った。「――直接会って話をしたい場合、どこに行けば会えるんだ？」

「チャーチ・ストリートにあるインディゴ・ティーショップ」

フォックスは頭をのけぞらせ、おかしな話を聞いたとばかりに笑い声をあげた。

「こいつは傑作だ。現代女性のわりにはずいぶんと古風な商売をやってるんだな」

「わたしが現代女性だなんて誰が言ったの？」

「ハニー」フォックスは言った。「最近、鏡で自分を見たことはあるかい？　あんたはめちゃくちゃいい女だぞ」

セオドシアはドレイトンを家の前で降ろし、きょう一日の仕事が終わった安堵感を胸に、自宅に向かって数ブロックほど車を走らせた。裏の路地に愛車のジープをとめ、ゲートを抜けて小さな裏庭に入った。マグノリアの木がそよ風に揺れ、小さな池が水音をたてている。キーリングの音をさせながら家のなかに入ると……。

アール・グレイが大砲の弾のようにぶつかってきた。

ワンワン。

「ただいま」セオドシアは声をかけた。体をほぼふたつに折るようにして手をのばし、愛犬の愛らしいマズルをつかんでキスをした。アール・グレイも負けじとキスを返してきて、元気いっぱいの犬のキスをたっぷり浴びたセオドシアはうれしそうに笑った。これこそペットのすばらしいところだ。大変な一日を終えて自宅に戻れば、ペットがすべてを癒やしてくれる。

裏庭に出してやると、アール・グレイはあちこち走りまわっては、ウサギなどの小動物のにおいがしないかと、あたりをくんくん嗅いだ。チャールストンの甘い香りがする空気が、セオドシアには心地よかった。マグノリア、ツバキ、潮を含んだ海辺の空気が絶妙に混じり合った香りが、気持ちを落ち着かせてくれる。

「ちょっと聞いて」

ダルメシアンとラブラドールのミックス、ダルブラドール犬のアール・グレイが顔をあげ、温かみのある茶色の目で彼女を見つめた。

「近くをぐるっと一周しましょう」

セオドシアとアール・グレイは走り出した。路地を進み、いくつかのポケットガーデンを通り過ぎ、ブロックの終点にあるチャールストン風シングルハウスの前で左に折れ、ブロックを一周した。今夜は走っている車の数はあまり多くなく、ジョギングしている人や犬を散歩させている人の姿はまったくない。反対側から路地に戻ると、隣に建つかなり大きな家――グランヴィル屋敷――があいかわらず無人のままなのに気がついた。この前まで借りていた住人は犯罪実話を書く作家だったが、一ヵ月ほど前に退去し、屋敷の持ち主はいまも仕事でロンドンにいるらしい。

茅葺《かやぶ》き風の屋根と壁にツタがからまるクイーン・アン様式の小さな自宅に戻ると、セオドシアとアール・グレイは二階の部屋に引きあげた。最初にここに越してきたときに二階を改装して、浴室とウォークイン・クロゼットをそなえた寝室（別名くつろぎ部屋）にし、しかも塔の部屋に居心地のいい読書スペースまでもうけた。バロック様式の鏡、ローラアシュレイの壁紙、〈スティックリー〉のランプに四柱式のベッドが女性らしさを醸している。母が使っていたまるい鏡といくつもの抽斗がついたアンティークの化粧台は髪を整えたり、化粧をしたり、アクセサリーやコレクターズアイテムをしまっておくのに最適だ。いま、化粧台の上にはイヤリングがいくつか散らばり、イヴ・サンローランの香水オピウムとカルバン・クラインの香水エタニティが置いてある。大きな白いボウルにはマジョリカ焼のタイルがあしらわれたブレスレット、ケンドラ・スコットのブレスレット、真珠のネックレス、ゴールドのチェーン、木彫りのバングルがおさまっている。部屋の雰囲気をさらにアップさせるため、キャンドルが二本――一本はジョーマローン、もう一本はトムフォード――を立ててあった。

電話が鳴ったとき、セオドシアもアール・グレイもぬくぬくとベッドで横になっていた。セオドシアはクイーンサイズのベッド、アール・グレイは超高級な犬用ベッドで、頭と肩を付属の枕にのせていた。

「もしもし」セオドシアは眠そうな声で電話に出た。ライリーからなのはわかっている。

「今夜はなにをしていたのかな？」彼は訊いた。「それとも家でごろごろしながら《インスタイル》でも読んでいた？　いや、ひょっとしたら、《銃と火薬》かもしれないね。射撃練習場に連れていってあげて以来……」

「残念ながら、胸が躍るようなことをしてたんじゃないの。ファッションショーに行ってきたの」

「ファッションショー？　ふうん、たしかあの件にはいっさいかかわらないつもりじゃなかったっけ？」

「〈レモン・スクイーズ・クチュール〉の共同経営者のうちのひとりと心温まるおしゃべりをしたのと、前から二列めの席にすわった程度よ」

「あちこち嗅ぎまわったりはしなかった？　質問してまわったりは？」

「それは、えっと……」

「思ったとおりだ」ライリーは言った。

「そんなことより」セオドシアは話題を変えたくて言った。「あなたこそ今夜はなにをしているの？」

「クラフトビールのブルワリーから半ブロックのところにとめたコンパクトすぎる車の運転席で前かがみになって、膝の感覚がなくなってる状態だと言ったら信じてくれる？」

「勇気を振り絞ってブルワリーに入って、ビールを一杯飲もうってわけ？」

「だったらどんなにいいか。そうじゃなくて、テレビの放送作家が張り込みと呼ぶ任務についているんだ」

「あなたはその任務をなんて呼んでるの？」セオドシアはからかうような声で言った。

「退屈仕事」

「でも、大事なお仕事なんでしょう？」

「捜査中のドラッグがらみの事件と関係があってね。麻薬取締局からの情報で、フロリダのチンピラ集団が南米からドラッグを密輸し、このあたりの犯罪分子と取引をもくろんでいるらしい」

「おもしろそう」セオドシアは本気でそう思った。

ライリーはうんざりした声で言った。「そのとおりだよ」そしてあくびをした。

8

「サイモン・ナードウェルという人のことがずっと頭を離れないの」

セオドシアは一ダース分のシルバーのスプーンを手早く磨きながら言った。インディゴ・ティーショップは火曜の朝を迎え、朝のティータイムが始まっていた。焼きたてのシナモンのスコーンと、リンゴのティーブレッドの香りが店内にひろがり、ドレイトンが淹れた熱々のイングリッシュ・ブレックファストやダージリンの芳香と入り交じっている。

「サイモン・ナードウェルのなにが気になるのだね?」ドレイトンは黄色いティーポットをカウンターの反対側まで滑らせた。「五番テーブルの注文だが、あと二分、蒸らす必要がある」

「ナードウェルさんが銃のお店を所有しているのが、ちょっと変だと思ってるだけ。ドレイトンもそう思わない?」

ドレイトンはティーポットとまったく同じ黄色の蝶ネクタイに手をやった。

「悪いことが起こる気がするよ」

「ナードウェルさんを訪ねてみようと思うの」セオドシアはほぼ満席の店内を見まわした。

「目がまわるほど忙しくはなくて、ミス・ディンプルが時間どおりに来てくれたら」

「彼女はいつも時間に正確だ」

「ん？」

「いま、誰が入ってきたと思う？」

振り返ると、ミス・ディンプルがセーターコートを脱いで真鍮のコート掛けにかけているところだった。身長が五フィートちょっとしかないので、背のびをしないとほとんど見えない。彼女はしわの多い顔いっぱいに笑みを浮かべて振り返り、セオドシアたちがいるカウンターに足を向けた。

「遅刻しちゃいました？」ミス・ディンプルは開口一番、そう言った。

「とんでもない、きみはいつだって時間に正確ではないか」ドレイトンが答えた。

ミス・ディンプルは高齢にもかかわらず、とても優秀な帳簿係で、大がかりなお茶会のときには手伝いに入ってもらうことも多い。きらきらした目とリンゴのようなほっぺの典型的なおばあちゃんタイプながら、巻き毛をピンクに染め、爪もそれに合わせた色にするなどおしゃれにも気を遣っている。

「おひさしぶり」セオドシアは声をかけた。「猫ちゃんたちは元気？」ミス・ディンプルはシャム猫を二匹飼っている。

「毛皮のベイビーちゃんたちはあいもかわらずかわいくて世話が焼けますよ」彼女はそう言ってくすくす笑った。「もちろん、シャム猫ちゃんにとっては世話を焼いてもらうのは神様からあたえられた権利ですけど」彼女はエプロンを取って身につけると、ドレイトンのほうを向いた。「なにをお手伝いしたらいいでしょう？」

「祁門《キーマン》茶が入ったこのポットを五番テーブルに持っていってくれたまえ。そのあと、厨房に行って、スコーンをいくらか持ってきて、パイケースに補充してもらいたい。実は、テイクアウトでケースの中身がからになってしまってね」

ミス・ディンプルが店内を忙しく動きまわりながら、お茶のおかわりを注ぎ、皿をさげ、お客と雑談するのを見て、セオドシアはほっとひと息ついた。気分転換しようとおいしいダージリンをカップに注いだとき、入り口のドアがあいてベッティーナが入ってきた。彼女は目ざとくセオドシアを見つけると、一目散に向かってきた。

「お通夜のお知らせです」ベッティーナはこわばった顔で言った。「今夜に決まりました。お葬式は明日です」

「ずいぶんと早いのね」セオドシアは小声で言った。

「デレインおばさんが手配したんです。おばさんがなんでもかんでもなりふりかまわず、ぱっぱとやってしまうのはご存じでしょう？」

セオドシアは店内を見まわした。どのお客もお茶を口に運び、スコーンをもぐもぐと食べている。ミス・ディンプルがすべて対応してくれたようだ。だったら……。

「ベッティーナ」セオドシアは若い女性の手をつかみ、隅のテーブルに連れていった。「もう少し話をしたいの」

「わかりました」ベッティーナは椅子にするりと腰をおろし、両手をテーブルについた。この二日間、ろくに寝ていないのだろう。疲れた顔をしていたが、瞳のなかでは希望の火が燃えていた。「関係者のことで質問があるんですか？　容疑者かもしれない人たちのことですか？」

「ええ、そんなところ。お母さんのことと、親しくしていた人のことでなにか覚えていることはないかしら。あなたには大事なことじゃないように思えても、事件に関係している可能性があるの」

「わかります」

「いまのところ話を聞いたのは、お母さんの共同経営者だったふたり……」

「ハーヴとマーヴですね」ベッティーナは言った。「ゆうべはショーに行かれたんですよね」彼女はうっすらとほほえんだ。

「ええ。そこで撮影監督のエディ・フォックスさんとも話をしたわ」

「フォックスさんね」ベッティーナは言った。「あの人は才能がないわけじゃないけど、自分はハリウッドの大物監督のつもりでいるんです。インターネット映画データベース《IMDb》に自分のページができるのが夢らしいです」彼女は身を乗り出した。「でも、そのなかに容疑者と思う人はいますか？」

「いまはまだ、基本情報を収集してる段階だから。それに、ほかに誰から話を聞けばいいか考えているところなの」

ベッティーナは目を閉じて、しばらく考えこんだ。

「先日お話しした、〈レモン・スクイーズ・クチュール〉の一員であるデザイナーくらいでしょうか。マーク・デヴリンです」

「その人も日曜日のレモンのお茶会に来ていた？」セオドシアは訊いた。

ベッティーナは顔をしかめた。「わかりません」

「そう、マーク・デヴリンさんはブランドの本当のデザイナーということだったわね」

「はい。いわば深くて暗い秘密ですけど、その人がすべてのデッサンを描いたのち、ほかの人の協力を得て、製造ラインに乗せられそうなデザインを絞りこんだんです。さらに実際の製造過程の多くにも立ち会ってます」

「話を聞いていると、マーク・デヴリンという人はかなり優秀みたいね」セオドシアは言った。ナディーンよりもずっと、と心のなかでつけくわえる。ただし、ブランドはナディーンから投資を受けている。もっとも、妹に無心したお金ではあるけれど。

「そうなんです。デヴリンさんは〈デニム・カヌー〉や〈レディバッグ・コットン〉などのブランドのデザインをしていた経験があるんです」

「どっちも流行の最先端をいくブランドね。たしか、本拠地はニューヨークじゃなかった？」

「そうだと思います」

「でも、デヴリンさんはここ、チャールストンに住んでいるんでしょ？」

「もともとここの出身で、最近になって戻ってきたそうです。噂によれば、デヴリンさんはものすごくつき合いづらい人らしくて、自分の思いどおりにならないと気が済まないし、ニューヨークではうまくやっていけなかったようです。母から聞いた話ですけど、ショーヴェさんがヨガ用のトップスのひとつに、穴をあけるとか、そういう変更をくわえたかったらしいんですけど、デヴリンさんはかんかんになって怒ったんですって」

「でもショーヴェさんはいまもデヴリンさんからかなりの協力を得ているんでしょ」

ベッティーナは肩をすくめた。「だと思います」

「マーク・デヴリンさんはお母さんと親しかった？」

「わかりません。そうだったかも」ベッティーナは目にかかった髪を払った。「うーん、むずかしいですね。なんだか人を名指しで批判したり、告げ口したりしてるみたいで。小学校の三年生に戻った気分だわ」

「忘れないで。それなりの理由があってやっているんだってことを」

「わかってます」

「ほかに思いつく人はいる？　誰でもいいわ」

「母には恋人らしき人がいましたけど、たしかしばらく前にわかれたはずです」ベッティーナは言った。

「サイモン・ナードウェル」

「あら、もうご存じだったんですね」

「銃を扱うお店をやっていることくらいしか知らないわ」

「アンティークの銃を専門としているお店です。考えてみると、なんとなくあやしいですよね……母が銃で撃たれて亡くなったことを考えると」

「お母さんとナードウェルさんは親しかったの？　おつき合いはどのくらいつづいたの？」

ベッティーナは肩をすぼめた。

「わかりません。何度かデートしたみたいですけど、母はあまり……話してくれなかったから。デレインおばさんがサイモン・ナードウェルさんをよく思ってないのは知ってます。退屈で陰気くさいと思っていたみたいだから。いつも彼の名前をもじって〃ちっともいけて《ネバー・ドゥー》ない《・ウェル》くん〃と呼んでました」

「ひどいわね」

ベッティーナは目をぐるりとまわした。「ええ、まったく」

「いちおう伝えておくけど、ナードウェルさんを訪ねてみるつもりなの。できればきょうのうちに」

「そうですか。ありがとうございます」

「それでね、ベッティーナ、いまからする質問をじっくり考えてほしいの。お母さんに誰か敵がいなかったか、あるいは誰かと最近、言い合いになったかどうか知らないかしら？」

ベッティーナは目をきつく閉じ、しばらくして目をあけた。

「すみません、ひどく動揺してるせいで、なにをお話ししたか忘れちゃって」

セオドシアはテーブルごしに手をのばし、ベッティーナの手を軽く叩いた。

「気にしないで。あなたはちゃんとやってるわ」そこでいったん言葉を切った。「撮影監督のエディ・フォックスさんはどう?」

「母があの人とウマが合ったとは思いません。たしか、きざったらしい素人と非難してたのを覚えてます」

「彼は実際にそうなの?」

「さあ。わたしが知っているのは、フォックスさんが監督したドキュメンタリーが大きな賞をとったということだけ。それで、今回の撮影に雇われたんです」ベッティーナは声をつまらせた。「けっきょく開催されなかったファッションショーの撮影のために」

「お母さんがエディ・フォックスさんとデートしたかどうかはわかる?」

「いいえ!」ベッティーナは大声をあげた。「いいえというのは、そんなことはないという意味です」彼女は唇を引き結んだ。「デートしたことがあったにしても、わたしはなにも聞いてません」

ナディーンは本当にエディ・フォックスと男女の関係にあったのだろうか。それともフォックスが説明したようにちょっと遊んだだけの仲だったのか。恋愛関係になかったとしたら、マーヴィン・ショーヴェはセオドシアをわざとまちがった方向に誘導したことになる。あれがショーヴェの手口なら、彼を単なる善意の傍観者と見るのはまちがいだろう。

「ほかには誰か思いつく?」セオドシアは訊いた。

ベッティーナは首を横に振った。

「ほかにはいません。ほかに母が知っていた人はいませんし。なので、犯人は仕事の関係者か、ファッション業界の人にちがいありません」

セオドシアは百パーセント納得してはいなかった。「日曜日には大勢の人が来ていたわ。お客さま、モデル、撮影クルー……」

〈レモン・スクイーズ・クチュール〉の関係者も」

「もしかしたら、犯人はそれ以外の人かもしれない」ナディーンの辛辣な性格が誰かの神経を逆なでした可能性もあるとセオドシアは思った。

「サプライズのお客がいたかもしれないということですか？」

「サプライズというよりも、招かれざる客ね」

ベッティーナは唐突に立ちあがった。

「もう帰ります。お店がだんだん混んできているのに、貴重なお時間を無駄にさせてしまって」

「謝らなくていいのよ」ふたりで入り口近くのカウンターまで歩きながらセオドシアは言った。「ドレイトン。ベッティーナにテイクアウトのお茶を出せる？」

ドレイトンはピンクと白のティーポットに手をのばし、店の藍色のテイクアウト用カップにお茶を注ぎ入れ、蓋をかぶせた。

「ピーチとジンジャーのお茶をどうぞ。淹れたてだから熱々だ。そうそう、スコーンもいくつか差しあげなくては」

セオドシアはガラスのパイケースの蓋を取り、レーズンのクリームスコーンを四個、取り出した。

「デレインのお店に戻るなら、これを持っていって」

「ええ、戻ります。そのスコーンは見るからにおいしそうですけど、デレインおばさんは絶対に手をつけないと思います。糖質制限をしているので」

「それは糖質ゼロのスコーンだって教えてあげて」

「本当ですか?」

セオドシアはほほえんだ。「どう思う?」

ベッティーナはさびしげにほほえんだ。

「なるほど、ここだけの話にしておきますね」


午前はあっという間に過ぎ、ナードウェルの店を訪ねることはかなわなかった。十一時十五分過ぎまでには各テーブルの会計をすませ、お客をうながして帰らせたのち(もちろん、急かされていると感じさせることなく)、スターリングシルバーのお茶会の準備にかかった。

「白いダマスク織りのテーブルクロスをお使いになるんでしょう?」ミス・ディンプルが訊いてきた。

「そのとおりよ。お揃いのレースのナプキンと一緒にね」セオドシアは言った。

「では、食器はどうしましょうか?」

「銀色の縁取りがついたレノックスのモンクレアにするわ。さあ、ふたりでお皿を出して、厨房にいるヘイリーのところに持っていきましょう。スコーン以外はランチのお料理を全部、ワンプレートに盛りつけるそうだから」

「すばらしいですね。それと、ナイフやフォークなどはどうしましょう?」ミス・ディンプルはこんな楽しいことは生まれてはじめて、という顔をしながら訊いた。

「思いきり贅沢に、ゴーラムのシャンティリー・シリーズのスターリングシルバーを出しましょう。白いテーパーキャンドルを立てたシルバーの燭台とクロテッド・クリームを入れたシルバーのボウル、そして当然、シルバーのティーセットを置けば、テーブルの準備は完了だわ」

「豪華なシルバーのトレイはなにに使うんですか?」

「あれはスコーンを配るのにぴったりなの。わたしとあなたとでスコーンを積み重ねたトレイをひとつずつ持って、シルバーのトングでお配りするの。そうそう、それと午前中に〈フロラドーラ〉が白いティーローズをバケツ二個分、配達してくれたから、シルバーの花瓶に少しずついけましょう」

テーブルセッティングが終わり、キャンドルに火が灯され、ティーショップ全体がシルバーできらきらしはじめると、ドレイトンがやってきて出来栄えをながめた。

「すばらしいではないか」彼は絶賛した。「われわれのティールームの写真を表紙に使うためなら、どんな高級雑誌も人殺しをしかねないだろうな」

人殺し、とセオドシアは心のなかでつぶやき、そんなカメラマンのひとりがついに日曜のお茶会に現われたのかしらと、あらぬことを考えた。

シルクロードのお茶会

セオドシアはいつもテーマを決めたお茶会にチャレンジしていますが、この中国茶のお茶会も例外ではありません。真っ赤なテーブルクロスを敷いたら、中国のカップとお箸を何組か用意しましょう。鉢植えの竹はお持ちですか？　あれば手持ちの中国の陶磁器と一緒にテーブルに並べるといいですよ。最初のひと品には豚まんをどうぞ。そしてもうひと品、海老春巻きや豚肉の焼き餃子など、人気の点心をくわえるといいでしょう。鶏肉や野菜と炒めた麺は、どんなときでも満足できるお料理です。中国茶をなにか選ぶなら、ラプサン・スーチョン、福建紅茶、あるいは銀針茶のどれかにすればまちがいなしです。

9

十二時十五分前には、インディゴ・ティーショップの前に行列ができていた。

「正午からのイベントなのに、もうお客さまがいらしているぞ！」青いトワル地のカーテンをずらして窓の外のチャーチ・ストリートをのぞいたドレイトンが大声をあげた。「準備はいいかね？　ティールームは完璧に整っているかね？」彼は小走りでカウンターに戻り、ずらりと並んだティーポット、お茶の缶、スプーン、それに茶漉しの上で手を動かした。「必要なものはすべて揃っているだろうか？」

「答えはイエスよ」セオドシアは言うと、通路に進み出た。鏡に映る自分にほほえみ、すべてうまくいくと言い聞かせる。うまくいくなんて言葉では言い表わせない。きょうのランチのお茶会は、この店でも一、二を争うものになるだろう。チケットは完売、メニューは高級感にあふれ、店内はロンドンのノッティング・ヒルの美しい裏路地にあってもおかしくないほど居心地のいい店を彷彿させる。

入り口のところで出迎えるセオドシアの前を、古くからの友人とはじめて見る顔とが一団となって転げるように通り過ぎていった。全員が早く席について、きょうのお茶会を楽しみ

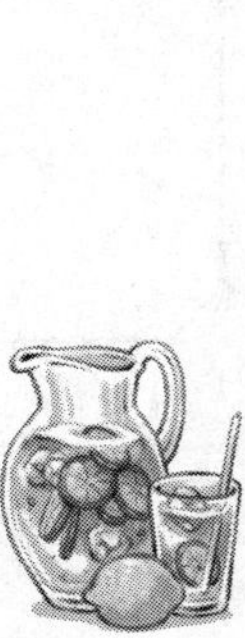

たいと意気込んでいる。ジル、クリステン、ジュディ、リンダ、それにジェシカの顔があった。そのあとから、ジョイ、アーリーン、そしてモニカが入ってくる。

同じ通りで〈キャベッジ・パッチ・ギフトショップ〉を経営するすてきなアフリカ系アメリカ人の隣人、リー・キャロルが、ケネーシャとティアラというふたりの友人を連れて入ってきた。

新顔のひとりはクリケット・サドラーといい、〈ワイルドフラワー〉という、二ブロック先に最近オープンした石鹼と香水の店を経営している女性だった。

開始ぎりぎりになって、セオドシアの親友でハーツ・ディザイア宝石店を経営するブルック・カーター・クロケットがファッションデザイナーのエコー・グレイスとともにやってきた。五十代のブルックはふさふさの銀髪に澄んだ目をしたエネルギッシュな女性だ。エコーは小柄で華奢ながら、パワーに満ちあふれていた。ジェルでつんつんに立たせたローズブロンドの髪、好奇心の強そうな淡いブルーの瞳、肌は透けるように白く、長い首の血管が見えるほどだ。いまどきのヒッピー娘のような服をまとい、裾にフェザーのフリンジがついたスエードのジャケットをはおり、チャームがたくさんついたシルバーの三連のネックレスを着けていた。

「うそみたい」紹介されてハグと音だけのキスを交わしたのち、セオドシアは言った。「ふたりはどういう知り合いなの?」

「エコーのほうから連絡があって、自分のところの服に合わせたいから、うちのシルバーのアクセサリーを少し貸してもらえないかと打診してきたの」ブルックが説明した。「彼女のすてきな服の数々をひと目見て、もちろんいいわよって答えたわけ」

「エコーの服をわたしも見たわ」セオドシアは言った。「とてもすばらしかった」

エコーがうれしそうな顔をした。「見てくれたの？　本当に？」

「まあ、少しだけだったけど」セオドシアは言い直した。「ゆうべのファッション・ダズル・ショーに行ったの」

「あれはほんの一部だから」エコーが言った。「うちの商品全体をぜひ見てほしいわ」

「大賛成」ブルックが言った。「このあと、イマーゴ・ギャラリーで気軽な形の展示会があるそうだから、セオドシアも寄ってみたら？」

「そうよ、ぜひいらして」とエコー。

「うかがうわ」セオドシアは言った。「ぜひとも」

「五時に始まるの」エコーは言った。「カクテルショーみたいなものね。ううん、アートとカクテルのショーと言ったほうがいいかな」


すべてのお客が着席し、ドレイトンとミス・ディンプルが注いだお茶を飲むようになったところで、セオドシアはティールームの中央に進み出た。

「インディゴ・ティーショップへようこそ」彼女は全員の顔を見て、目と目を合わせられるよう、その場でゆっくりとまわった。「当店のスターリングシルバーのお茶会にみなさまをお迎えできたことを、たいへんうれしく思います。みなさまのカップにお茶を満たすと同時に、ご期待に沿うおもてなしをお約束します」

お客から笑顔と軽い拍手が返ってきた。

「もちろん、いまお飲みいただいているおいしいお茶が最初のお茶になります」ドレイトンがそう言いながら、一歩進み出てセオドシアの隣に立った。「白毫銀針茶という中国の白茶でして、やさしい味わいでほんのり甘いお茶です」

「本日のランチのメニューですが」セオドシアは言った。「ひと品めはレモン、オレンジ、グレープフルーツが香る三種の柑橘類のスコーンを、自家製のクロテッド・クリームとともにお召しあがりいただきます。ふた品めは自家製のパイナップルとナッツのパンにチキンサラダをのせたティーサンドイッチをお出しします。三品めのメインディッシュはスズキのグリルのケイパーとレモンのソースに副菜のグリーンピース。デザートには当店の受賞歴のあるシェフがレディ・ボルティモア・ケーキと彼女お得意のパイナップル・ドリーム・デザートをご用意しています」

ドレイトンが咳払いをしてからあとを引き取った。

「みなさんもご存じのように、チャールストンではパイナップルは昔からおもてなしの象徴とされています。昔の船乗りが異国の地からパイナップルを持ち帰り、それを自宅の玄関に飾って安全に帰国したことを知らせたのです。チャールストンで人を招く場合も、おもてなしと気遣いの象徴としてダイニングルームのテーブルにパイナップルを飾ります」

「ありがとう、ドレイトン」そう言ってセオドシアはひきとった。「では……」彼女は小さなシルバーのベルを手に取って鳴らした。「ランチをお楽しみください」

次の瞬間、ヘイリーとミス・ディンプルがスコーンが山と盛られたトレイを手に現われ、ドレイトンは湯気のあがるティーポットをふたつ持って、店内をまわりはじめた。スコーンは大人気を博し、ティーサンドイッチも引けを取らなかった。けれども、いちばん受けたのはスズキのグリルだった。

「このレシピをぜひ教えて」ブルックが有無を言わせぬ口調で言った。

「あとでヘイリーに訊いてみるわね」セオドシアは答えた。

「わたしにもお願い」とジル。「ソースだけじゃなくて、お魚のほうも」

「じゃあ、わたしは二番めで」とリンダ。「あれ、三番めだっけ？」

「じゃあ、こうしましょう」セオドシアは言った。「お店のウェブサイトに掲載するわ」

「ありがたいわ」エコーが言った。「わたしはあまり料理が得意じゃないけど、これはぜひ自分でも作ってみたいもの」

二時までにはすべてが終了した。お客は食べ、飲み、おしゃべりし、思うぞんぶんショッピングに興じた（やっぱりね、とセオドシアは心のなかでつぶやいた。缶入りのお茶、ティータオル、蜂蜜、ジャム、ポットカバーをたっぷり補充しておいて本当によかった）。ようやく人がいなくなったティールームのあと片づけをいったんミス・ディンプルにまかせ、セオドシア、ドレイトン、ヘイリーの三人は厨房に引っこんで、残ったティーサンドイッチをとても遅いランチがわりにつまんだ。

「うまい」ドレイトンが言った。「チキンサラダのサンドイッチはきょうは格別においしくできている」

「いつだっておいしくできてるもん」ヘイリーが言った。

「一生懸命褒めているのに、ひどい言われようだな。まったく生意気な」そう言いながらも、ドレイトンの顔にはうっすら笑みが浮かんでいた。それから、裏口に向かいかけたヘイリーを呼びとめた。「ちょっと待ちたまえ、お嬢さん。残ったケーキを持って、どこに行くつもりかね？」

「え？」ヘイリーは足をとめて振り返り、レディ・ボルティモア・ケーキがひと切れだけのった皿を見せた。「食べたかった？」彼女は急にとぼけた顔になって言った。

「そうなのだよ、きみが食べるのでなければ……」ドレイトンはヘイリーに目をこらした。「まさか、それを持って外に行くつもりではあるまいな？」口調が非難めいたものに変わった。

「どうかな」ヘイリーは言葉を濁した。

ドレイトンはセオドシアに目をやった。「小さなリスがいて、ヘイリーがどうしても餌をやると言って聞かないのだよ。そいつときたらやけに人なつこくなって、裏の路地を走ってきては、裏口のドアをノックしてくる始末だ」

「ミッキーのことね」セオドシアは言った。

ドレイトンは何度もまばたきした。「知っていたのかね？」

「もう何週間も前からヘイリーはミッキーに食べるものをあたえているもの」セオドシアは言った。「もう少し訓練すれば、ナイフとフォークを使って食べるようになるかもね」

「宿無しのリスを飼い慣らしたりしたら、どうなるかわかっているのかね？　この店の二階でヘイリーと野良猫と一緒に住むようになるかもしれんぞ」

「ティーケーキは野良猫じゃないってば」ヘイリーが反論した。「捨てられてたのを、あたしが保護したんだから」

「それはともかく、ミッキーは捨てられたわけではない」ドレイトンは言った。「彼は大自然における自分の領土を、オークの木から支配しているのだ。そんな生き物が屋内にいたがるとは思えんな」

「たしかに……」セオドシアは言いかけたが、近づいてくる足音に気がついた。

「失礼します」ミス・ディンプルがスイングドアの片方をあけて、厨房をのぞきこんだ。「それからセオドシアに目をとめた。「あなたにお客さまですよ」

「わかった」セオドシアはエプロンで手を拭いた。

ミス・ディンプルは声をひそめてつけくわえた。「例の刑事さんです。大きな体にふさわしい食欲をお持ちの方」

「ティドウェル刑事ね」セオドシアは声に不安をにじませた。

「なんの用か、見当もつかんな」ドレイトンが言った。

「わたしにはつくわ」セオドシアは言った。

急ぎ足でティールームに出ると、バート・ティドウェル刑事はすでにテーブルについて、大きな体が許す範囲でくつろいでいた。

「ティドウェル刑事」セオドシアは顔に笑みを浮かべ、喉をかすかに詰まらせながら声をかけた。「いらっしゃいませ」ティドウェル刑事は殺人課を率いており、ライリーの上司でもある。この巨漢の大物の訪問を受けたら、トラブルに巻きこまれたと考えていい。

ティドウェル刑事は椅子にすわったまま姿勢を変えた。きょうはおいしくなさそうなワインの色をしたジャケットに、ぶかっとした茶色のスラックスを合わせ、警察で支給された頑丈な黒い靴を履いている。たるんだ顔にまた何本かしわが増え、波打つ髪をごく平凡なスタイルにしている。本人は以前よりもヘルシーなものを食べていると言うが、あいかわらず下腹がベルトの上にせり出ている。けれども、セオドシアの注意を引いたのは、濃い灰色の真剣な目だった。

「お茶を飲みにいらしたの？　それとも、突然訪ねてきたのにはほかに理由があるとか？」

「親切心でうかがったのですよ。特別なお願いをするために」

「そのお願いというのは……？」

「あなたの現在のボーイフレンドがあなたの身をたいへん案じていると申しあげたら、信じてくれますかな？」

「ライリーが？」セオドシアはいかにも驚いたように装った。「で、彼があなたに……？」

「話をするように頼んだのか、ですかな？　そのとおりです。彼はあなたが〈オーチャード・ハウス・イン〉での殺人事件に過剰にのめりこむのではないかと心配しているのです」

彼はいったん言葉を切った。「わたしも同じ気持ちです」

「そういうことなら、もう手遅れだし、あなたも同じ。だって、もうのめりこんでいるんだもの」怒りと自己保身の気持ちが一気にこみあげるのがわかる。「ライリーから話を聞いていると思うけど、わたしがたまたま、ナディーンの遺体を発見したの」

「そして、あなたはその悲惨な事態に見事に対応した。突っこむべきでないところに首を突っこみ、質問を山ほど浴びせてバーニー保安官を怒らせたことは想像にかたくありません。そういうわけで、あなたはどうか手を引いて、法執行機関に仕事をさせてください。それがみんなにとって最善の利益であるとわれわれは信じております」

「ナディーンの利益はどうなるの？　あるいは彼女の娘のベッティーナの利益は？」

「それについても対処しております」

セオドシアはしばらくティドウェル刑事をにらみつけた。なにかおかしい。

「用件はそれで終わり？　警告もどきを伝えるためにわざわざやってきたの？」

「そのとおりです」ティドウェル刑事は言った。

「ちがうわ、ほかにもなにかあるはず。よからぬことがおこなわれているんじゃない？」セオドシアは声に不信感をにじませながら言った。だいたいにして、ティドウェル刑事がお茶も、食べきれないくらいのスコーンも、スコーンに添える普通の二倍の量のクロテッド・クリームも要求していないからだ。砂糖に対する異常とも言える執着心の持ち主であることを考えれば、あまりに変だ。それに態度もおかしい。あまりにあらたまっているし、さりげなく脅してきたとはいえ、それでもやけに物腰がていねいだ。

「なぜ、なにかおかしいと思うのですかな？」ティドウェル刑事は訊いた。

「過去にちゃんと役にたってくれたわたしのアンテナが、激しく警報を鳴らしはじめたからよ。だから、あなたはすべてを話してくれていないと考えざるをえない」

「話すことなどなにもありませんよ」

「なにかあるはず。絶対に」

ティドウェル刑事は唇を引き結ぶと、セオドシアをじっと見つめ、ため息をついた。しばらく黙っていたが、やがて口をひらいた。「どうしても知りたいとおっしゃるのでしたら、たしかに、まだあります」

「どんなこと？」セオドシアは訊いた。

刑事は首を横に振った。「お話しするわけにはいきません」

「話さなきゃだめよ。そうするのが筋だと思うけど」

ティドウェル刑事はハイボーイ型チェストからKGBの工作員が飛び出してくると思っているかのように、あたりをうかがった。「他言は無用に願います」

セオドシアは人差し指と中指を交差させてからうなずいた。「絶対に言わない。言うもんですか」ドレイトンだけには話すけど、と心のなかでつけくわえた。

ティドウェル刑事は声を落とした。「鑑識の職員が現場の厨房の隣にある客間で、コカインの痕跡を発見しました」

「コカイン？　まあ」そのあらたな情報に、セオドシアはトラックの荷台から転がり落ちた大量の煉瓦がぶつかったような衝撃を受けた。「あの日、ドラッグをやっていた人がいたということ？」

「おそらく」

「誰かはわかっているの？」

ティドウェル刑事は首を横に振った。「いまのところはまだです。しかし、必ず突きとめます。そう確信しております」

頭が急速に働きはじめたのを感じ、セオドシアは手をあげた。次の瞬間、こうだったのではないかというシナリオが浮かび、ぴったりとおさまった。

「あるいは……ちょっと待って。あの客間でドラッグの売買がおこなわれていたと考えてるの？」セオドシアはティドウェル刑事が驚いたような顔をしているのを見てとった。「そうなのね？　そうなんでしょ？　だからみんなぴりぴりしてるんだわ。ドラッグの売買がおこなわれていて、ナディーンはその場にうっかり入りこんでしまったんでしょ」

ティドウェル刑事はため息をついた。「その可能性も検討しております」

セオドシアは椅子に背中をあずけた。動揺はしたものの、驚いてはいなかった。矛盾した言い方だけど。さらに好奇心のなかの小さな芽が突然、いきおいよく震えはじめた。ついにナディーン殺害の動機が出てきた。手がかりと言えるものが。

「そうなると話は変わってくるわね」セオドシアは言った。

ティドウェル刑事はたちまちはっと身を硬くした。

「あなたには関係ありません」顔が一瞬にしてゆがみ、肉づきのいい指をセオドシアの前で振った。「ドラッグの売買がおこなわれていたのなら――実際にそうだったかどうかはまだ確認がとれておりません――なおさら、あなたにはなんとしてでも手を引いていただかなくてはなりません」

「そうね、わかった」セオドシアは素直な口調で言った。

「本気で言っているのですぞ」

「わかってるってば。落ち着いて。ちゃんと聞いてるから。そんなに怒らないでよ、ね？」

刑事はセオドシアをじっと見つめた。

「やだ、わたしったらお茶も出さないで」セオドシアは刑事ににっこりとほほえんだ。「スコーンとお茶を持ってくるから待っていて」

「それは……ありがたいですな」

けれども、テーブルから遠ざかりながら、セオドシアはこう考えていた。ドラッグ。これはたいへんだわ。たしかにそのためなら人殺しもいとわない人もいる。

ティドウェル刑事はスコーンを口に入れ、お茶をポットから注いで飲みながらも、事件には首を突っこまぬよう、しつこいくらいに釘を刺した。最後にもう一度、絶対に手出しをしてはいけないと警告すると、彼はようやく（ありがたいことに）、ドアからのそのそと出ていった。そこでセオドシアはドレイトンを入り口近くのカウンターに呼び寄せた。

「あなたに話しておかなくちゃいけないことがあるの」ひそめた声で言った。

ドレイトンは片方の眉をあげた。

「秘密の情報かね？」

セオドシアはうなずいた。「ティドウェル刑事が突然訪ねてきたことと関係あるのかね？」

「鑑識の人が微量のコカインを見つけたんですって」

ドレイトンはぎょっとした表情を浮かべ、さらに両方の眉を吊りあげ、目を大きく見ひらき、肩をぴくぴく動かした。

「なんだって？　ナディーンから？」

「ううん、〈オーチャード・ハウス・イン〉の厨房の隣にある客間で微量のコカインが見つかったんですって」

「いったいそれはどういう意味なのだね？」ドレイトンはペパーミント・ティーの缶をひとつ棚からおろし、ゴンという大きな音をたててカウンターに置いた。

「ティドウェル刑事によると、ナディーンはドラッグの取引のようなものを目撃してしまったというのが大方の見方らしいわ」

「本当にそんなことがあったと思うのかね？」

「もうちょっと辛抱して聞いて」セオドシアは言った。「もしもナディーンが本当にドラッグの取引現場を目撃したのなら――その可能性はあるらしいけど――そのせいで殺されたんじゃないかと思うの」

「なんということだ」ドレイトンは体から急に生気が抜けたようになった。

「ナディーンが重大なドラッグ犯罪を目撃したのなら、リスクが一気に上昇し、犯人は彼女をなんとしても黙らせなくてはと考えたはず。永遠に黙らせなくてはいけないと」

「うぐぐ」

「しかも、それからわかることがもうひとつある」セオドシアは指を二本立てた。「つまり、かかわっている人間はふたりいるってこと」

ドレイトンの顔に理解の色がひろがった。「買い手と売り手だな」

「そのとおり」

「なんということだ」ドレイトンは言った。「つまり、われわれはふたりの殺人犯を捜さなくてはならないのか？　それはむずかしさが二倍だな」彼は木のカウンターを指でコツコツ叩いた。「いや、危険が二倍だ」

10

およそ四十五分後、セオドシアはティドウェル刑事の忠告をひとまず封印し、ナディーンの元ボーイフレンドのサイモン・ナードウェルの話を聞きにいくことにした。元ボーイフレンドというか、ベッティーナが言うところの、ナディーンが二、三度、デートした相手だ。ナードウェルはナディーンが殺された理由について、なにか情報を持っているかもしれない。ナディーンが麻薬の売買の現場にたまたま足を踏み入れてしまったのが原因なら、ナードウエルにはわかりようもないだろうけれど。

とにかく、セオドシアは愛車のジープに乗りこみ、数ブロック先のカンバーランド・ストリートに向かい、陽当たりのいい場所にとめてナードウェルの店を見つけた。

店はふたつのビルに挟まれた間口の狭い赤煉瓦の建物で、正面には両側にプランテーション風の白い鎧戸《よろいど》がついた大きなショーウィンドウがあった。レトロな書体で書かれた〝アンティークの銃およびコレクターズアイテム〟の金文字が躍っている。その下にはひとまわり小さい文字で〝店主　サイモン・ナードウェル〟とあった。

ショーウィンドウをのぞきこむと、緑色のビロードの布を敷いた上にアンティークの鉄砲、ピストル、懐中用ピストル《デリンジャー》が並んで置かれていた。ローズウッドの握りのついた小さなデリンジャーに太陽の光が当たってきらきら輝いている。西部開拓時代のペッパーボックス・デリンジャーは見るからに古そうだが物騒な感じで、いまも殺傷能力があるように見える。だめでもともとばかりに〝ご用の方は押してください〟と書かれたボタンを押し、ドアが大きなブザー音とともにあくと、なかに足を踏み入れた。

店内にはふたりいた。六十代前半とおぼしき客と、それよりもやや若いサイモン・ナードウェル。ナードウェルはセオドシアを見ると、いま手が離せませんが、あきしだいご用件をおうかがいしますというようにほほえみ、先客の対応に戻った。

セオドシアとしては願ったりかなったりだった。おかげでナードウェルを観察し、店内を見てまわる時間ができた。店は狭くて古風な造りで、まるみを帯びたガラスがはまった鍵つきの木のケースが壁一面に並んでいる。どの箱にもアンティークの鉄砲、拳銃、マスケット銃、デリンジャーなどが何十挺とおさまっている。壁には得意げに銃を見せる男や、愛犬と獲物を見せびらかす鳥専門の猟師たちのセピア色の写真が飾られている。店内は窓ガラス洗剤のウィンデックス、コルダイト火薬、それにホップス社のガンオイルのにおいがしていた。

ナードウェルの姿形は店とそっくり同じだった。やや猫背で時代遅れ、ツイードの三つ揃いのスーツは細い体に合っておらず、しかも少し虫に食われているようだ。

デレインが彼を〝ちっともいけてない〟くんと呼ぶのも道理だ。

その一方、中古車のセールスマンのような熱心だが陳腐な言いまわしを駆使し、必死に売りこみをかけている。

「これはたいへんに美しい品でして、スコットランド製の五十口径のパーカッションピストルでございます」ナードウェルは言った。

「本物かい？」客が訊いた。

ナードウェルは銃身を指でこすった。「ごらんください。ここに〝エディンバラ〟と刻印があります」

セオドシアはふたりの会話を適当に聞き流しながら、店内をうろうろしては、ガラスのケースをのぞきこんだ。そのなかのひとつにフランス製のフリントロック式のピストルがあった。一度も発砲したことがないのではと思うほど、光沢があって新しそうだ。べつのケースの前で足をとめ、南北戦争時代の二挺のピストルをながめた。コルトのアーミーモデルで、とても美しいが、まがまがしい輝きを放っている。セオドシアは頭に思い浮かべた。このピストルが、厳しい表情をした騎兵隊将校のベルトにぶらさがっているところを。その将校が決死の覚悟で兵を率いて戦場に向かうところを。

「これはいくらなんだい？」客がレミントンのリボルバーを手に取ってねらいをさだめながら、ナードウェルに訊いた。

「そちらは千二百ドルになります」ナードウェルは答えた。「しかし、千百五十ドルにお値引きが可能です」

「現金で払うと言ったら？」

「でしたら千百ドルでけっこうです」ナードウェルはすかさず言った。

「取引成立だ」客は言った。

セオドシアはひとりほほえんだ。現金で払うということは、あの銃の売上げは帳簿に記載されないことを意味する。現金で払うということは、FBIの捜査官が常日頃、くそみそに言いながらも歯止めをかけられずにいる巨大な地下経済にナードウェルも加担していることを意味するのだ。

もちろん、それはまた、ナードウェルが不誠実きわまりない人間である可能性も意味する。けれども不誠実だからといって、それが殺人にまで発展するだろうか？　なんとも言えなかった。

ナードウェルは客から渡された現金を数え、それからスエード調のクロスで銃をくるみ、小さな木箱に入れた。それをお客に渡した。「新しい銃をお楽しみください」

つづいて正面のドアが大きな音をたてて閉まり、いつの間にかナードウェルが目の前に立っていた。「ご用件をおうかがいします」

「お邪魔してます」セオドシアは言った。

ナードウェルは両手をガラスケースの上に置いた。

「アンティークのピストルに興味がおありですか？」セオドシアがすぐに答えないでいると、さらに訊いてきた。「ご自分用ですか？　それとも贈り物？」

「実を言うと、実態調査のようなものでうかがいました」

「ほう?」ナードウェルは興味を引かれたようだった。

「あなたのお友だちが殺された件で」

ナードウェルは落ち着きなく、ネクタイに手をのばした。「というと……?」

「ナディーンのことです」

彼女の名を耳にしたとたん、ナードウェルの表情が切なそうなものに変わった。

「彼女はすばらしい女性でした」彼はほとんど聞こえないほど小さな声で言った。「あまりに衝撃的な出来事で……」

「お悔やみ申しあげます」

「ありがとう。知らせを聞いたときはとても信じられなかった」

「警察から話を聞かれたんですよね」セオドシアは言った。

「捜査を取り仕切っている保安官に」ナードウェルは答えた。

「バーニー保安官ね」

「ええ、その人です」

「あの、はじめてお会いしますが、あなたがナディーンと親しかったのはよく知っていますし、わたしも彼女のことはよく知っていました」

たわいのないうそだが、こういう状況だから許されるだろう。もしかしたら功を奏するかもしれない。

「日曜の夜に保安官から話を聞かれたあと、彼女の妹のデレインも電話をかけてきて、もう少しくわしく教えてくれました。耳を疑いましたよ」ナードウェルは眉根を寄せると、暗い顔で口をへの字に曲げた。ナディーンの死に動揺しているのか、この話題を持ち出されて傷口がまたひらいたのが気に入らないのか、セオドシアにはわからなかった。

「ナディーンが亡くなって、大きなショックを受けていらっしゃることでしょう」

「突然、こんな形で悲劇に見舞われると、天と地がひっくり返るほどの衝撃に襲われるものですよ」

「ナディーンにとても好意を抱いてらしたんですね」セオドシアは言った。

「そう長くつき合っていたわけではありませんが、一緒にいる時間は本当に楽しいものでした」

「おつき合いしていたのはどのくらいだったんですか？」

「一ヵ月……いや、二ヵ月くらいだったか」ナードウェルはかぶりを振った。「ナディーンは……美人で行動的な女性でした。もっとふたりで過ごす時間があれば、ふたりの関係はさらに発展したかもしれません」彼は上着のポケットから白いハンカチを出し、目もとの涙を拭った。「もっと時間がありさえすれば」

ナードウェルがすぐれた役者なのか、本当にショックを受けているのかセオドシアには判断がつかなかった。もしかしたら、その両方なのかもしれない。

けれども、ナードウェルはたしかに漠然とした悲しみに沈んでいるように見えたので、セオドシアは彼が気を取り直すまでしばらく待った。

やがてナードウェルは物問いたげな顔でセオドシアを見つめた。

「ナディーンの事件のなにに興味があるんですか？」

「ナディーンの娘さんのベッティーナとは面識がありますよね」

ナードウェルはかすかにうなずいた。「会ったことはあります」

「彼女からかかわってほしいと頼まれました」

「かかわるというのはどういう意味でしょう？」次の瞬間、ナードウェルの顔にああ、なるほどという表情が浮かんだ。「事件を調べているんですね？　警察と協力して」

「あちこち嗅ぎまわって、いくつか質問をするという程度ですけど。もちろん、あくまで一市民として」

「そうですか。だとしたら、身を粉にしてやらないとむずかしいでしょう」

「いま、なんておっしゃいましたか？」彼がなにを言わんとしたのかセオドシアにはよくわからなかった。

「ナディーンの死――ナディーン殺害は正真正銘のミステリだと言ったんです。つまりですね……あんなふうに後頭部を撃つなんてありえますか？」ナードウェルの声に動揺の色がにじみはじめた。「わたしの考えを言わせてもらえば、暗黒街の殺しも同然です」

「なるほど」セオドシアは言った。その線は考えていなかった。もしかしたらナディーンは罪のない第三者ではなかったのかもしれない。よからぬことに関与していたのかもしれない。スキャンダル、贈収賄……コカインの取引？

「デレインによれば、いまのところひとりの容疑者も浮かんでいないそうです。それどころか、ろくな手がかりもないらしい」ナードウェルは言った。

「バーニー保安官がこれといった容疑者を見つけていないのはたしかだけど、彼はすぐれた直感の持ち主だと思います」

「わたしも同じ印象を受けましたよ」ナードウェルは言った。

セオドシアはこれまで言わずに避けていた話題を持ち出すことにした。

「見事な銃のコレクションですね」

「アンティークの銃の収集と売買を長年やっておりましてね。かれこれ三十年になります」ナードウェルは口を引き結び、けわしいまなざしをセオドシアに向けた。「表敬訪問でいらしたわけじゃない、そうですね？　お悔やみを言いに来たわけでもない」声の調子が突如としてはきはきしたものに変わった。「ナディーンが撃たれて死に、わたしのところに銃のコレクションがあるから、わたしに興味を抱いたんでしょう？」

「そのことはちらりと頭をよぎりました」

「ならば、それを消し去っていただきたい。バーニー保安官と話したときに、ナディーンが撃たれたのはおそらく、九ミリ口径の銃だと聞きました」ナードウェルは両腕を大きくひろげた。「ごらんになってわかるとおり、わたしのところにある銃はどれもアンティーク性の高いものばかりです。九ミリ口径のような現代的な銃はひとつもありません」

「そうね」セオドシアは認めながらも、そこで衝撃の事実を告げることにした。「事件に麻薬がからんでいることはご存じですよね？」

「なんですって！」ナードウェルは心の底から驚いた顔をした。「それはないでしょう」

「現場の隣の部屋で微量のコカインが見つかっています」

「ありえない！」ナードウェルは叫んだ。「ナディーンがそんなことに……」言葉が喉につかえて出てこなかった。彼は顔の前で手を振り、ようやく声が出るようになると言った。

「ナディーンが殺されたのはファッションイベントの場でしたし、そっちの人たちがドラッグを使うことはよく知られています。そういうレッテルを貼られていますよね」

「なので、ナディーンの共同経営者から話を聞くつもりです」

「ならば、ハーヴィー・ベイトマンからは必ず話を聞いたほうがいい。あの男はいわゆるシニア・パートナーというやつで、出資者ですから」

「ベイトマンさんが〈レモン・スクイーズ・クチュール〉の大口投資家なんですか？　てっきり、マーヴィン・ショーヴェさんだとばかり」

ナードウェルは彼女に向かって指を振った。「ナディーンに聞いた話では、ベイトマンだそうです」

「〈レモン・スクイーズ・クチュール〉についてナディーンからいろいろ聞いていたんですか？」

「はじめのころ、デッサンやら布のサンプルなどを見せてもらいました」

「マーケティング計画については？」セオドシアは訊いた。

「なにか言っていたかもしれません」ナードウェルは肩をすくめた。「オンラインでの販売だったか、ウェブサイトのことだったか」

「ほかになにか思い出せることはありませんか?」

ナードウェルは手を頭にやり、まばらな髪をすいた。「ブログを書こうと思っているという話をしていたのは覚えてます。ワンランク上の着こなしとか、そんなことを書くつもりだったとか」

「あなたの知っている範囲では、ナディーンは事業に全力を注いでいたんですよね? 共同経営者のひとりとして、そしてファッションインフルエンサーとして」

「千載一遇のチャンスだと言ってました。不動産業界に足を突っこんでいたことも、ニューヨークの小売店で働いていたことも知ってますが、〈レモン・スクイーズ・クチュール〉には本当に心をつかまれていたようです。ある晩、ディナーに連れていったとき、ふたりの共同経営者と仕事をすることにえらく昂奮していましたよ。ふたりのことを、熱心なベンチャーキャピタルを引き込んでくれた天使だと呼んでいました」

「ひょっとして、あなたも投資家のひとりですか?」

「わたしがですか?」はじめてナードウェルは啞然としたが、すぐに愉快そうな表情に変わった。「いや、まさか。ファッション業界についてはなんの知識もありませんからね。だいいち……」彼はピストルをいとおしそうになでた。「わたしは全財産をアンティークの銃に注ぎこんでいますから」

セオドシアは彼の膨大なコレクションをながめた。「こういうものは人気があるんでしょうか？　いまも熱心なコレクターがいるんですか？」

「興味のある人は増えていると思います。毎日、全国から問い合わせがあります。いや、世界じゅうからも」

「すばらしいわ。お仕事がそんなにも好調だなんて」

ナードウェルはまだ質問があるとわかっているように、セオドシアを見つめた。

セオドシアはその期待に応えた。

「ドラッグの件に話を戻しましょう。ナディーンがドラッグをやっていたか、ドラッグにかかわったことがあるかご存じ？」

「彼女が薬を摂取していたかという質問ですか？」

「どうだったんですか？」

「まあ、たまにアスピリンを……」ナードウェルは言葉を切った。「いや、もちろん、あなたがお訊きになっているのは麻薬のことだ。中毒性のあるハードドラッグのことですね」彼は困惑の表情を浮かべた。

「違法な薬物の使用という意味です」ナードウェルが見せた困惑の表情は本物なのか、それとも都合よくごまかされただけなのか、セオドシアにはわからなかった。

ナードウェルの目が、ばねがなくなったキットキャットクロックのようにせわしなく左右に動いた。「まさか。ナディーンがそんなものに関与するはずがない」彼は愕然としていた。

入り口のドアをノックする音が聞こえ、ふたりは振り返った。フェデックスの配達員が箱をふたつ抱えて外に立っている。

「ちょっと待ってくれ」ナードウェルはカウンターの下に手をのばし、ブザーのボタンを押して言った。

ガチャガチャと大きな音につづいて、配達員がドアを押しあけた。

「フレッド」ナードウェルは声をかけた。「わたしあての荷物がいくつかあるようだね」

「二個あります」フレッドが言った。「ひとつは受け取りのサインをお願いします」

ナードウェルが眼鏡はどこかと探すあいだに、フレッドはふたつの箱をカウンターに置いた。

セオドシアはさっと前に進み出て、さりげなく目を向けた。

箱のひとつは差出人の住所がドイツのハンブルクになっていた。もうひとつの箱はエクアドルのサン・ロレンツォからだった。

「ひとつ、集荷を頼む。二日で届けてもらえると助かる」ナードウェルがフレッドのほうに荷物を滑らせ、セオドシアは首をのばしてのぞき見た。マイアミの誰かにあてたものだった。

ナードウェルが荷物を預け、配達員の男性が店を出ていくとセオドシアは言った。

「お忙しいなか、お邪魔しました。なにか思いついたら……」セオドシアはハンドバッグに手を入れ、名刺を一枚、差し出した。

ナードウェルはしげしげと見つめた。「インディゴ・ティーショップ。聞いたことのある名前だ」

「いつかお立ち寄りください。お茶とスコーンをごちそうします」

「いいですね。わたしの名刺もお渡ししておきましょう」

セオドシアは名刺を受け取った。「重ね重ね、ありがとうございます」入り口に向かって半分ほど引き返したとき、ナードウェルが手をあげて手招きした。

「いま思い出したのですが」

セオドシアは振り返り、ゆっくりと彼のもとに戻った。「なんでしょうか？」

「大事なことかどうかわかりませんが……」

「現時点では、どんな情報でも役にたちます」セオドシアはうながした。

「財務に関することです。ナディーンから聞いたのですが、〈レモン・スクイーズ・クチュール〉は何人かの関係者にキーパーソン保険をかけていたそうです。ですので、彼女が亡くなったことで残ったふたりの共同経営者はけっこうな額の保険金を受け取るはずです」

「いくらぐらいでしょう？」

「そこまではわかりません。ですが、調べてみるのもおもしろいと思いませんか？」

たしかにおもしろいと思う。

11

その日の午後はよく晴れて暖かく、セルリアンブルーの空が高くまで澄みわたっていた。セオドシアは車のウィンドウをおろし、うららかな春の気候を満喫しながら車を走らせた。チャールストンのこのあたりはフレンチ・クォーターとして知られ、由緒ある教会、タウンハウス、画廊、店舗などが立ち並ぶうっとりするほどすてきな界隈だ。国のあちこちではやりはじめた低地地方《ロー・カントリー》の料理を出す、新しい店も数多くできている。

キング・ストリートに入り、〈キールホウル・シーフード・バー〉、〈バーステラー・イン〉、〈スリッパリー・グラウンズ・コーヒー〉などの店の前を通り過ぎると、前方に〈ショーヴエ・スマートウェア〉が見えてきた。セオドシアはふと思いついて、スピードを落とした。ちょっと寄ってみようか？　うーん、寄ってどうするの？　マーヴィン・ショーヴェに探りを入れる質問をしてみるとか？　金曜のケータリングの話をするついでという形で。うん、近くに車をとめるところがあったら、そうしよう。

駐車場所は見つかった。セオドシアはパーキングメーターに二十五セント硬貨をひとつ入れ、店の入り口に向かって歩き出した。ショーウィンドウの前を通り過ぎながら、コンサバでありながらいかにもお金がかかっている感じに装ったつやつやの黒いラッカーマネキンをのぞきこんだ。

店内もショーウィンドウとほぼ同じだった。男性用と女性用の優雅で高級な服とアクセサリーの数々。商品だけではなく、店全体からお金と階級のにおいがする。毛足の長い緑色のカーペット（お札の色？）が足をくすぐる。壁にはハートマツの鏡板が張られ、小さなシッティングエリアには豪華な家具が置かれている。美しい婦人服がかかったラックとセーター、スカーフ、ランジェリーが詰めこまれたアンティークのキャビネットがいたるところにある。ジュエリーが陳列されたカウンターがあり、手作業で模様をつけたイタリア製の革のバッグが並べられている。階段で中二階にあがったところが紳士服のコーナーになっていた。そこにも服が陳列されていた――ジャケット、タキシード、革のブルゾンのほか、ゴルフやテニス、セーリング向けのカジュアルウェアが揃っている。アンティークのゴルフクラブ、釣り竿、テニスラケットが壁を飾り、むやみに人を寄せつけない高級な雰囲気を醸している。さらに、暗い色調で、表面に無数のひび割れができた趣味のいい油彩画が何点かかかっているのにセオドシアは気がついた。

とてもすてきなキャメル色のスカートスーツ姿の人なつこそうな女性店員が、即座に声をかけてきた。

「こんにちは、いらっしゃいませ」

女性店員は魅力的で三十代なかばだろう、ブロンドの髪を低い位置でシニョンに結っていた。〈オリバーピープルズ〉の眼鏡が卵形の美しい顔を引き立て、バターのようにやわらかそうなキャラメル色のハイヒールを履いていた。こぎれいでまじめそうなところは、品のいい図書館員を思わせる。

セオドシアはほほえんだ。

「実を言うと、オーナーの方とお話がしたくて立ち寄りました」

「申し訳ございません。ミセス・ショーヴェはただいま会議に出ております」

セオドシアはかすかにとまどった。「すみません、マーヴィン・ショーヴェさんがオーナーだとばかり」

「えっと、あの、その方はオーナーのお連れ合いです」店員のまばゆい笑みが突如としてこわばった。

「でも、マーヴィン・ショーヴェさんのオフィスはこちらにあるんでしょう？」

「いまはちがうんです」

セオドシアは店内を見まわした。

「なぜか、あの方の〈レモン・スクイーズ・クチュール〉の拠点はこちらだと思っていたわ」

「そちらは独立した組織でして、こちらのお店とはまったくの別物なんです」

「そうだったの」セオドシアはこのあとどうすべきか、しばらく考えこんだ。「経営がべつなのね」ひとりごとを言うように、小声で言った。

「そのとおりです」女性店員は言った。「ただ、よろしければミスタ・ショーヴェの電話番号をお教えすることはできますが」

「ぜひお願い。そうしてもらえると助かるわ」

女性店員はカウンターのなかに入り、名刺の裏に番号を走り書きした。戻ってくると、名刺をセオドシアに渡してほほえんだ。どうやら、シーグリーン色のシルクのTシャツ、麻のブレザー、〈ラグ&ボーン〉のジーンズに〈トッズ〉のローファーというセオドシアの着こなしが気に入ったらしい。

「わたしの名刺の裏にミスタ・ショーヴェの電話番号を書いておきました」彼女は言葉を切った。「わたしはバーニス・ウェイヴァリーと申します。なにかお手伝いできることがありましたら、手持ちの服の組み合わせでも、特別なイベントのためのスタイリングでも、なんでもけっこうですから、ぜひひと声おかけください」

「ありがとう。そうさせてもらうわ」

インディゴ・ティーショップに車で戻るあいだ、あらたにわかった事実といくつかのもどかしい疑問とが頭のなかをぐるぐるまわっていた。

ショーヴェ夫妻は完全に独立した事業を運営しているのだろうか？　どうやらそうらしい。財政面での配慮から、ふたつの会社を百パーセント別個のものにしておくことで同意したとか。だとすると、生活もべつべつということ？　あるいは、最悪の場合、泥沼の離婚劇のさなかなのかもしれない。それぞれが自分の収入源を守りつつ、ぼちぼちに競い合っているのかもしれない。

そうでなかったら、こんな考え方はどうだろう？　マーヴィン・ショーヴェはみんなが思っているような口のうまいやり手のビジネスマンではないのかもしれない。役立たずという理由で奥さんに業界から追い出されたのかも。借金をして、〈レモン・スクイーズ・クチュール〉を立ちあげたのかもしれない。あらたな事業を始めるのはお金がかかる——それに、必ず予想外の支出がある——から、いま彼はすかんぴんなのかもしれない。

ふむ。

だとしたら、ナディーンが殺害されたことで、ショーヴェにお金が入るのかしら？　だって、さっきナードウェルからキーパーソン保険の話を聞いたばかりじゃない。

それとも、マーヴィン・ショーヴェという人がナディーンが運悪く出くわしてしまった麻薬の売人ということはある？　知られるわけにはいかない秘密を守るため、彼女を殺したのかもしれない。

ティーショップの裏の駐車スペースに車をとめながら、こうも思った。もしかして、〈レモン・スクイーズ・クチュール〉は大がかりな出資金詐欺の一環だったりして。ショーヴェとベイトマンは出資者（デレインに融通してもらったナディーンを含む）を大急ぎでつのり、うそ八百を並べたててだまし、出資金のほとんどを着服したのかもしれない。売るつもりなどさらさらない服のコレクションをでっちあげ、いまから何週間、あるいは何ヵ月かたったら、破産を申し立てるのかもしれない。

あるいは、ファッションは単に麻薬取引の恰好の隠れ蓑《みの》とは考えられないだろうか。ショーヴェがコカインの常用者ということはある？　そしてベイトマンもぐるなのかも。ふたりがライリーの捜査対象と同じ人物ということはありえる？　いわゆるフロリダのチンピラ集団の交渉相手ということは？

セオドシアは急いでティーショップの裏口からなかに入り、机の上にバッグを乱暴に置き、丈の長い黒いエプロンを着けた。

まだ残っていたミス・ディンプルが満面の笑みで出迎えた。

「そろそろ失礼しようと思ってたところなんですよ。あなたかドレイトンのほうで用事がないようでしたら」ミス・ディンプルはそこで声をひそめた。「残っているお客さまはほんの数人です」

「われわれだけで大丈夫だ」ドレイトンがセオドシアのほうをちらりと見てから言った。

「そうだろう？」

「もう帰っても大丈夫よ、ミス・ディンプル。今度は土曜日にお願いね」セオドシアは言った。

「アイルランド風クリーム・ティーですね。それもきっと楽しいでしょうねえ」

「きょうはありがとう」コートを持って急ぎ足でドアを出ていくミス・ディンプルにドレイトンが声をかけた。それから、セオドシアに向き直った。「やけに昂奮している顔だな。なにかわかったのかね？」

「いっぱいわかった」セオドシアはカウンターに手を叩きつけるように置いた。「サイモン・ナードウェルさんはナディーンに報われない恋をしていたようだけど、銃のコレクションと結婚しているも同然だった」

「それを聞いても意外とは思わんな。問題は、引き金を引いた麻薬の密売人はナードウェルだったのかということだ」

「可能性はあると思う。でも、この事件にはほかにもいくつかおかしな点がある」

ドレイトンは湯気があがっているティーカップを手に取り、ゆっくりとひとくち含んだ。

「説明してくれたまえ」

そこでセオドシアはすべて話した。ナードウェルから聞かされたキーパーソン保険。ナードウェルは銃のコレクションのせいで少し疑われているのを自覚していること。ショーヴェとベイトマンが出資金詐欺をもくろんでいるのではないかという自分の仮説。さらには、マーヴィン・ショーヴェは〈スマートウェア〉とはなんのかかわりもないこと。

最後の話にドレイトンはひどくショックを受けた。

「では、その店の責任者はミセス・ショーヴェなのだね？」

「そうらしいわ」

「すごいではないか」ドレイトンは言った。「いまのはミセス・ショーヴェについて言ったのではないぞ。もちろん、彼女が頭の切れる女性なのはわかっている。すごいというのは、きみがそれだけの情報を探り出したことを指して言ったのだ」

「問題は、犯罪の動機となるような事実はたくさん集まったけど、どれも確固としたものじゃないってこと。誰かひとりを指さして、〝あれがナディーンを撃ち殺した悪党だ〟と断言できるものじゃないのよ」

「しかし、どれもいい仮説であり、いい手がかりであることに変わりはない」ドレイトンは言い、冷静にうなずいた。

「大口出資者であるハーヴィー・ベイトマンさんからも話を聞かなくちゃね。答えにくい質問をいくつかして、彼が居心地悪そうにするか確認するわ」

「すばらしい考えだ。いつやるつもりだね？」

「いますぐ、〈レモン・スクイーズ・クチュール〉に電話をかける」

セオドシアは自分の小さなオフィスに引っこみ、デスクの前にすわった。デスクの上のごちゃごちゃをじっと見つめたのち、いやいやながら片づけはじめた。何冊もあるお茶の雑誌を積みあげ、大量の送り状を片側に寄せ、散らばったペンを拾いあげてペン立てとして使っている欠けたアビランドのクリーム入れに突っこんだ。それからバーニス・ウェイヴァリーにもらった名刺を出し、書かれた番号に電話をかけた。

呼び出し音が六回鳴ったのち、くぐもったカチリという音がして、留守番電話が作動した。愛想はいいもののビジネスライクな女性の声がメッセージを告げる。要するに、誰もいません、ということだ。

セオドシアはティールームにふたたび顔を出した。

「誰も出なかった」とドレイトンに告げた。

「チャールストン・ファッション・ウィークのイベントで忙しいのだろう。ファッションショーはこれからもあるだろうし、バイヤーとの商談や大事な広報活動もある。外まわりに出て、ブランドを売りこんでいるのだろうよ」

「それを利用しない手はないわ。エコー・グレイスの非公式のショーを見に寄って、なにか噂が耳に入らないかやってみる」

ドレイトンは腕時計を軽く叩いた。「いちおう言っておくが、ナディーンのお通夜も今夜、予定されているのだぞ」

「わかってる。デレインはよく、こんな短期間に手配できたものね」

「それが彼女のいつものやり方ではないか。竜巻そのものだ」

「わたしとしては少しくらいあわただしくてもかまわないけど、あまりに性急に事を進めるのはベッティーナにとってよくないんじゃないかしら。お母さんの死を受け入れるには、もう少し時間が必要よ」

「言いたいことはわかる」ドレイトンは言った。彼はしばらくそのまま突っ立っていた。「で、どんな計画なのだね？　計画があればの話だが」

「お店を片づけたら、ファッションショーとやらに行ってみましょう」セオドシアは言った。

最後のティーポットをゆすいでいると、ガタンという音が聞こえ、ひんやりした空気が入ってくるのを感じた。つづいてドアがいきおいよく大きくあいて、ライリーが駆けこんできた。淡いブルーのポロシャツを着て、裾をカーキのスラックスにたくしこみ、紺色のブレザーをはおっていた。ブレザーの下にはビアンキというメーカーのショルダーホルスターがあり、なかにグロック二二口径がおさまっているのをセオドシアは知っている。

「あら！」セオドシアは大声を出した。「きょう会えるなんて思ってなかったわ」彼が顔を出してくれたのがうれしかった。

「いちかばちかで来てみたんだよ。ひょっとしたら、残りものを少しもらえるんじゃないかと淡い期待を抱いてね」彼はセオドシアにほほえむと、ドレイトンがいるほうにまじめくさった顔でうなずいた。「たしか……持ち帰りとか言うんだっけ？」

「スコーン一個とサンドイッチふた切れくらいならばなんとかできるだろう」ドレイトンは言った。「貯蔵庫をあさってくるから少し待っていてくれたまえ」彼は踵《きびす》を返し、厨房に姿を消した。

セオドシアはつま先立ちになって、ライリーにすばやくキスをした。

「今夜はお仕事なのね。また張り込みをするんでしょ」

「まあね。でも、いますぐじゃない」ライリーはセオドシアの体に腕をまわすと、ぐっと引き寄せてもう一度、ゆっくりとキスをした。ようやく体を離すと言った。「うん、とてもよかった」そこで彼の甘いムードが変化した。

「どうしたの？」セオドシアは訊いた。「なにかまずいことでも？」

「いま捜査している事件のせいでどうにかなりそうでさ」

「麻薬取引の件？　地元の買い手に関する情報を把握しようとしているのよね？」

「なんの動きもないからいらいらしてくるんだよ。もしかしたらOC班からの情報がまちがってたんじゃないかって気がしてくる始末だ」

「OCというのは……？」

「組織犯罪《オーガナイズド・クライム》班」

「でも、犯罪というのは普通、組織を破壊《ディスオーガナイズ》するものでしょ？」

「おもしろいことを言うね。でも、ふたりの情報提供者からいくつか内部情報も得ていてね」ライリーは目をぐるりとまわした。「とはいえ、信頼性という点では、そいつらもたいして役にはたたないんだよ」

「きょう、ティドウェル刑事がわたしに会いに立ち寄ったの」セオドシアは言った。

「へええ、そうなんだ」

ライリーはなにも知らないふうを装っているが、セオドシアにはすべてお見通しだった。

「あの人をけしかけたのがあなたなのはわかってるから、驚いたふりなんかしなくていいのよ」彼女はさらに強調するように、両手を腰に置いた。

「ティドウェル刑事がぼくみたいなやつの命令にしろ、助言にしろ、聞き入れるとは思えない。わが道を行く人だから」

「なるほど。たしかにそうね。とにかく、ティドウェル刑事がべつの麻薬取引の話をしてくれた。わたしがひらいたレモンのお茶会のさなかにおこなわれていたそうよ。それがナディーンが命を落とす原因になったと考えられる」

「いまの話、ティドウェル刑事から聞いたの？」ライリーは疑っているような顔をした。

「鑑識の職員はいったいなにを見つけたんだ？」

「ティドウェル刑事から聞き出したわ。どうやら、麻薬の取引がおこなわれた可能性があるらしいの」

「そういうこともあるだろうね」

「でも、だんだん不安になってきたのは……ふたつの麻薬取引は関係があるんじゃないかってこと。あなたが張り込みをしているほうと、ナディーンが巻きこまれた可能性があるほうと」

「まさか。ありえない」ライリーは首を横に振った。「なんらかの形でつながっているという証拠はまったくない」

「たしかなの？」

「絶対だ」

「そう、いちおう訊いてみただけだから」

「セオ、ぼくの話を聞いてほしい。ナディーンの事件から手を引けというティドウェル刑事の忠告は正しい。捜査はバーニー保安官の好きなようにやらせて……」

そのとき突然、ドレイトンが手に藍色の袋をさげて厨房から出てきた。すぐうしろをヘイリーがついてくる。いつもの白いシェフコートを着こみ、コック帽を頭にのせ、飼い猫のティーケーキを腕に抱いていた。

ドレイトンは持っていた袋をライリーのほうに突き出した。

「どうぞ、ライリー刑事。張り込みのためのテイクアウトです」

「うわあ、張り込みするんだ」ヘイリーは大声を出した。「聞いてるだけで胸がわくわくしてくる」

ライリーは不承不承ほほえんだ。

「ひどいにおいがする押収品のフォード・トーラスに何時間もぶっつづけで乗ってみるといい。警察無線のパチパチいう音に耳を傾け、冷めたコーヒーを飲む以外、なんにもすることがないんだ」

「ごめんね、気むずかし屋のおまわりさん。気を悪くさせるつもりじゃなかったんだけど」ヘイリーは言った。

「きみに腹を立てているわけじゃない」ライリーはそう言うと、ヘイリーは忍び笑いを洩らした。しばらくすると、ライリーの顔が深刻なものに変わった。「この麻薬取引の案件はうちの署の手には負えなくなってきていてね。麻薬取締局から協力を求められたとはいえ、密売人たちは幽霊も同然なんだ。絶対に姿を現わさない。たとえ現わしたとしても、逮捕につながる充分な証拠をどうやって集めればいいというんだ？」

ヘイリーは無邪気な青い目でライリーをじっと見つめ、まじめな表情で言った。

「だったら、霊能者ホットラインに電話してみたら?」

12

セオドシアもドレイトンもイマーゴ・ギャラリーのオーナー、ホリー・バーンズと会ったのは一度きりだったが、彼女はふたりを旧友のように大歓迎してくれた。

「ようこそ、おふたりとも」

ホリー・バーンズは少し疲れたようなハスキーな声で言った。彼女はセオドシアを引き寄せ、頬にすばやく唇を寄せると、振り返ってドレイトンにも同じことをした。ホリーは霞《かすみ》を食べて生きているのかと思うほどやせていて、年齢は五十代なかば、結いあげた黒いロングヘアが暗い雲を思わせる。今夜はエコー・グレイスの手による銀白色のシルクのボマージャケットにイージーパンツを合わせていた。ステートメントネックレスをこれでもかと首からさげているものだから、動くたびに拍車のようにじゃらじゃら音をたてた。

「また会えてうれしいわ」セオドシアは小声で応じながら、ホリーのフューシャピンクの口紅が頬についていないといいけれどと考えていた。

「こちらこそ、会えて本当にうれしい」ホリーはふたりをギャラリーの奥へと押しやるように、両手をさっと動かした。「バーのところにいるハンサムな男性が見える？　今夜はボーイフレンドのフィルが、バーテンダー役をつとめてくれているの。さあ、奥へどうぞ。飲んで、おしゃべりの輪に交じって、お洋服に見入ってちょうだいな。楽しんでね！」

「いま言われたこと全部を同時にできるとは思えんな」人をかき分けるようにして混み合ったギャラリーの奥へと足を進めながら、ドレイトンがぼやいた。

現代アートを扱うギャラリーのご多分に洩れず、イマーゴ・ギャラリーもシンプルな装飾に徹していた。具体的に言うなら、白い壁、灰色の業務用カーペット、展示されている写真や絵画を際立たせるための上からのスポットライト。大きな立方体のなかにおさまったコンテンポラリーな金属の彫刻、曲げた金属管で作られふわふわした黒い布で覆われた、とてもモダンで変わった一対の椅子。床にうずくまるような恰好をしたその椅子は、ホラー映画から飛び出してきた巨大な黒いクモを思わせる。できればあまり近寄りたくない代物だ。

壁に飾られた美術作品は今夜のイベントの引き立て役だった。あざやかな色でキャンバスに何本も斜線が描かれた抽象表現主義の大きな絵も、暗くこの世のものではない感じをとらえたモノクロ写真も。

デニムウエアを着こんだちりちり頭のＤＪがサウンドボードを前に、ダイヤルをまわしたり頭を前後に揺らしたりしながら自分の世界にのめりこみ、耳をつんざくようなロック音楽を大音量でかけている。人間の形をしたマネキンかと思うほど背が高くて細身の女性たちがエコー・グレイスがデザインしたファッションに身を包み、少し退屈したような表情で人混みのなかを歩いている。どうやらショーはすでに始まっているらしい。

「バーへ行こう」ドレイトンは音楽のボリュームに負けじとセオドシアの耳もとで言った。彼は活況を呈している小さなバーがあるほうを指さした。「ワインでも一杯どうかね？」

セオドシアはうなずき、ふたりで流行に敏感な人たちばかりの人混みをかき分けていった。

「白ワインをふたつ、頼む」ドレイトンはバーテンダーのフィルに伝えた。彼がガラスのチップ入れに五ドルを入れてうなずくと、フィルはウィンクでそれに応えた。ドレイトンはふたり分のワインを手に取り、ひとつをセオドシアに渡した。そのとき、エコー・グレイスが駆け寄ってきてシャンパンのグラスを乱暴につかみ、あやうくセオドシアたちにぶちまけそうになった。

「あら、わたしの大好きなお茶の人たち！」エコーは大声をあげた。

「ここにいる〝お茶の人〟はわれわれだけのようだな」ドレイトンは言ったが、言葉からは温厚な人柄がにじみ出ていた。

「まずは祝杯といきましょう」セオドシアは言い、自分のグラスを高くかかげた。「才能あるデザイナーと、すばらしいファッションショーを祝して」

「いいね、賛成だ！」ドレイトンが横から言う。

三人でグラスを合わせた。

「あなたがデザインした服を見ると」ゆっくり通り過ぎていく三人のモデルを見ながらセオドシアは言った。「いい意味で熱に浮かされてしまうの。つまり……」彼女はレモン色のワンピースを着たモデルのほうにグラスを傾けた。「どれもとても軽い素材で、おいしそうな色をしているんだもの」

「いまはガーゼ素材がマイブームなの」エコーは言った。「扱いがむずかしい素材だけど、とてもおもしろくて」本人もディップダイという方法で染めたキャラメル色、金色、小麦色のグラデーションが美しい、透ける素材のロングワンピースを着ていた。リサイクルしたタン色の革で作り、トルコ石とラピスラズリをちりばめたベルトバッグを細い腰に巻いている。

わたしもあのくらい細いウエストになれればいいのに、とセオドシアは心のなかでつぶやいた。そこへカナッペのトレイを持ったウエイターがやってきたので、ゴートチーズに砕いたピスタチオナッツをちりばめたものをもらった。

にぎやかなファンの一団がエコーに近づいてきたので、デザイナーは仕方なく残念そうにさよならと手を振って、おとなしく引っ張られていった。

「おもしろくなってきたわ」セオドシアは言った。「退屈なんじゃないかって思ってたけど、実際に来てみたら……」ドレイトンに顔を向けると、彼はセオドシアのうしろにいる誰かをじっと見つめていた。

「あそこにアーノルド・フィッシャーがいるのが見えてね」彼は小さく笑った。「骨董商がおしゃれなイベントに顔を出すとは思ってもいなかったよ。ちょっといいかな？　あいさつをしてきたい」

ドレイトンが急ぎ足でいなくなると、セオドシアはワインをひとくち飲んで、ギャラリーを見まわした。すると、彼女も見覚えのある顔を見つけた。

あれはたしか、チャンネル8のニュース番組でカメラマンをしているビリー——うぅん、ボビーだ。

ボビーはビデオカメラを小脇に抱え、輪にして束ねた黒いコードを肩にかけていた。うしろには照明と音声を担当するトレヴァーの姿があった。

セオドシアは近づいて、気づいてもらおうと腕に触れた。「ボビー……」

ボビーは振り返ると、すぐに誰だかわかった。

「セオドシア。ひさしぶりだね。トレヴのことは覚えてるよね？」

「もちろん。ふたりとも、また会えてうれしいわ」ボビーとトレヴァーと会ったのは一ヵ月ほど前のこと。あのときは、ふたりとチームを組んでいた女性レポーターがむごたらしく殺されたのだった。

「元気にしてた、ボビー？」セオドシアは訊いた。

「まあ、なんとかやってるよ。追わなきゃいけないニュースが多くて、あっちこっちに飛びまわってばかりだ。犯罪、セレブ、市のイベント、政治論争。いつものことだけどね」ボビーは癖の強い黒髪にオリーブ色の肌をしていて、第二次世界大戦を耐え抜いたような、くたびれた革のジャケットを着ている。ブロンドの髪に青い目の音声係のトレヴァーはフードつきパーカとジーンズ姿だ。スケボー少年のようなかわいい顔をしていて、二十代なかばなのに十代かと思うほどぎこちないところがある。

「ショーの撮影で来ているの？」セオドシアは訊いた。

「うん、チャールストン・ファッション・ウィークをテーマに三十分の特集を組むことになっていてね、できるだけ多くの地元デザイナーを取りあげたいらしい。だもんで、しゃれたショーの撮影で、街じゅうを飛びまわってるんだけど、実際やってみると、なかなか楽しいよ」ボビーは首をすくめた。「ただでいろいろ食べられるし、きれいなモデルは大勢いるし」

「でしょうね」セオドシアはぼそぼそと言った。「あなたはテレビ局で仕事をするようになって数年くらい？」

ボビーは片方の目をつぶった。「ええと……もうすぐまる四年かな」

「フリーで撮影の仕事もしているの？」

「企業の動画とかコマーシャルとか……なぜだい？　なにか考えていることでも？」

「ちょっと訊きたいことがあって。エディ・フォックスという名前の映像関係者を知らないかしら。フォックスファイアー制作という会社の経営者なんだけど」

すでにボビーは首を縦に振っていた。

「冗談言わないでくれよ。当然じゃないか。この業界の人間でファスト・エディを知らないやつなんかいないよ。チャンネル6で働いたのが最初だった。そこをクビになって、独立したんだ。仕事は順調で、いくつか大きな賞をとったと聞いてる」

ボビーが言った興味深い事実にセオドシアは注意を引かれた。

「エディ・フォックスが解雇された理由は……？」

「能力がないからじゃないよ。それどころか、かなり腕のいいカメラマンだからね」ボビーは言った。「涙を誘うような記事であれ、明るい記事であれ、あるいはただ単に厳しいニュースであれ、彼はいつもきっちりとネタを仕入れ、それを見栄えよく仕上げるのがうまかった。だから、問題は彼の仕事の出来じゃなく、白いものに鼻を突っこむのが好きすぎたことなんだ」

「それって、エディ・フォックスがコカイン中毒だってこと？」

「かなり深刻らしい」

「それはたしかな話なの？」セオドシアは訊いた。

「うん……そうだよ」ボビーはゆったりとしたピンクとグリーンのチュニックに、体にぴったりしたレギンス姿のモデルがふたりのそばをゆっくり歩いていくのを目で追った。好色な目と好奇心丸出しの笑顔で見送ったのち、セオドシアに視線を戻した。「このあいだの日曜日、フォックスは銃撃事件に巻きこまれたんだよね？　おたくのお茶会で。少なくとも、報道室でそんな噂を聞いたけど」

「ええ、彼はファッションショーの撮影で来ていたわ」

ボビーは鋭かった。「じゃあ、フォックスは容疑者なのかな？」

「現時点では全員が容疑者じゃないかしら」セオドシアはあいまいに答えた。「でも、彼についてなにか教えてもらえたら、とても助かるわ」

「彼の容疑を晴らすのが目的？　それとも彼を犯人と名指しするため？」

「どっちもありうる」

「いまのフォックスのことはよく知らないけど、でも……」ボビーはあたりを見まわしてから声を落とした。「ハイライフ・クラブに聞き覚えは？」

「全然。なんなの、それ？」

「お気楽な仲間内のソーシャルクラブで、銀のスプーンをくわえて生まれてきたような、何不自由ない生活を送ってるガキどもの集まりだ。いや、なかにはコカインのスプーンを鼻に突っこんでるやつもいるかもな。どいつもばか騒ぎをするのが好きな二十代、三十代の金持ちの子どもばかりだ」

「お金持ちの子ども」セオドシアは繰り返した。「じゃあ、エディはお金持ちの息子なの？」

「少なくとも、昔はそうだった。いまの彼の財政事情がどうかは知らないけどね。親父さんは大手のヘッジファンド会社の共同経営者だった。とにかく、エディもそのグループの一員で、跡継ぎ仲間とつるんでた。不労所得で暮らしてるやつとか、毎月、多額の配当小切手を受け取ってる運のいい連中とかさ」

「それじゃ、パーティが終わるわけないわね」セオドシアは言った。

ボビーは顔をゆがめて笑った。「昔は、そんな人生だったらどんなにいいかと思ってた。けど、いまはそこまでうらやましいとは思わないな」

六時十五分過ぎ、セオドシアはドレイトンを捕まえて言った。

「帰りましょう。ナディーンのお通夜に行かないと」

セオドシアのジープで向かう途中、カメラマンのボビーと話した内容をドレイトンに聞かせた。

「エディ・フォックスがコカインを吸引していたというのかね？」ドレイトンは多少、驚いただけだった。

「ボビーはそう言ってる」

「そして、〈オーチャード・ハウス・イン〉で微量のコカインが見つかっている。つまり、エディがなかにいた可能性があるわけだ」ドレイトンはしばらく黙りこみ、車はベイ・ストリートを南下した。すでにあたりは真っ暗で、〈エルモズ・オイスター・バー〉と〈バタヴィア・ジャックス・ハウス・オブ・ブルーズ〉の派手なネオンが車のフロントガラスに反射した。「エディがナディーンを殺した犯人ということは考えられるだろうか？」

「ありうるでしょうね。だって、彼が麻薬の常用者で、現場近くで微量のコカインが見つかったなんて、偶然にもほどがあるもの」

「そして、きみは偶然というものがあまり好きではない」

「ええ、好きじゃない」

ドレイトンはダッシュボードを叩くように指を動かした。

「だとしても、興味深いではないか。で、その情報をどうするつもりだね？」

「そうねえ……まだ、なんとも決めてないわ」

「フォックスがコカインを使っている事実から彼の人格が透けて見える。正確に言うなら、透けて見えるのは人格の欠点だが」

「でも、状況証拠でしかない」セオドシアは言った。ベイ・ストリートからジョージ・ストリートに入り、ブレーキを軽く踏んだ。「ところでここはどこかしら？」

「どこを目指しているのだね？」

「オズワルド・ブラザーズ葬儀場。ネットで調べたら、築百年以上になる赤い石でできている建物らしいの」

「聞き覚えがないな」ドレイトンは言った直後、なにかを指さした。「おや、あそこのことかね？　あれなら知っている。最初は葬儀場だったが、個人の住宅になり、その後、しばらくはファースト・セキュリティ銀行として使われた。一周まわって、もとに戻ったのだな」

オズワルド・ブラザーズ葬儀場は赤煉瓦造りの異様な建物だった——手すりと柱と破風《はふ》がやりすぎなくらいについていた。現代の魔女が暮らしていそうな、ロマネスク様式の城といった風情だった。

「なんだか気味が悪いわ」セオドシアは右に折れ、かつては葬儀馬車が通ったと思われる屋根つきのポーチを進み、すでに多くの車がとまっている小さな駐車場にたどり着いた。

「どう見てもAランクの不動産物件ではないな」ドレイトンは言った。「オズワルド・ブラザーズ葬儀場の看板が青いネオンで縁取られているのを見たかね？　あんなにけばけばしいと落ち着かんよ」

「なかは外見ほどひどくないかもしれないでしょ」セオドシアはエンジンを切り、エンジンがゆっくりと冷えていくカチカチという音を聞いていた。

「まあな」

「なんといっても、デレインはいろんなプレッシャーにさらされていて、短い期間で手配できたのがここしかなかったのかもしれないし」

セオドシアは車を降りて建物のなかに入ろうとするそぶりを見せず、ドレイトンも同様だった。

ようやく意を決したように、セオドシアはうしろのシートから黒いジャケットを取った。

「たぶん、そんなにひどくないわよ」

ドレイトンはひとつ大きく息を吸うと、両手で膝を叩いた。

「自分の目でたしかめるしかないな」

オズワルド・ブラザーズ葬儀場は、そうひどくはなかったが、それでも陰気くさくてみすぼらしい葬儀場だった。だだっぴろいロビーには古ぼけたワイン色のカーペットが敷かれ、地味な花柄の布を張った肘掛け椅子が置かれ、どっしりした側卓には業務用サイズのティッシュを入れた箱がのっていた。盛りを過ぎた花のにおいがひんやりとした室内に充満し、そこにほんの少しだけ化学物質のにおいが交じっていた。

「インテリア・デコレーターに頼んで、なんとかしてもらえばいいのにな」ドレイトンが先端にピンクの羽根がついたボールペンで記帳しながら小声で言った。

「あるいはライフスタイルの達人に」セオドシアは言った。

「あるいは死のスタイルの達人と言うべきかな」ドレイトンは忍び笑いを洩らした。「それにくわえ、部屋の消臭剤も必要だ」

プロらしいきちんとした黒い上下の葬儀場職員にうなずくと、ビロードのカーテンをくぐって安置室Aへと案内された。

そこに入ったとたん——なんと！——すべてが一瞬にして変わった。

13

タイタニック号のごみためのような三等客室から豪華な一等客室に移動したようだ、というのが第一印象だった。あるいは、ウサギの穴に落ちていくアリスの気分だった。というのも、ロビーの陰気な雰囲気から一転、白いジャケット姿のケータリング業者たちが、ワインのグラスと、オードブルでいっぱいのトレイを手に出迎えてくれたからだ。部屋の奥に目をやると、すまし顔の弦楽四重奏団が陽気なアップテンポの曲を演奏している。着飾った人たちが行き交うのが見えた。まるでカクテルパーティの場にいるかのようだ。実際、カクテルパーティも同然だった。

けれどもいちばんの目玉は部屋のいちばん前、炎が揺らめくピラーキャンドルと大理石でできた有翼の天使像にはさまれた、つやつや光る白い棺だった。それではまだ足りないとばかりに、蓋のあいたナディーンの棺は、ゆるやかに波立つ海を模した白い蘭に囲まれていた。ほほえむナディーンの写真を貼りつけたレースの垂れ布が上からぶらさがっていた。

故人となったナディーンは淡いピーチ色のワンピースを身につけ、爪（貼るだけでいいプレスオンネイルにちがいない）を同じピーチ色に塗って永遠の眠りについていた。しかも、ブロンドの髪も淡いピーチ色を帯びていた。棺の左には金めっきを施した鳥かごがあり、なかで二羽のインコが甲高い声で鳴いていた。

「このセッティング、信じられる？」セオドシアは小声でドレイトンに言った。

「あまりに華やかすぎるものだから、舞台バージョンの『エヴィータ』の世界に迷いこんだ気がするよ」

「じゃなかったら、バスビーのミュージカルね」セオドシアは彼の腕をつかみ、必死で笑いをこらえた。やりすぎなくらい大がかりな飾りつけだった。それでも、どれもデレインにしては度を越してはいないし、盛ってもいないし、ごちゃごちゃしてもいない。ううん、この場合はデレインの亡くなった姉のわりには、と言うべきかもしれない。

デレインがすぐにふたりを見つけ、極端に高いハイヒールでよちよちと早足で歩きながら、あいさつにやってきた。

「セオ！」デレインは甲高い声をあげた。「それにドレイトン。来てくれて本当にありがとう」彼女はにこにこと上機嫌で、お葬式にふさわしい黒ではなくホットピンクのラップブラウスと、それに合わせたスラックスという恰好だった。首にはまるまるとした真珠のまわりにダイヤモンドをちりばめたペンダントをかけ、揃いの真珠のイヤリングをつけている。真珠の直径は少なくとも十四ミリはありそうだと、セオドシアは見当をつけた。

「大勢の人がお通夜に来てくれたようだね」ドレイトンが社交辞令として言った。

「うん、まあ、そうだけど……」デレインは無造作に手を振った。「本当のことを言うと、あちこち電話をかけたし、ちょっと無理を言って来てもらったりもしてるの。これだけ贅沢なものにしたんだもの、無駄にしたくなかったのよ」

「贅沢」セオドシアはデレインが言ったことを強調するように、その言葉を繰り返した。

「お通夜じゃなくて、興味をそそるサロンのようにしたかったの」デレインは言った。

「その目標は達成できたじゃないか」ドレイトンが言った。彼はものの見事に真顔をたもっていた。

「もちろん、お花は全部、明日のお葬式に再利用するわよ。それに鳥は借り物だし」デレインはまじまじとセオドシアを見つめた。「明日も来てくれるわよね？　あなたも来るでしょ、ドレイトン？」

「もちろん、うかがうとも」ドレイトンは約束した。

突然、デレインが驚いたように悲鳴をあげた。「やだ、ちょっと信じられる？　まさかあの人が来るなんて」

振り返るとサイモン・ナードウェルの姿があった。彼はどうしていいかわからないというようにきょろきょろ見まわし、ウェイターのひとりからワインのグラスをほっとしたように受け取った。

「ちっともいけてないサイモン」デレインは猫みたいに笑った。

「きょうの昼間、ナードウェルさんに会ってきたの」セオドシアは言った。

デレインはジェルで整えた眉をあげた。「あの男が銃をたくさん持ってるって理由で、おせっかいにも姉の死を調べてるの？」

「それも理由のひとつ。もっと大きな理由は、ベッティーナに頼まれたから」

「かわいそうなベッティーナ。想像を絶する悲しみに打ちひしがれて」デレインがいとおしそうに言った。

「それも当然だ」ドレイトンが言った。

「実はね、ナードウェルさんはナディーンが亡くなって、そうとうショックを受けているみたいだった」セオドシアは言った。「ナディーンとはもっと長くつき合いたかったと打ち明けてくれたわ」

デレインは手を口に持っていき、忍び笑いを隠した。

「それ、冗談よね？」彼女は半狂乱になってスクリーンドアにぶつかる蛾のように、目をせわしなくしばたたいた。「冗談だと言って」

「冗談なんかじゃないわ」セオドシアは言った。

「死んだ人を悪くなんか言いたくないけど……」デレインが声をひそめたのは、けっきょく死んだ人を悪く言うつもりだからだ。「ナディーンはグレードアップすることばかり考える人だったの」

セオドシアはまばたきをした。まさか、聞きまちがい？

「それって、もっとレベルの高い男性にグレードアップするという意味？」そういうのはあまりに計算高くておぞましい感じがする。

「当然」デレインは言った。「もう、いやあねえ。まさかナディーンがナードウェルみたいな冴えない店主なんかで満足してたとは思ってないでしょうね？　おぞましい茶色のスーツを着て、埃《ほこり》をかぶった古い銃を相手におしゃべりするような中年男なのよ」

「そう言われると、たしかに彼は掘り出し物とは言いがたいけど。でも、さっきあなたが言った話に戻るけど……ナディーンはグレードアップしたのよね……べつの人に？」

デレインはゆっくりと片目をつぶった。「本人はそう言ってたわよ」

「その運のいいお相手が誰かわかる？」セオドシアは名前だけでも知りたかった。

「残念ながら、わからないわ。ナディーンは私生活のこととなると、少し口が重かったから」

「マーヴィン・ショーヴェさんはナディーンがエディ・フォックスさんと親しかったとそれとなく教えてくれたわ」

「エディですって？　しょうがないわね」デレインはナディーンの棺があるほうに目を向け、苦々しそうにうなずいた。「姉さんたら、またやったのね」

ベッティーナは母の棺のそばの黒いボタンチェアにひとりすわり、人生でもっとも大切で大好きな人を失ったような顔をしていた。実際、そのとおりなのだろう。

セオドシアは身をかがめ、小さく声をかけた。

「ベッティーナ？　その後、調子はどう？」

ベッティーナは泣き腫らした赤い目をセオドシアに向けた。

「だめです。こんなにショッキングな出来事は経験したことがありません」

セオドシアは隣に腰をおろし、若い女性の手を取った。〝時がすべてを癒やしてくれる〟とか〝起こることにはすべて意味がある〟といったありきたりな言葉をかけることもできたが、なんのなぐさめにもならないことはわかっていた。セオドシアの母がこの世を去ったときも、なんのなぐさめにもならなかったのだから。けれども、ここにすわってベッティーナの手を握ってあげれば、いくらかなりとも元気づけてあげられる気がする。とにかく、そうなるよう祈るしかない。

一分ほどたって、ベッティーナは大きくため息をつき、セオドシアの肩に頭をあずけた。

「ありがとう」彼女はかすれた声で言った。「デレインおばさんは、おしゃべりするばかりで。そばにいてくれるだけで充分なのに。本当にありがたいです」

セオドシアはうなずいた。

「あの人たちを見て」弔問客が母親の棺の前を一列になって通り過ぎていくのが見える。「ほとんど知らない人ばかりです。だからよけいに……心にぽっかり穴があいたような気がして」

「そうは言うけど、みんなあなたのお母さんとの思い出を偲ぶために。お母さんを追悼しに来てくれたのよ」セオドシアははげました。「お母さんとの思い出を偲ぶために。そしてあの人たちなりに、あなたにお悔やみの気持ちを伝えようとしているの」

ベッティーナは顔をしかめ、セオドシアの言葉をかみしめた。

「そうですね」そう言うと、しばらくじっと黙っていたが、やがて口をひらいた。「セオドシアさん、まだ調べてくれているんですか？」

「もちろんよ、ハニー。あなたが望んでるんだもの、そうでしょう？」

「ええ、それをいちばんに望んでます」ベッティーナは咳払いをし、無理に背筋をのばした。「今夜は関係者の多くがここに集まっていますけど、それには気づいていますよね？」

セオドシアは唇をかんだ。ベッティーナが言わんとすることはわかる。母親の死に関与した人物——ナディーンと近しかった人物——が、死者を悼む弔問客のふりをしてお通夜の会場に来ているかもしれない。

「それもわたしがここにいる理由のひとつよ」セオドシアは小声で言った。ベッティーナの肩に腕をまわし、額に口づけた。「そろそろ取りかかるわ」

ベッティーナはまばたきして涙をこらえ、ささやくような声で言った。

「がんばってください」

ベッティーナの言うとおりだ、とセオドシアは思った。たしかに今夜は関係者の多くが集まっている。ハーヴィー・ベイトマンとマーヴィン・ショーヴェのふたりはセオドシアとドレイトンが到着した数分後にふらりと入ってきた。エディ・フォックスは部屋の反対側で、ワインを手に取り、女性の給仕のひとりに言い寄っている。サイモン・ナードウェルは隅のほうで所在なさそうにしていた。ほかにも残念な結果に終わった日曜のレモンのお茶会に来ていたお客とマスコミ関係者が大勢駆けつけていた。フリーのファッションデザイナーのマーク・デヴリンとはまだ出会えていないが、彼も来ているはずだ。なんとか見つけ出して、顔を合わせておきたい。

まずはいちばん近くにいるマーヴィン・ショーヴェと話をすることにした。人好きのする笑みを浮かべて近づいた。

「昼間、〈ショーヴェ・スマートウェア〉に行ってみました」

「ほう？」ショーヴェはかかとに体重をあずけ、ポケットのなかの小銭をじゃらじゃら言わせた。今夜の彼は紺色の夏用のカシミアのセーターにカーキ色のスラックスを合わせている。スラックスには小さな魚のような模様が点々とついている。たぶん、イルカだろう。あるいはカジキか。

「すると、驚いたことに、あなたのオフィスはあそこにないと言われてしまいました」

「そうなんだよ、われわれはドック・ストリート劇場近くに場所を借りている」ショーヴェは愉快そうに喉を鳴らした。「芸術家気取りの連中が多い界隈にね」

オフィスの現在地について問いただされているのに、まったく気にしている様子がなかった。というより、まったく動じていないようだ。じゃあ……この人はなにも隠していないということ？　ミセス・ショーヴェとの仲は良好なの？　それでも、彼を容疑者リストからはずすのにはためらいがある。もう少し強く迫って、どんな反応を見せるかやってみよう。

「ナディーンが亡くなったことで、会社の体制に大きな穴があいてしまいましたね」

ショーヴェは肩をすくめた。「いや、それほどでもない」

「チャールストン・ファッション・ウィークの期間中だから、いろいろやることが多いでしように」

「葬儀の手配を同時進行でやらなきゃならないという事情はあるにせよ、デレインがいい感じでくわわってくれたのが大きいね。彼女はマスコミにしっかりしたつてを持っているし、われわれでは接触がかなわなかったバイヤーと引き合わせてもらえたし」

「では、足並みが乱れるということはなかったんですね？」

「うん、とくにはね」ショーヴェは如才なくどうとでも取れるようにうなずいた。「では、失礼する」そう言って立ち去った。

ふむ。

あたりを見まわすとエディ・フォックスの姿があったので、セオドシアは彼にいくつか質問をぶつけることにした。彼のライフスタイルに関する情報をいくらかつかんだことでもあるし。

「あなたはハイライフ・クラブの正会員だそうね」セオドシアは先制攻撃としてフォックスにそう言った。

フォックスには不意打ちだったらしい。

「はあ？」けれども彼はすぐに落ち着きを取り戻した。「ああ、あのことか」彼はあざわらうように鼻筋にしわを寄せ、かぶりを振った。「いまもそうならいいけどな。あいにく、ばかなパーティ三昧の日々はとっくの昔に終わったよ。いまのおれは金をもらうための仕事で身動きが取れない、ごく普通の労働者だ」

「そして、評判の高い映像制作者でもある」

「おれとしては副賞に高額の小切手がもらえる賞をとりたいね。残念ながら……」フォックスはワインをひとくち飲んだ。「ちょっと気になるんだが、どこでハイライフ・クラブの話を聞きつけたんだ？」

「あちこちでたわいもない話をしているときに」セオドシアは言った。エコー・グレイスが部屋の反対側から手を振っているのが見えたので、セオドシアも手を振り返した。

フォックスは顔を近づけてセオドシアをのぞきこんだ。「あんたも会員？」

「とんでもない。わたしの生活の中心はお茶だもの」

「おれが聞いた話とちがうな」

「どんな話を聞いてるの？」セオドシアが質問したとき、エコー・グレイスが笑顔のデレインをともない、突然、会話に割りこんだ。

「街のあちこちで質問してまわってるそうじゃないか」フォックスの声が大きくなりはじめた。「ナディーンが殺された件について。いったいどういうことだ？」よく通る声だったから、まわりにいた人たちが聞き耳を立てはじめた。「あんたは犯罪マニアなのか？　それとも素人探偵でもやってるのか？」腕を振り動かしたいきおいで、持っていたワインがこぼれてしまった。

「あなた、気はたしかなの？」デレインがいきなり大声でわめいた。「セオドシアはチャールストンでいちばん腕のいい私立探偵なのよ！」

それを聞いてエコーは笑顔になり、フォックスは驚きのあまり一歩あとずさった。

「はあ？」デレインの言葉の攻撃を聞きつけた人たちが吸い寄せられるように集まるなか、フォックスは言った。

デレインが肩に腕をまわして抱き寄せてきたので、セオドシアはシャネルのナンバー5《ファイブ》の雲に包まれた。

「セオはこの街の少女探偵ナンシー・ドルーなの！」デレインは大声で言った。「なんなら、トリクシー・ベルデンでもいいわ。あたしの大事な姉が殺された事件を調べてみると、ベッティーナと固く約束してくれたんだから」

「つまり、本当に調べてるのか？」フォックスはかなり驚いた様子だった。

ありがたくて涙が出てくるわ、デレイン。セオドシアは心のなかでつぶやいた。街じゅうの人に知らせてくれてありがとう。おかげでみんなが好奇心をつのらせながらこっちを見てるじゃない。

「殺人事件を調べてるに決まってるでしょ」デレインは大声で言った。「セオドシアは殺人犯を突きとめることにかけては天才的な手腕を発揮するの。以前にもやったんだから、今度も必ずできるに決まってる」そこでデレインはフォックスに向かってかわいらしくほほえみ、急に立ちくらみがしたかのように顔を手であおいだ。「ねえ、フォックスさん、あなたのグラスもあたしのグラスもからになってるわ。おかわりしたいから、バーまで連れていってくださる？　あたし、昂奮しすぎてのぼせちゃったみたい」

「お……おう、もちろんだ」フォックスは言った。

「ふうう」デレインとフォックスが連れ立っていなくなり、野次馬がゆっくりばらけていくのを見ながら、エコーは言った。「まったく、どっちもどっちの頭のおかしさだわ」

「お似合いのふたりなのかもね」セオドシアは言った。

「ナルシストとエゴイストの遭遇」

「そうそう」

「ちょっと話は変わるけど、きょうのショーは楽しんでもらえたかしら」エコーは言った。

「からかってるの？　どの服もべた惚れしちゃったわ、本当よ」

「よかった、ひとつひとつの完成度が高いでしょ？　やわらかくて薄くて、ちょっぴり乙女チックでありながら、ロックな雰囲気を併せ持ってる。職場にも着ていけるし、週末のお出かけにスーツケースに入れておくのにもいい」エコーはそこでいたずらっぽく笑った。「あるいはお茶会に着ていくのにもぴったり」

「鳥の羽根をあしらったスエードのジャケットがとくに気に入ったわ」

「あれはオストリッチなの」エコーは言った。それから、ナディーンの棺にちらりと目をやり、あらたまった表情になった。「知っている人が殺されたのははじめてだわ。あなたは？」

「何人かいるわ」セオドシアは言った。「悲しいことに」

「わたしははじめてだけど、もう怖くて怖くて」

「ナディーンとは親しかったの？」

「うーん、いいお友だちになりかけていたというところかな。奇妙に思われるかもしれないけど、女性のファッションは――少なくともここチャールストンでは――ほとんど男性が牛耳っている。デレインや靴のデザイナーのハイディ・グリンのような女性の店主もわずかながらいるけど、デザイナーを抱えて大成功をおさめている服飾メーカーは、どこも男性が経営しているか、オーナーが男性なの。だからわたしは同じ業界の女性たちと結束して、たがいにサポートし合おうとがんばってきた。競争力を維持するにはそうするしかないと考えてるから」

「あなたの言うとおりだと思うわ」セオドシアは賛同した。

「あそこにいるふたりの男性は……」

セオドシアはマーヴィン・ショーヴェとハーヴィー・ベイトマンを見やった。

「ハーヴとマーヴのふたりは」エコーはつづけた。「自分たちの〈レモン・スクイーズ・クチュール〉から搾り取れるだけ搾り取ろうとしているだけよ。それで巨額の利益が得られると考えている」

「実際にそうなの？」セオドシアは訊いた。

「ええ、アスレジャーの流行はしばらくつづくでしょうから。でも、わたしは次の流行を先取りするほうに興味がある」エコーは両手をひらひらさせながら上下に動かした。「要するに、船の舳先《へさき》沿いをちょろちょと走るネズミイルカのようになるってこと」

「常に先頭を切って走るわけね」セオドシアは興味をそそられた。「じゃあ、次はどんなものが大流行するのかしら」

「ハイ&ローが来るとみてる」

「トランプのゲームみたいな名前」

エコーはおかしそうに笑い、セオドシアを人差し指でしめした。

「うまいこと言うわね。でも、そうじゃなくて、わたしが言うハイ&ローは相反する要素をミックスするジャクスタポジションのこと。たとえば、お手頃価格のジーンズにデザイナーズブランドのすてきなセーターを合わせる。あるいは、洗練された床まで届く長さのスカートに、シンプルな古いトレーナーを合わせて、さらに宝石のついたステートメントネックレスをつけるとか」

「わたしはいつもそうしてるわ」セオドシアは言った。

「ほうら、やっぱり」エコーは笑った。「すでに流行に乗ってるじゃない!」

「あらあら」デレインがワインがたっぷり入ったグラスを手に、ふたりのもとに戻ってきた。「楽しそうじゃないの」彼女の緑色の目がきらりと光った。「あたしも内輪のジョークに交ぜてもらえる?」

エコーが手を振った。「ファッションについておしゃべりしてただけよ」

「ねえ、デレイン」セオドシアは話題を変えた。「まだマーク・デヴリンさんを紹介してもらってないわ」

「デザイナーの？　まだ会ってなかったの？　だったら、行くわよ」デレインはセオドシアと腕をからめ、引っ張っていった。

エコーは離れていくふたりに向かって小さく指を振った。「ふたりとも、仲良くね」

「こちらが」デレインは黒い髪をした長身男性の前で足をとめると、少し息をはずませながら言った。「名高いデザイナーのマーク・デヴリン」

デヴリンはクリーム色のセーターにエジプト綿を使ったらしきゆったりしたスラックスを合わせていた。髪をまげに結い、左の眉の上にシルバーのピアスをしていた。白檀《びゃくだん》の香りがほのかにし、革のサンダルを履いていた。

「マーク、スイートハート」デレインは言った。「こちらが前に話したティー・レディ。セオドシア・ブラウニングよ」

「はじめまして」セオドシアは彼と握手をした。

「お茶には目がなくてね」

デヴリンは芝居がかった仕種で片手をあげ、それを見てセオドシアはすぐに思った——やけに気取った人だこと。

「とりわけ日本の緑茶が好きだ」デヴリンは話をつづけた。「飲むとほっとするし、禅の精神に通じる」

「インディゴ・ティーショップでは数種類の緑茶をお飲みいただけます」セオドシアは伝えた。なにかの導師のような外見なのが興味深い。デザインの導師？　あるいは、よくいる目立ちたがり屋なだけかもしれない。

「そのうち必ず、あなたのティーショップに顔を出すよ。場所はどのへん？」

デレインはにこやかにほほえんだ。

「セオのお店はチャーチ・ストリートにあるの。聖ピリポ教会からちょっとくだったところよ」

「デレインから聞いた話では、〈レモン・スクイーズ・クチュール〉の全商品をあなたがひとりでデザインしているとか」セオドシアはデヴリンに言った。

「ハーヴとマーヴがこのブランド向けにおもしろいアイデアをいろいろ持っていてね。彼らから構想、さらにはマーケティングとマーチャンダイジングの戦略を提示されて、これは大成功まちがいなしだと思ったんだ」デヴリンはデレインに視線を戻した。「前にも言ったと思うけど、お姉さんのこと、本当に残念だった。これを……」デヴリンは手首にはめていた茶色いビーズのブレスレットをはずし、デレインに差し出した。「これは数珠と言って、日本の祈りの用具だ。きみの心の平安と安息のために受け取ってほしい」

「ありがとう」デレインは言い、数珠を手でさすったが、あまり目を向けていなかった。「ずっと苦しい状況がつづいているの。でも、前を向いて歩く準備はできてるわ。あなたと仕事をする準備もね」

「その調子」デヴリンは言った。

「それにもちろん、二日後には〈レモン・スクイーズ・クチュール〉のファッションショーがひかえているし」デレインは言った。「ようやく商品全体を見てもらえるんだわ。ほかのデザイナーと共同のショーで、ほんの一部を見せるんじゃなく」

「それはいつなの？」セオドシアは訊いた。

「木曜の午後。〈コットン・ダック〉で」

だからお通夜と葬儀を急がせたのね、とセオドシアは心のなかでつぶやいた。ビジネスが第一、家族は二の次ってわけ。

「モデルたちのコーディネートを考えるのが楽しみだ」デヴリンはデレインに言った。「きみの店のアクセサリーを使わせてもらうよ。おもしろいものになりそうだ」

「デヴリンさん？」いつの間にか若い女性がデヴリンのそばに立っていた。「すみません……お邪魔するつもりはないのですが……」

デヴリンは振り向いた。「もう邪魔をしてるじゃないか」眉を吊りあげ、急に横柄で、少し冷たい態度に変わった。

「申し訳ありません、お邪魔してしまって本当に申し訳ありません。でも、ベイトマンさんがお話があるとのことです」女性は言い訳した。

デヴリンは盛大にため息を洩らした。「いますぐか？」

「デヴリンさんさえよろしければ」若い女性はあきらかにそわそわして落ち着かない様子だ

った。

「しょうがないな」デヴリンは言った。「セオドシア、こちらはうちでインターンをやってるジュリー・エイデンだ。ジュリー、ぼくはあいつと話をしてくるから、たまにはまともな仕事をして、セオドシアの相手をしていてくれ」

ジュリーはおびえた目をセオドシアに向け、デヴリンはその場をあとにした。

「あたしも失礼するわ」デレインが言った。「弔問にいらした方たちにご挨拶しなくちゃいけないから」

その結果、セオドシアとインターンが取り残された。

「ジュリー？」セオドシアは声をかけた。若い女性はとても小柄で二十代前半だろう。赤みがかったブロンドの髪にはしばみ色の瞳、そして尖った顎。落ち着きのなさをマントのようにまとっている。「大丈夫？」

「あの……ええ。わたし、今夜はここに来るはずじゃなかったのに、デレインさんから来なさいと言われて。お手伝い要員としてですけど、やることなんてたいしてないんです」

「そうね、ないと思うわ。デレインはなんでもきっちりやらないと気が済まない性格だから」

「お姉さんと同じですね」

「で、インターンの仕事はどう？」

「まあまあです」ジュリーは答えた。

「まあまあ？　でも、新規のアパレルブランドの開発やマーケティングはかなりやりがいがあると思うけど」

「いえ、そのことじゃなくて」ジュリーは言った。「それよりも人間関係が問題なんです」

「共同経営者のふたりとは会ったことがあるけど、ああいうタイプの男性は強いイメージがあるものね」

「デヴリンさんもそうです」

ジュリーがデヴリンの名前を出したタイミングで、セオドシアは部屋の反対側にいる彼に目をやった。驚いたことに、デヴリンは言いたいことをわかってもらおうとするように、ハーヴィー・ベイトマンに向かって両腕を大きく振り動かしていた。なにを言っているのかはわからないが、ベイトマンは納得していない様子だった。顔をローマトマトのように真っ赤にし、デヴリンをにらみつけた。それからデヴリンの顔から数インチと離れていないところに指を突きつけて怒鳴った。

「これはもう決まったことだ。不満があるならやめろ！」

興味深いわ、とセオドシアは思った。この人たちを見れば見るほど、チーム全体がほころんでいるのがよくわかる。新しいブランドをデビューさせるのだから、本来なら飛びあがらんばかりに喜んでいてもいいはずだ。なのに、よだれを垂らす犬のように、いがみ合ってばかりいる。

そしてこれだ——大口出資者のハーヴィー・ベイトマンとデザイナーのマーク・デヴリン

が本気で怒鳴り合っている。

禅の精神はどこへやらだわ。祈りの数珠を返してもらったほうがいいんじゃないかしら。

赤ちゃんの性別おひろめティーパーティ

ブルーかピンクの風船はなし。そのかわり、ブルーかピンクのフロスティングで"お化粧した"クリームスコーンを出して、お客さまを驚かせましょう。あるいは、渦巻き模様が美しいピンホイールサンドイッチを出すのもいいですね。クリームチーズをピンクに染めるにはピメントを、ブルーに染めるにはブルーベリーを混ぜればオーケー。次に出すのは白インゲン豆のスープかウォルドーフ・サラダなどはいかがでしょう? グリルした鶏胸肉とアスパラガスでおいしいメインディッシュになりますよ。デザートにはピンクかブルーのソースで色づけしたマカロンを。お茶はカルダモンティーか台湾産の烏龍茶がお勧めです。

14

「よくあるの？」セオドシアはジュリーに訊いた。「口論することは？」

ジュリーは肩をまるめた。「それはもう、すごいですよ。原因はなにかと言えば……〈レモン・スクイーズ・クチュール〉のコレクションのほとんどはデヴリンさんのデザインです。あの方の仕事量は膨大なんです。一日十二時間、働かないと終わらないくらい。しかも、デッサンはすべて彼がやっているので、製造過程の指揮もあの方がやるしかありません。なので報酬がもっと多くてもいいはずだと考えているんでしょう」ジュリーは身を守るように自分の体を抱き締めた。「わたしが入社してからずっと、あんなふうにやり合ってます」

「しかも、解決にはほど遠いようね」セオドシアは言った。

「解決はしないでしょうね。ベイトマンさんはお金にとても渋いので」

セオドシアはデヴリンの様子を観察した。あいかわらずベイトマンと言い争っているが、相手を見くだすような態度を取っている。

「じゃあ、デヴリンさんは納得していないのね？」

ジュリーはますます落ち着かない様子で両手を握り合わせた。

「あの方はどんどん話が脱線していくんですよ。自分にはクリエイティブな才能があるのだから、相手が要求をのむのは当然だと考えているんでしょう。その一方、彼はベイトマンさんのような癇癪《かんしゃく》持ちではありません」

セオドシアは問題があぶり出されてきたのを察知した。「ベイトマンさんは気が短いの？」

ジュリーは大きく息を吸った。「ベイトマンさんは……ええっと、そうですね……彼の機嫌がうるわしくないときにはそばにいたくないと思います」

セオドシアはジュリーにはまだ言わずにいることがあるような気がした。

「ベイトマンさんの機嫌がうるわしくないときに、近くにいたことがあるんじゃない？」

ジュリーの顔がまだらに赤く染まり、目に涙が光った。

「はい、あります」彼女は声を震わせ、消え入るような声で言った。

それを聞いて、セオドシアは不吉な予感がした。

「ベイトマンさんが実際に暴力をふるったわけじゃないんでしょ？」

ジュリーはごくりと唾をのみこんだ。

「そういう噂はあります。人から聞いた話ですが……といっても、あくまで噂の域を出ませんが……以前、〈レモン・スクイーズ〉で働いてた女性をベイトマンさんが平手打ちしたとか」

「その女性が誰かわかる？」セオドシアはもしかしたらナディーンかもしれないと考えた。

ジュリーは首を横に振った。「いえ。わたしが入社する前に解雇されたんじゃないかと思います」

「ジュリー」セオドシアは若い女性の肩に手を置いた。「そんなブラックな職場でがまんする必要なんかないわ。怒りをぶちまけられたり、ひどい扱いを受けたりしていいわけがない」

ジュリーはうなずき、顔にかかった髪を払いのけた。「同じことを自分に言い聞かせてるんです。問題は……わたしが実務経験を積もうとしている、しがない無給のインターンだってことです。履歴書に具体的なアピールポイントが書けるようになるまでは、ちゃんとした仕事に応募できません」

「本気でファッション業界で働きたいと思っているのね？」

「ずっと夢見てきたんです。デッサンとサウス・カロライナ大学のファッション・マーチャンダイジングの学士号のおかげで、二十五人近くの希望者を抑えてインターンの座を射止めたんです。理想的な環境かって？　それはちがう。でも、経験を積むためなら耐えるつもりです。だいいち、ほかにどこで働けばいいんですか？」

「少し考えさせて」セオドシアは言った。「なにか思いつくかもしれないから」

三十分後、セオドシアとドレイトンはトラッド・ストリートをひた走り、歴史地区界隈まで戻ってきていた。

「いままで参列したなかで、もっとも奇妙なお通夜だったな」ドレイトンが言った。「明日の葬儀にはどんな趣向が飛び出すか、わかったものじゃない」

「ナディーンの亡骸《なきがら》をおさめた棺を馬車に乗せるのかもね」セオドシアは言った。

「あるいは、もう一日、鳥をレンタルするのかもしれんな」

「安くあがるものね」セオドシアは冗談めかして言った。「デザイナーのマーク・デヴリンとは顔を合わせた？」

「いや、しかし、あの人がそうだとは教えてもらった」

「あなたはどんな印象を受けた？」

「ダライ・ラマの追っかけファンみたいななりだと思った」

セオドシアは高級住宅街のひとつ、アーチデイル・ストリートに入り、せっかくの春の暖かな気候を堪能しようとウィンドウをおろした。「今夜は気持ちがいいわね」彼女は言った。ようやくチャールストンに春が到来した。庭の花は満開で、なにもかもが新鮮ですばらしく感じる。

ドレイトンがそんな彼女の気持ちを察したらしい。

「大きなお屋敷はどれも風情があって平穏そのものだ」ドレイトンは言った。「夜にこのあたりを車で流し、カーテンの隙間から図書室や客間や大きなダイニングルームをのぞくのが好きでね。昔の立体幻灯機を見ている気分になってくる」

「立体幻灯機なんて記憶にないわ」

「わたしもだよ。しかし、幻想的な感じがするではないか」

「古風な感じもね」セオドシアは言った。「この街のこの界隈と同じ」

「角に建つあの家が見えるかね？　まわりをポーチがぐるっと囲んでいるクイーン・アン様式の家があるだろう？　あれが大型帆船の会社を経営していたアレクサンダー・ポーターが一八〇〇年代なかばに建てた、旧ポーター邸だ」

「あなたなら歴史地区の歴史家としてりっぱにやっていけるわ」

ドレイトンはほほえんだ。「自分ではとっくにそのつもりだがね」

セオドシアはハンドルを握りながら肩の力が抜けていくのを感じた。マグノリアとサルスベリの香りが風に乗ってただよい、大西洋から流れこむ薄霧に覆われた街は幻想的で神秘的ですらある。古めかしい錬鉄の街灯が淡い霧に包まれ、空気は絹のようにふんわりしていた。

「明日のお葬式は途中であなたを拾って一緒に行きましょうか？」セオドシアはドレイトンの自宅の前まで来ると、車を歩道に寄せてとめた。彼は南北戦争時代の医師が建てた煉瓦造りの家を、完璧にリストアして住んでいる。

ドレイトンは暗い車内でしばらく動かずにいたが、やがて口をひらいた。

「行かなくてはだめなのかね？」

「行くってデレインに約束しちゃったもの」

「そうか、ならば、行くとするか。八時ごろかね？」

「ええ、八時ごろで」

セオドシアはCDプレーヤーから流れるセレステのビロードのように滑らかで軽快な歌声に耳を傾け、夜を満喫しながら自宅に向かって車を走らせた。おかげですっかりくつろいだ気持ちになれた。

愛車のジープを路地にとめ、木のゲートを抜けて彼女だけのオアシスである裏庭に足を踏み入れた。そよそよと吹く風にドレイトンが剪定したしゃれた盆栽が揺れ、金魚が小さな池のなかをゆったり泳ぎまわっている。藤の花の香りがあたりにただよい、同じブロックのどこかからナゲキバトのやさしい鳴き声が聞こえてくる。

ドアノブに手をのばしてはじめて、裏口のドアに紙切れが一枚、はさんであるのに気がついた。

なにかしら？　植栽業者の宣伝チラシ？　慈善団体からの寄付のお願いかも。でも、だったらどうして、裏口のドアなんかにはさんだの？

ごつごつとした手書き文字が目に入り、セオドシアは心臓が口から飛び出そうになった。書かれた内容を読むと、心臓の鼓動はティンパニの早打ち状態に変わった。

手紙にはこう書かれていた。**自分の身が大切ならば手を引け!!**

セオドシアが真っ先に感じたのはショックと若干の恐怖だった。あきらかに脅迫だったからだ。しかも、感嘆符をひとつでなくふたつもつけたのは、メッセージを伝えようという意志の表われだ。それも、しっかりと。

家に入って、ドアを施錠し（二度確認した）、メモの内容をじっくり考えるうち、しだいに気持ちが落ち着いてきた。やがて、ＤＮＡにしっかりと刻まれている好奇心の遺伝子が本格的に目を覚ました。

なぜなら、どこかで、なにかの拍子に誰かの神経を逆なでしてしまったことになるからだ。セオドシアが話をした、あるいはここ数日間——今夜も含め——で接点があった誰かが、精神的なストレスを受け、ぴりぴりしているからだ。

そしてぴりぴりしている人間はたいてい、やましいところがあると相場が決まっている。もしかして、ナディーンを殺した犯人と知らず知らずのうちに出くわしてしまったのだろうか？　だとしたら、いったい誰だろう？

〈レモン・スクイーズ・クチュール〉の共同経営者のハーヴまたはマーヴ？　映像監督のエディ・フォックス？　銃を販売しているサイモン・ナードウェル？　デザイナーのマーク・デヴリンの可能性はある？　あるいは、今夜のお通夜に参列していて、デレインがセオドシアはこの街のナンシー・ドルーだと触れまわるのを耳にした誰かとか？

まさか、そんな。

考え方によっては、自分が真実に近づいていることが再確認できたわけで、セオドシアは思わずほくそえんだ。

けれども、考えなくてはいけないのは——この脅迫にどう対処するかだ。このまま調査を続行する？　ライリーに電話してメモのことを話す？　ただしこの場合、手を引けと強く言われるリスクがある。それとも、とりあえずなにもしない？

絶対にしたくないのは、調査から完全に手を引くことだ。もう充分すぎるほどかかわっている。それになにより、ベッティーナに当てにされている。

アール・グレイがキッチンにいて、好奇心あふれる目で見あげているのに、セオドシアはやっと気づいた。

「裏口に誰かいるような音が聞こえなかった？　いまじゃなくて、今夜、わたしがいないあいだに？」

アール・グレイは鼻から始めて尻尾の先まで、全身をぶるぶるっと震わせた。それからセオドシアを見つめた。「グルルル」

「そう。誰かがこっそり来たんでしょ、ちがう？　裏口のドアにメモを残していったの。ま、誰もなかに入れないでくれて、本当にお利口だわ。おやつをあげなきゃね」

「クウン？」

「ピーナッツバターの味がついてるのがいい？　わかった」

アール・グレイがおやつをおいしそうに食べているあいだに、セオドシアはダイニングルームに行き、シェラトンのサイドボードの上にかかっているアンティークの鏡をじっとのぞきこんだ。きょうはいくつか新事実が得られた。なかでもとっておきの情報は、エディ・フォックスがドラッグを使用していることだ。正真正銘のコカイン中毒であるなら、ナディーン殺害の容疑は濃厚だろう。これはピート・ライリーにも話しておかなくてはならない。コカインの線を追う価値があるとライリーが思えば、フォックスの身柄を拘束して取り調べるようバーニー保安官を説得してくれるかもしれない。

ライリーに電話するにはもう時間が遅いかしら？　アンティークのフランスの青銅の置き時計に目をやると、まだ十時半だった。だったら大丈夫ね。

セオドシアは警察無線でしか連絡が取れない状態ではなく、私物の携帯電話に出られる状態でありますようにと心のなかで祈りながら、大急ぎでライリーの携帯電話にかけた。祈りは届いた。

「やあ」

「いま忙しい？」セオドシアは訊いた。「話しておきたいことがあるの」

「おいおい、べつに犯罪撲滅のためにものすごく重要な仕事をしてるってわけじゃないよ」ライリーは言った。「暗いなか、ボート乗り場をじっと見つめているだけだ。あくまで念のために」彼はいったん言葉を切った。「で、なにかあったのかな、カップケーキ？」

「きょう、ファッションショーに行ってきたの。実を言うと、あなたがティーショップに立ち寄ってすぐ」

「楽しかった？」ライリーは訊いた。

「興味深かったわ。ナディーン殺害に結びつくような情報を手に入れたから」

「どんな情報？」

「チャンネル８のボビーというカメラマンと話をしたんだけど、彼が言うには、エディ・フォックスさんがべつのテレビ局を解雇されたことが……」

「解雇の理由は彼のドラッグ使用。うん、それならすべてつかんでる」

「本当なの？」セオドシアは少し呆気にとられた。

「信じがたいかもしれないけど、セオ、ぼくたちはチャールストン警察なんだよ。というわけで、殺人課でも調べをつづけている」

「つまり、もうエディ・フォックスから話を聞いたのね」

「ぼく自身が直接聞いたわけじゃないけど、バーニー保安官が事情聴取の速記録を見せてくれた。保安官事務所の担当者によるフォックスの取り調べはかなり入念におこなわれていた」

「じゃあ、彼は容疑者じゃないってこと？」

「そんなことは言ってない」

「だったら、容疑者なの？」

ライリーは長々とため息をついた。狭苦しい車のなかで、額にしわを寄せ、いらいらをつのらせながら、どうすればセオドシアを引きさがらせることができるか思案する彼の姿が目に浮かぶ。しばらくして彼は口をひらいた。

「セオ、公衆の安全のため、きみはこの事件にかかわらないほうがいい」

「本気？　そんな作戦であきらめさせようっていうの？　公衆の安全のため？」

「わかった、いまのは取り消す。きみ自身の安全のためだ」

セオドシアは関節が白くなるほど電話を強く握った。裏口で見つけたメモのことをライリーが知ったらどうなるだろう？

彼に話しておこうか？　話しておくべき？

とんでもない。絶対にだめ。少なくとも、いまはまだ。

15

昨夜は流行に敏感な弔問客をあれだけたくさん見たにもかかわらず、セオドシアはきょうもこうして、ミーティング・ストリートとブロード・ストリートの角に建つチャールストンにあまたある教会のなかでもかなり古い聖ミカエル教会で、ナディーンの葬儀が始まるのを待っていた。参列にあまり乗り気でなかったドレイトンも、チャコールグレーの三つ揃いのスーツ姿で隣にすわっている。

セオドシアはドレイトンに体を近づけて言った。

「まだ、ジュリーの話をあなたにしてなかったわね」

ドレイトンは少しとまどってから、小さな声で言った。

「ジュリーとはいったい誰だね？」まだ弔問客がぞくぞくと入ってくる状態で、そこらじゅうで世間話の花が咲いているが、ドレイトンは教会で私語を交わすのが好きではない。

「〈レモン・スクイーズ・クチュール〉のインターン」

「やけにびくびくしていた赤みがかった髪の小柄な女性のことかね？」

「そう、その人。とにかく、ハーヴィー・ベイトマンさんはひどい癇癪持ちだと彼女が教え

い」

あの人はいやみだし世話が焼けるし、しかも暴力に訴えることをなんとも思ってないみたい」

「なんでもベイトマンさんは気が短くて、すぐに腹をたてるらしいの。ジュリーによれば、

「どのくらいひどいのだね？」

てくれたの」


ドレイトンは顔をしかめた。「どんなことをしたのだね？」

「想像だけど、コーヒーカップを投げつけるとか、威嚇するように手をあげるとか……」

「そして、その事実からきみはどんな……結論を導き出したのだね？」

「女性のインターンや従業員を脅すような人は、自分の人生が脅かされたら、引き金を引くことになんのためらいも感じないかもしれない」

「自分の人生が脅かされたためにベイトマンがナディーンを撃ち殺したと考えているのかね？　彼がコカインの取引に関与していたと？」

「可能性はあるわ。とにかく、たしかめるつもり」

「今回のアマチュア調査は、想像していたよりもはるかに危険なものになってきたな」

セオドシアはうなずいた。危険なものになるのはわかっている。なにしろ、殺人、ドラッグ、大金、そして巨大なエゴがからんでいるのだ。これだけ揃っていたら、よくなりようがないのでは？

正直なところ、ひとつでもよい方向に向かってくれればいい。

九時ちょうど、オルガン奏者が古めかしいオルガンで最初の和音を鳴らした。賛美歌がおごそかに弔問客の頭上を流れるなか、デレインが凝った装飾のシルバーの骨壺をしっかりと抱え、中央通路を歩いていく。ベッティーナ、とりたてて好きではない遠縁のいとこふたり、そして〈コットン・ダック〉の忠実で働きすぎのアシスタントのジャニーンが付き従っていた。

「あれだけかね？　昨夜の豪華な棺はないのか？」ドレイトンが訊いた。

「あれはたぶん、体裁を整えるためにレンタルしたんだと思う。鳥と同じで」

ドレイトンは笑い声をあげたりはしなかった――礼儀はわきまえている。けれども唇をすぼめた。

デレインがお金を使ったのは福音聖歌隊だった。紫色の衣装を着た二十人の男女の一団が、デレインが説教壇の隣の小さなテーブルに姉の骨壺を置くのと同じタイミングで聖歌隊席に入った。

福音聖歌隊が最初に歌ったのは「スイング・ロウ・スイート・チャリオット」で、間をおかずに「輝く日を仰ぐとき」の威勢のいいバージョンがつづいた。

聖歌隊の歌がつづくあいだに、セオドシアは前のほうの席には誰がすわっているのかと首をのばした。思ったとおり、〈レモン・スクイーズ・クチュール〉の関係者――マーヴィン・ショーヴエ、ハーヴィー・ベイトマン、そしてマーク・デヴリン――がいた。インターンのジュリーはその二列うしろにすわっている。彼女のうしろの席にはサイモン・ナードウエルの姿があった。

聖歌隊の歌が終わると、長身で頭のはげかかったやさしそうな顔の司祭が説教壇に進み出て、チャイト・バーウェル師だと名乗った。司祭は参列者に向かって、彼の言うところの〝命のお祝い〟にようこそと告げた。

セオドシアは司祭の説教を聞きながら祭壇のうしろのステンドグラスの窓を見つめた。描かれているのは竜を退治する聖ミカエルで、しかもなんと――本物のティファニー製だった。聖ミカエルは悪に対する自身の勝利を確信するように、剣をかかげて立っている。セオドシアは物思いにふけり、ナディーンを殺した犯人を見つけたら、同じような勝利を味わうことができるだろうかと考えていた。犯人を文字どおり亡き者にするつもりはないけれど、それが男性であれ女性であれ、必ずや裁きを受けさせたい。善は必ずや悪に勝利する、そうよね？ 教会の窓に描かれた絵のなかだけでなく、現実の世界でもそうであってほしい。

隣でドレイトンが身じろぎした。司祭の説教が終わり、デレインが代わりに説教壇に立ったところだった。ドレイトンは、奇妙なことになりそうだと言わんばかりに片方の眉をあげた。

蓋をあけてみたら、奇妙などというレベルではなかった。

デレインは持っていた紙をひらき、悲しげな笑顔をつくろった。「あたしの大事な姉がきっと喜んでくれると思う、ささやかな詩を読みあげます」そう前置きして読みはじめた。

わたしを思って嘆き悲しまないで
絶対にわたしを思って嘆き悲しまないで
わたしはもうなにもできない
永遠に

デレインは、呆然と口をあんぐりあけた参列者を見やった。

「すてきでしょう? ナディーンの人生観そのものって感じじゃなくて?」

「不適切にもほどがあるな」ドレイトンがセオドシアにささやいた。

「でも、デレインらしいわ」セオドシアも小声で言った。「彼女が死を想起させるような言葉を使わないことくらい、わかっているはずでしょ」

「ほんの少しでも信仰を感じさせる言葉もだ」

幸いにも、その場を救ったのはベッティーナだった。彼女は説教壇に歩み寄ると、参列者にさびしそうにほほえみ、〝主よ、わが魂はあなたを仰ぎ望みます〟で始まる詩篇二十五篇を朗読した。感情豊かで、教会に集った全員の心に触れる、いい声だった。

マーヴィン・ショーヴェがあまり気乗りのしない顔で立ちあがり、二言、三言しゃべった。セオドシアにはお決まりの社交辞令にしか聞こえなかった。お決まりの、惜しい人を亡くしたとか、そんな美辞麗句が並んでいるだけだった。

福音聖歌隊が最後にもう一曲歌い、そのあと司祭が説教壇に進み出てマイクの位置を調節し、〈レディ・グッドウッド・イン〉で葬儀後のブランチの会があるので、みなさんどうぞと伝えた。

「われわれも行くのかね？」ドレイトンが訊いた。彼はアンティークの腕時計に目をやると顔をしかめ、クリスタルの風防ガラスを指で叩いた。「そんな時間があるのかね？」

「本気で言ってるの？」エディ・フォックスが会衆席から飛び出し、サイモン・ナードウェルを追い越して、デレインとともに中央通路を歩き出すのが見えた。「わたしはなにがなんでも参加するわ」


青々としたツタが壁を伝う美しい煉瓦造りの〈レディ・グッドウッド・イン〉は、セオドシアがとくに好きな場所のひとつだ。ここで何度もお茶会を開催したし、ガーデニングショー、結婚する友人のお祝いパーティ、披露宴でも訪れている。彼女もドレイトンもこの宿のゲストサービスの担当者やケータリング部門の責任者と良好な関係を築いている。

セオドシアはドーリス式の柱と濃緑色のキャンバス地のひさしをそなえた入り口に通じる、円形のドライブウェイにジープをとめた。パルメットヤシが正面玄関の両脇に門番のように立ち、赤い陶器の植木鉢でブーゲンビリアが咲き誇っている。セオドシアたちは制服姿のドアマンに会釈し、ロビーを抜け、ひろい廊下を進んだ。

「ブランチの会場はどこだろうな？」ドレイトンが訊いた。「ローズ・ルーム、それとも温室かな?」

「ローズ・ルームのはずよ。いちばん見栄えがするもの」

ドレイトンはうなずいた。「なるほど。そのほうがデレインの好みだろうからな」

行ってみるとデレインが入り口のところに立って、不安な表情を浮かべながら、ひとりひとりに声をかけ、音だけのキスを妖精の粉のように振りまいていた。

「セオ、ドレイトン!」彼女はうれしそうに声を張りあげた。「来てくれてありがとう」彼女はドレイトンの腕に手を置いて引き寄せた。「実を言うとね、もっと時間があったら、教会じゃなくてべつの場所でお葬式をすることも考えたの。最近のトレンドらしいから」

「べつの場所でお葬式」セオドシアは無表情で繰り返した。

「たとえば?」ドレイトンは訊いた。

デレインは肩をすくめた。「いまの時期はトルコとかカイコス諸島がすてきらしいわ」

「たしかに」ドレイトンはこわばった声で言った。彼はあたりを見まわし、大きなシルバーのティーポットを見つけると、そちらに歩き去った。

一方セオドシアはローズ・ルームに足を踏み入れるなり、インターンのジュリー・エイデンがエディ・フォックスに書類の束を渡すのを目にし、まずはあのふたりから手をつけようと決めた。

近づいていくと、ジュリーの声が聞こえた。「ポストプロダクション会社から届いたスケジュールの最新版です。月曜までに完成品をお願いします」

「ああ、わかった」フォックスは書類をたたみ、上着のポケットに突っこんだ。そこでセオドシアに気づいた。「やあ、ティー・レディ、元気か？」

「お葬式の場にしては元気よ」セオドシアが言うと、ジュリーは走り去った。

「彼女をよく知っているの？」セオドシアはジュリーが走り去ったほうに頭を傾けた。

「ジュリーのことか？　何度かやりとりした程度だね。けど、おれの見たところ、あの娘はいつも貧乏くじを引かされてるね」

セオドシアはもう少し具体的に知りたかった。「どういうこと？」

「おれの経験上、ハーヴもマーヴも一緒に仕事をするには楽な相手じゃないからさ」

セオドシアはフォックスの顔色をうかがった。「それだけじゃないんでしょう？　いまなにか……」

「言おうとしてたようだって？」フォックスは顔をうつむけ、声を落とした。「うん、そうなんだよ。実はな、会社にいるときのナディーンは……」

「ええ」セオドシアはゆっくりと発音した。

「制作会議で集まるといつも、ナディーンはジュリーを毛嫌いしてるような態度を取ってたんだよな」

「それ、本当？」

「ああ、本当だって。一度なんか、デリで買ってきたサンドイッチがちがうとかで、ジュリーをひどくなじってるのを見たことがある」フォックスはかぶりを振った。「しかも、本当にくだらない言いがかりでね……全粒粉のパンじゃなく、ライ麦パンのを買ってきたとか、そういうレベル。正確には覚えてないが、とにかくナディーンは好みがうるさかったね。しかも意地が悪かった。でも、それがナディーンだったんだよな。ジュリーがどれだけがんばって喜ばせようとしても、つらくあたるばかりでさ」

「そしてそのナディーンはもういない」セオドシアはぽつりと言った。突然、おかしな考えが頭に浮かんだものの、すぐにそれを振り払ったが、けっきょくしばらくするとまた考えはじめていた。ナディーンのひどい仕打ちと悪態に耐えられなくなったジュリーがついにぶち切れたのだとしたら？　ナディーンがジュリーを毛嫌いしたのと同じようにジュリーもナディーンを毛嫌いするようになったのだとしたら？　そして殺したのだとしたら？

おもしろい考えだ。ばかげた考えだ。でも、だからと言って、ジュリーがコカインに関与していたことにはならないのでは？　彼女はどう考えてもコカイン中毒にもコールガールにも見えない。でもいまの時代、見た目だけじゃわからないわよね？

ドレイトンがセオドシアの肩を軽く叩いた。「邪魔をしてすまん」

彼女は振り返った。「どうかした？」

「やあ」フォックスが言った。「これはこれは、おしゃれ男じゃないか。きょうは喪服が決まってるね」

ドレイトンは聞き流した。「大急ぎでなにか食べて、インディゴ・ティーショップに戻らなくてはいかん」

「これで失礼するわ」セオドシアはフォックスに言った。「ビュッフェの列に並ばないと」

「じゃあ、またな」フォックスはそう言ってバーに向かった。

「どれもうまそうだな」ふたりで皿を取り、ビュッフェの列を進みながらドレイトンが言った。チャールストンの料理はヨーロッパ、アフリカ、フランス、それにカリブ海の影響を受けているため、豪華な雰囲気の〈チャールストン・グリル〉であれ、丁重なもてなしが売りの〈82クイーン〉であれ、外食はいつでも心躍る体験だ。

「スペルト小麦と海老のハッシュ」セオドシアは自分の皿によそいながら言った。「おいしそう」

「チャールストン風オイスターベネディクトもある」とドレイトン。「トーストしたイングリッシュマフィンに普通に揚げた牡蠣《かき》とポーチドエッグがのっている」

「リンゴをはさんで、上にホイップクリームをのせた、このフレンチトーストは絶対に食べなくちゃ」

「ヘイリーが作るのには負けるだろうがね」

セオドシアは自分の皿にフレンチトーストをひと切れのせた。「どうしても試食したいんだもの」

「ま、いいだろう。蒸したオクラもある。これも試食するべきだろうな」

「賛成」

皿を料理でいっぱいにすると、セオドシアとドレイトンはテーブルのあいだを縫うようにして進み、デレインとベッティーナがいる場所にたどり着いた。

ブランチをパスして煙草を吸いながら白ワインを飲んでいたデレインは、すかさずふたりに質問を浴びせた。

「お葬式はどうだった？」

「いいお式だったわ」セオドシアは言った。

「ふむ」とドレイトン。

「あたしが読んだ詩はどう？」

「どの朗読もとてもふさわしいものだったわよ」セオドシアは言った。

デレインは引きつった笑みを浮かべた。

「ベッティーナが選んだ詩はすてきだったでしょ？　いかにも教会らしく説教じみてたけど、上手だったわよね」彼女は手をのばし、若い女性の手を軽く叩いた。「よかったわよ、スイーティー」

ベッティーナはセオドシアをじっと見つめ、ばつが悪そうにほほえんだ。その目はこう言っていた。仕方ないでしょう？　彼女とは血がつながっていて、簡単に切れる間柄じゃないんだもの。

セオドシアが海老のハッシュを食べていると、意見が合わないのか口論しているのか、近くで数デシベルほど高い声があがった。次の瞬間、喧嘩腰の大声が頂点に達し、大騒ぎになった。

室内で話すような声ではなかった。いったいなにが始まったの？

いくつものテーブルの向こうに目をやると、エディ・フォックスが両腕をやみくもに振りまわし、まだ席についたままのマーヴィン・ショーヴェに怒鳴っていた。フォックスは威嚇するようなポーズでショーヴェになにかを必死に訴えている――しかも、落ち着く気配はまったくない。すると、もうたくさんだと思ったのだろう、ショーヴェも急に金切り声をあげてすばやく立ちあがった。そのいきおいで椅子が大きな音をたててうしろに倒れた。

その音が全員の注意を引いた。顔が振り向けられ、もっとよく見ようと椅子をさりげなく動かす音がした。

「なんだと？」ショーヴェがキンキンしたやかましい声で尋ねた。

詰め寄られてもフォックスは動揺をまったく見せなかった。張りのある声で叫んだ。

「豚の耳から絹の財布はできないと言ったんだよ」

「よくもそんなことが言えるな」ショーヴェは怒鳴り返した。「われわれがこのブランドに、それこそ血と汗と涙を注いできたことを知っているくせに。とにかく、映像が必要なんだよ。あんたがこれまでよこしたやつよりもましなやつがな！」

「ちゃんとやってるだろうが！」

「いいや、やってない。時間を無駄にして言い訳しているだけだ。あんたのやる気のなさと怠惰な仕事ぶりに、わたしがいつまで目をつぶると思っているんだ？　いますぐまともな映像を出せ」

「ちゃんとやるって言ってんだろうが！」フォックスは怒鳴った。

「もっと努力しろ」怒鳴り返したショーヴェの顔は真っ赤だった。

ドレイトンが椅子にすわったまま体の向きを変え、小声で言った。「葬儀後の食事会ではなく、ホッケーの試合に来たような気分だな」

「まったくもう」デレインがあきれたように言った。「あのふたりときたらしょっちゅう、いがみ合ってるんだから」彼女はどうでもいいとばかりに手を振った。「明日は大きなショーがひかえてるんだから、ちょっとはがまんしておとなしくしてればいいのに」

「どちらの言い分にも一理あるのだろう」ドレイトンが言った。

デレインは知るもんですかというように手をひらひらさせた。「どうだっていいわ」それからまた、自分のグラスにワインを注いだ。

けれどもセオドシアは少し不安だった。〈レモン・スクイーズ・クチュール〉の関係者は全員がどこかあやしい。ショーヴェはフォックスに怒り心頭で、フォックスはショーヴェに愛想をつかされ、ハーヴィー・ベイトマンはお金に執着し、デザイナーのマーク・デヴリンは全員を軽蔑している。さらに、なんとなんと、ナディーンにされたひどい扱いに耐えられなかったかもしれないジュリー・エイデンの存在もある。それに銃を山ほど持っているサイモン・ナードウェルも忘れてはいけない。

このひと癖もふた癖もある人たちのうち誰かが、ナディーンを殺害した可能性がある。このなかの誰かが、コカインの売買にかかわっていてもおかしくない。じゃあ、どうすればばいいの？　全員から話を聞くのはそうとう骨が折れそう。

セオドシアはテーブルの向かい側で目もとにハンカチを押しあてているベッティーナを見やった。彼女が気の毒でたまらない。

でも、なんとか解決しなくては。だってベッティーナに約束したんだもの。

「ちょっと失礼」セオドシアは小声で言うと席を立ち、ハーヴィー・ベイトマンがいるテーブルに近づいた。「ベイトマンさん、少しお話が……」

ベイトマンは首を横に振ると目をそむけた。要するに、セオドシアを無視した。それから立ちあがると、部屋の反対側でケータリング業者のひとりと話しているジュリー・エイデンのもとに急ぎ、ふたりに向かってわめきはじめた。

あきれた。

セオドシアは室内のあちこちに目を向け、サイモン・ナードウェルの姿を認めた。もう一度、ナードウェルさんにあたってみてもいいわね、とひとりつぶやいた。

けれども、ナードウェルは近づいていくセオドシアに気づいたか、急な用事を思い出したらしい。彼女が彼に向かって歩きはじめたとたん、弾かれたように立ちあがると、肩をすぼめて猛スピードで部屋を出ていった。

スリーストライクだわ。セオドシアはいまはもうできることはないと悟り、その場に立ちつくした。

16

セオドシアとドレイトンがインディゴ・ティーショップに戻ったときはすでに昼前になっていた。ヘイリーとミス・ディンプルとですべてをうまくさばいているのを見て、セオドシアは心が躍った。お客はみなうれしそうだし、お茶と焼き菓子の香りが店内に満ちていた。うまくいっていることもあってよかった。

「朝のクリーム・ティーをうんとシンプルなものにしてみたんだ」ヘイリーがさっそく報告してくれた。「コースはふたつだけ。クロテッド・クリームを添えたアンズとローズマリーのスコーンとフルーツカクテル、あるいはスコーン一個にバルサミコ酢でマリネしたイチゴと、煎ったマツの実を散らした温かいブリーチーズを添えたもの。厨房でそれぞれを盛りつけておいたから、ミス・ディンプルが給仕するのもめちゃくちゃ簡単だし、何品もあって混乱せずにすんだんだよ」

「お茶はどうだったのだね？」ドレイトンが訊いた。

「ミス・ディンプルがポットにジンジャーグリーン・ティーとジャスミン・ドラゴン・ティーを淹れてた」ヘイリーは言った。「上手にできてたと思う」

「だといいんですけど」ミス・ディンプルは言った。「ドレイトンのオリジナルの英国風ブレンドもポットで淹れてみました」

「さすがね」セオドシアは言った。中国茶とセイロン紅茶をブレンドしたこくのあるそのお茶は、普通のお茶よりもいくらか蒸らす時間を長く取らないといけないのだ。

「どうだったのだね？」ドレイトンは訊いた。

「とても人気があったので、いま、あらたに淹れたところです。カップにお注ぎしますから、ご自分で飲んでみてくださいな」ミス・ディンプルはカウンターに入り、赤い釉薬《ゆうやく》を使った中国の小ぶりのティーカップに慎重な手つきでお茶を注いだ。「はい、どうぞ」

ドレイトンはひとくち含み、お茶の具合をたしかめるような顔をした。

「いかがですか？」ミス・ディンプルは銃殺隊の前に立たされたみたいに、びくびくしていた。

「じつにうまい！」ドレイトンは断言した。

「まあ、うれしい」

午前があっという間に過ぎたせいで、ランチの時間が突然、すぐそこまで迫っていた。セオドシアとミス・ディンプルはティールーム内を大急ぎでまわって皿をさげ、テーブルをセッティングし直し、砂糖入れをいっぱいにし、クリーム入れとスライスしたレモンをのせた小皿を新しくした。

「いろいろいる容疑者について、あらたな検討はおこなったのかね？」セオドシアが入り口近くのカウンターに入ると、ドレイトンが訊いた。

「ひとりだけね。インターンのジュリーについて」

ドレイトンはつま先立ちになって祁門紅茶の缶を取った。

「で、どんなことを検討したのだね？」

「ジュリーがナディーンを……殺した可能性があるかどうか」

「なんと！」ドレイトンは大声をあげ、カウンターにお茶の缶を叩きつけるように置いた。「今度はあの気の毒な若い娘さんを疑っているのかね？」

セオドシアは肩をすくめた。「エディ・フォックスさんから聞いた話では、ナディーンはジュリーをとことん毛嫌いしていたみたいなの。で、考えてみれば、そういう感情は相手にも伝染するかもしれないじゃない」

「毛嫌いというのはえらく強い言葉だな」

「殺人だって同じよ」

ドレイトンはお茶の缶を手に取って蓋をはずした。「インターンの女性がナディーンに向けて引き金を引いたと、本気で思っているのかね？」

「ありえないことじゃないわ」

「しかしこれは、冷酷な殺人事件なのだよ。ジュリーにそんなことができるだろうか？」

「もしも彼女がドラッグの売買に関与していて、現場を押さえられたのなら、そういうことがあってもおかしくないと思う。それに、ナディーンがつらく当たっていたことも一石二鳥をねらう気持ちにはずみがついたんじゃないかしら。文字どおりの意味よ、これは」

ドレイトンはセオドシアの顔色をうかがった。「これだけ容疑者が多いなかで、どうやるつもりだね？ どうやってこの謎を解き明かすのだね？」

「まだ決めかねてる」セオドシアは言った。「もう少し考える時間が必要だわ」

「そっちを考えているあいだに、数分ほど、土曜のティー・トロリー・ツアーの詳細をつめてもらえるだろうか？」

「ランチタイムのあとでいい？ あ、それよりも、きょうのランチタイムが終わったら、〈フェザーベッド・ハウス〉に顔を出して、アンジーと直接話してみる。ティー・トロリー・ツアーで向こうがなにを計画しているのかたしかめるわ。そのあと、あなたとふたりで検討すれば……」

「そうだな。やあ！」ドレイトンが急に声を響かせた。彼の視線はセオドシアの肩の先、入り口から入ってきた人に向けられていた。

セオドシアは誰が来たのかと振り返り、驚きながらも喜んだ。

「ロイス！」思わず大きな声で呼びかけた。ロイス・チェンバレンは大の親友で同じ通りに書店をかまえていたが、一ヵ月ほど前に大事な娘を亡くし、さらには店も壊滅的な火災に見舞われた。保険会社と協議をし、あいている店舗用物件を探しまわったのち、ロイスはチャーチ・ストリートに戻ってきた。

「ランチを食べに来たの？」セオドシアは訊いた。「しばらくいられる？」

「いろいろ話を聞かせてもらえるのかな？」ドレイトンがつけくわえる。

「残念だけど、きょうはテイクアウトしかできないの」ロイスは言った。「いまは新しい書店の最後の仕上げにかかっていて、とんでもなく忙しいから」

「テイクアウトをご所望なら、喜んでそのようにしよう」ドレイトンは言うと、厨房に向かった。

ロイスはちょっと口をつぐんでひと呼吸した。「セオ、わたしの新しいお店をぜひ見にきて！」ロイスは五十代後半、本を愛する元司書だ。背は低く、ちょっと太めで天使のような顔をしていて、白髪交じりのロングヘアをうしろで一本の三つ編みにしている。きょうの服装はいかにもロイスらしい恰好で、刺繍《ししゅう》の入ったトップスにジーンズ、そして趣味のいい靴を履いている。大きく膨らんだ本用のバッグを肩にかけていた。バッグからは本のほか、毛糸と編み棒がのぞいていた。

「わたしたちと同じブロックに新しい場所が見つかったなんて、信じられない」セオドシアは言った。

「角を曲がったところの空き店舗を、あとちょっとで契約するところだったんだけどね」とロイスは言った。「そしたら偶然が重なって、ボイエット・カメラ店の隣が急に借りられることになって」

「おしゃれなシーツと掛け布団のお店があった場所？」セオドシアは訊いた。「二階が小さいながらもすてきなロフトになっていたところ？」

「そうそう、そこ。シーツと掛け布団の店の女性は、もっとゆとりがほしいとかで、クイーン・ストリートの物件に移ったの。きっとひろびろした物件なんでしょう。とにかく、ラッキーだったわ」

「あなたがチャーチ・ストリートに戻ってくるなんて最高だわ」

「いままでいた場所が恋しかったんだもの」

ドレイトンが藍色の紙袋を手に厨房から現われた。彼はそれをカウンターに置くとカップにお茶を注ぎ、蓋をはめ、ロイスのほうに滑らせた。

「どうぞ、ロイス。スコーン一個、生ハムとチーズのティーサンドイッチ二個、そしてカップ一杯のアールグレイ・ティー」

「ありがとう、ドレイトン。お代は……？」

ドレイトンは片手をあげた。「いいんだ。これはうちのおごりだから」

「本当にありがとう！」ロイスはランチの入った紙袋を手にし、セオドシアのほうを向いた。

「ちょっとだけ見に来ない？」

「お店をまかせても大丈夫かしら、ドレイトン？」セオドシアは訊いた。

「もちろんだとも」彼は言った。「わたしが一生懸命働くから、きみは楽しんでおいで。ランチタイムに間に合うようには戻ってくれたまえよ、いいね？　だから、せいぜい五分程度だな」

セオドシアは楽しんだ。ロイスと連れだってチャーチ・ストリートを歩いていくと、正面の窓に手書きの文字が躍る真新しい店舗があった。〝古書店〟と書いてあった。

ロイスは錠前に鍵を挿してドアをあけた。「どうぞ入って、なかを見てちょうだい」

「まあ、新しい石膏ボードを張ってペンキで色を塗ったのね。新しいお店のにおいがする」セオドシアはなかに入るなり大声で言った。

「新しい大家さんのおかげで新品同様なの。それに、ほら、かわいいでしょ?」ロイスは言った。

彼女はカウンターがわりに使うため、アンティークの図書館テーブルを運びこんで、天井の木の梁からティファニースタイルのランプを吊し、床にはオリエンタル・カーペットを敷いていた。ぴったりサイズに作られた木の書棚は半分ほど本で埋まっていたが、本がいっぱい入った箱があちこちに積みあげてあった。

「きっとすてきになるわ」セオドシアは言った。自分のインディゴ・ティーショップを火事で失ったら、どんな気持ちになるか、想像もつかない。あの店は彼女にとって子ども同然で、生きる糧だ。一から再建するのはどれほど大変なことだろう。ロイスにとっても、どれほど大変なことだったろう。

「箱の中身を出して、本がすべて棚におさまったら、ぐんとよくなると思うの」ロイスが言った。

「もう気に入っちゃったわ」セオドシアは店内をきょろきょろ見まわしながら言った。「ここは前のお店よりも少し狭いみたいね」

「わたしはこう考えてるの」ロイスは言った。「サイズをダウンしたんじゃなく、サイズをちょうどよく《ライト》したんだって」

「なんだか企業の乗っ取り屋みたいな言い方ね。会社の半数をクビにしても謝らず、賢明なビジネス行為だと言い張る感じ」

ロイスはセオドシアを指さした。「そのとおり」

セオドシアは店内をぶらぶら見てまわった。棚にはすでに真新しいインデックスプレートがついている。フィクション、歴史、ミステリ、料理、伝承、ロマンス、児童書、ビジネス、そして宗教。

「ロフトに通じてる螺旋《らせん》階段がいいわね」セオドシアは階段を途中までのぼり、あたりを見まわした。「居心地がよさそうで、とてもすてき」

「心ゆくまで探索したくなる秘密の場所って感じがするでしょ」

「ここにはどんな本を置くの？」

「半分は子ども向けの本で、半分はミステリの予定」

「ぴったりだわ」

「それからもうひとつ考えているのが……」入り口のドアの上のベルが陽気な音をたて、ロイスは途中で話をやめた。「あら、本物のお客さまがいらしたわ」

マーク・デヴリンが入ってきて、すばやくあたりを見まわした。その目はすぐに、店の真ん中に立っているロイスのところでとまった。セオドシアがいるのにはまだ気づいていないようだ。

「ロイスさん?」デヴリンは言った。きょうの彼は穴あきジーンズにグッチのTシャツを合わせ、モロッコで手作りしたようなブーツを履いていた。

ロイスはほほえんだ。「わたしがロイスよ」

「さっき電話した者だけど。クリスチャン・ディオールに関する本があるか問い合わせたよね? ファッションの本だ」

「ありましたよ」ロイスは言った。「でも、電話でも言いましたけど、中古なんです」

「かまわない」デヴリンはカウンターに歩み寄った。そこで螺旋階段をおりてくるセオドシアに気がついた。「おや、どうも」彼はにっこりほほえんだ。「ここで会うとは奇遇だね」

「デヴリンさん」セオドシアは言った。

「マークだ。マークと呼んでほしい。そうか、あなたのティーショップがあるのはこの通りなんだね?」

「ここの三軒先よ」

「ランチに寄る時間があればよかったんだけどね。あいにく、仕事の約束があって」

「またべつの機会に」セオドシアは言った。

「こちらが、ディオールの本になります」ロイスが大型の本をカウンターに置くと、ドンという大きな音がした。「お支払いが量り売りでなくてよかったですね」

「おいくらかな？」

「二十ドルです」とロイスは本を紙袋に入れながら言った。

デヴリンはロイスに二十ドル札を渡して礼を言い、それから買ったものを持って店をあとにする際、セオドシアに小さく会釈した。「おっしゃるとおり、またべつの機会に」

「ええ」セオドシアは言った。それからロイスに向かって「もうティーショップに戻って、ランチの給仕を手伝わなきゃ」

「ヘイリーはきょう、どんなメニューを用意してるの？」

「わからないの」セオドシアは言った。窓の外に目をやると、マーク・デヴリンが紺青色のSUVに飛び乗って、発進するところだった。それを見ながらつい考えた――デヴリンがこの事件の鍵を握っているなんてことはあるだろうか？　あの自信たっぷりで、ちょっとなよなよしたデザイナーが麻薬の密売人でナディーンに向けて引き金を引いた犯人ということはありえる？　あの人にはクリエイターに多く見られる気むずかしくて傲慢なところがある。冷酷な殺人犯の多くもその点で共通している。

17

ヘイリーはきょうのランチにかなりの数のおいしいメニューを用意してくれていた。ハムとチーズのスコーン、リンゴとクルミのマフィン、アールグレイのブレッド、チキンと果物のサラダ、カニの具材を包んだクレープ、そしてローストビーフとチェダーチーズのティーサンドイッチ。さらに、デザートとしてバタースコッチのブラウニーとレモンのバークッキーまであった。

「ヘイリーのクレープを食べてみたかね？」セオドシアがエプロンのひもを結んでいるとドレイトンが訊いてきた。彼はラスヴェガスの〈シーザーズ・パレス〉の大ホールの舞台でマジックを披露するマジシャンのようにやすやすと、六個の異なるポットで六種類の異なるお茶を淹れていた。インディゴ・ティーショップは急に混んできて――ほぼ満席状態だった――セオドシアはミス・ディンプルが引きつづき残って手伝ってくれて助かったと思った。

「クレープを作っているところは見たけど、味見はしてないわ」

「ちょっとひとくちもらったのだがね、クレープ生地は空気のように軽く、カニの詰め物は至福の味であった。とれたてのブルークラブと罪深いほど濃厚なベシャメルソースの組み合

わせなのだぞ。はっきり言って、オールタイム級のお気に入りだ」

「少しくらい残っているといいけど」

ドレイトンは首を横に振った。「それは無理な話だろう」

ドレイトンの言うとおりだった。ランチタイムが終わると、セオドシアはヘイリーのクレープをひとつもらいたくて、抜き足差し足で厨房に入った。そんなことをしても無駄だった。

「いま、最後の注文分を出しちゃったところ」ヘイリーは悲しそうな顔で言った。「ごめん」セオドシアがすぐに反応しないでいると、彼女はこうつけくわえた。「でも、よかったらクレープ生地をまたこしらえるけど」

「ううん、いいの」セオドシアは言った。「レシピを必ず教えてね」

「了解」

寄せ木のカウンターに目をやると、冷ましている途中の焼き菓子が焼き網の上に並んでいた。「でも、スコーンはよぶんにあるんでしょ？」

「たくさんあるよ。あたしのことはよく知ってるでしょ。いつだって十個か二十個はよぶんに焼いてるじゃない」

「よかった。アンジーのところに五、六個、持っていきたいの」

「すぐ出かける？」

「いますぐに」

〈フェザーベッド・ハウス〉はインディゴ・ティーショップから二ブロックのところに建つ趣ある歴史的建造物だ。煉瓦と下見板からなる大きな古い一戸建てだったものが時間をかけて増築され――こっちに翼棟を追加し、あっちに別館を建てという具合に――その結果、居心地がよく、なおかつ贅沢な宿ができあがった。ひろびろとしたポーチには籐の家具とのんびりと揺れるぶらんこが置かれ、二階のバルコニーは日光浴にうってつけだ。通りから建物を見あげれば、装飾的な小塔、頂華、欄干で飾られた三階は、まるでウェディングケーキを思わせる。

なかに入れば、赤と黄色のチンツのソファと椅子、手織りの敷物、それに赤煉瓦造りの暖炉が印象的な居心地のいいロビーがひろがっている。宿の名前にふさわしく、〈フェザーベッド・ハウス〉にはフラシ天張りのガチョウ、陶器のガチョウ、木彫りのガチョウ、そして金属のガチョウがところ狭しと置かれている。ソファのクッションにもガチョウが刺繍され、高さ四フィートものガチョウの像が見張り番をするように立っている。壁にはガチョウを描いた絵がこれでもかと飾られていた。

セオドシアがロビーの奥へと進んでいくと、木のフロントカウンターでアンジー・コングドンが顔をあげた。波打つブロンドの髪を肩まで垂らしたアンジーはいつもながら魅力的だ。穏やかな表情を浮かべ、ピンクのフリルつきブラウスに丈の短いデニムのスカートを合わせていた。

アンジーはセオドシアに気づくと顔を輝かせた。

「ミス・セオドシア。きょうはどうしてここへ？」

セオドシアはスコーンでいっぱいの紙袋をかかげた。

「やだ、ドキドキしてきちゃった」アンジーは言った。「そのなかに入ってるのはスコーンかしら？」

セオドシアはうなずいた。

「例のクロテッド・クリームが入った容器も一緒に詰めてくれたんでしょう？」

「もちろん」

「冗談で言ったつもりなのに、本当に？」

「ティー・トロリー・ツアーのプランを再確認しようと思ってきたの。ドレイトンがいつもすべてをきちんとしておきたいタイプなのはよく知ってるでしょ」

アンジーはフロントのデスクから出てきた。「同じきまじめなタイプAだもの、よくわかるわ」

「前にも言ったと思うけど、ツアーが最初の訪問地の〈ダヴ・コート・イン〉に寄ったときにわたしも交ぜてもらうつもりなの」

アンジーはうなずいた。「あそこはツアー客に朝のお茶とスコーンをふるまうのよね」

「ええ。そのあと、わたしもトロリーバスに同乗して歴史地区をめぐり、二番めの目的地、つまりここでランチをいただく」

「ここでは、万事うまくいけば、とても有能なドレイトンとヘイリーがこのうえなくおいしいお料理とお茶を出してくれることになっている」

「そしてわたしはお茶会のホステス役をつとめる」

アンジーは指を一本立てた。「それなんだけど、プランに変更があるの」

「あらあら」

「ううん、悪い話じゃないのよ。ものすごくいい話。だって、昼食会のあいだ、あなたはのんびりしていていいんだもの」

セオドシアはふふふ、と笑った。「そんなのはじめてだわ」

「あら、まじめに言ってるのよ。いつものようにテーブルからテーブルへと忙しく動きまわらなくていいし、お茶の紹介もしなくていい。こっちで、すてきな余興を用意したから」

「好奇心をそそられちゃうわ。いったいなにを用意してるの?」

アンジーはにやりとした。「昼食会のあいだずっと、簡単なファッションショーをやると言ったら信じる?」

「本気なの?」たしかにセオドシアにとってはうれしい知らせだ。負担が軽くなる。

アンジーはうなずいた。「もののはずみで決めちゃったの。チャールストン・ファッション・ウィークの関係者と提携しようということで」

「冴えてるわね」

「実を言うと、ブルック・カーター・クロケットがそうするようあと押ししてくれたの。彼女が知り合いのすばらしいデザイナーを……」

「エコー・グレイスね！」セオドシアは思わず大きな声を出した。

アンジーは驚くと同時にうれしそうだった。「彼女を知ってるの？」

「まあね。とにかく、エコーがデザインする服に惚れこんじゃったの。ゴージャスですばらしいんだもの。お客さまも楽しむだけじゃなく、すばらしさに魅了されると思うわ」

「わたしの判断は正しかったようね――ブルックにちょっと助けられたけど。そうそう、エコーと話したときにね、もうひとりデザイナーが参加するって言ってた。キキ・エヴァハートっていう名前の女性で、ほかにふたつとないクラッチバッグ、ホーボーバッグ、革のカフブレスレットなんかを作ってるの。バッグは基本的にヴィンテージもののブロケード生地の端布を縫い合わせていて、飾りに人造宝石を使ったり、巾着のひもにカーテンを束ねるひもを使ったりしているんですって。ブランドの名前は〈ハート・ソング〉だそうよ」

「とってもよさそう」

「実際、見てみたけど、たしかにすてきだった」アンジーは言った。「もちろん、まだいくつか手配しなきゃいけないこともあるけどね。とにかく、何事もなく終わってくれることを祈るばかりだわ」アンジーは同情するような表情になった。「日曜日のレモンのお茶会のこと、《ポスト&クーリア》紙で読んだけど、あんなことになって本当に残念だったわね」彼女は手をのばし、セオドシアの肩にそっと触れた。

「ありがとう。でも、気の毒なナディーンにくらべればたいしたことじゃないわ。彼女の死というか、彼女が殺されたことは、デレインにとってもベッティーナにとっても大打撃だったもの」

「わたしもきょうのお葬式に出られればよかったけど、間際になってチェックインのお客さまが大勢いらしてしまって。ケンタッキー州から野鳥を観察に来た方たちなの。ラヴェネル・コーコー・インタープリティブセンターに行くのが目的で、アカリュウキュウガモの姿が見られるかもしれないと思っているらしいわ」

「幸運に恵まれるといいわね」セオドシアは言った。「わたしもそこに行ったことがあるけど、見つけたなかでいちばんめずらしかったのはルリノジコ《インディゴ・バンティング》だった」

アンジーは意味ありげにほほえみ、場を明るくした。

「それって、あなたのお店の看板鳥？」

セオドシアもほほえみ返した。「うまいことを言うわね」

ティーショップに戻ると、セオドシアはテーブルの上を片づけ、アフタヌーンティーに向けてセットし直しながら、ジュリー・エイデンのことをまた考えた。ナディーンがあの若い女性をどれほど嫌っていたのかを。

けれども、頭のなかを渦巻いていたのは、それよりもむずかしい疑問だった――ジュリーのほうもナディーンを毛嫌いしていたのだろうか？　ナディーンの悪意に嫌気が差し、堪忍袋の緒が切れたのだろうか？　極度のノイローゼになって、理性的な判断ができなくなったの？　それとも、千載一遇のチャンスがめぐってきたとばかりに、冷酷にナディーンを殺害したの？

けれども、頭のなかでああでもない、こうでもないと考えるうちに、ジュリーが銃を手にした冷酷な殺人犯であるという考えは、少しばかばかしく思えてきた。物静かで内気な女性にしか見えないというのが、そのおもな理由だ。

だったら、ナディーンの頭に銃を突きつけ、引き金を引けるような人はほかに誰がいるだろう？

彼女と同様に、ナディーンの人生に少しだけかかわった、物静かで温厚な人物がもうひとりいる。サイモン・ナードウェルだ。彼は一見、無害に見えるし、ナディーンの死に深く傷ついているように振る舞っていた。けれども、ナードウェルが見た目どおりの人物でないとしたら？　もしかしたら、彼は受動攻撃性人格の持ち主かもしれない。感情を内に秘め、それが積もり積もって——ドカーン——怒りを爆発させるタイプかもしれない。

セオドシアは、ナードウェルの店を訪ねた日に彼が小包を受け取ったのを思い出した。頑固な中年のアンティーク銃の販売業者が麻薬の密売人とつながりがあったりするものだろうか？　あるかもしれない。

本当に？

セオドシアはふたつの小包の差出人を必死に思い出そうとした。うん、一個はドイツからだった。それは確実に覚えている。もうひとつの小包の差出人住所は……どこだったかしら？　一生懸命考えたけれど、どうしても出てこない。しょうがない、住所がわかったところで、なんの解決にもならないだろうし……。

エクアドル。たしかそこから届いたんだった。サンなんとかという名前の町だった。なんだったっけ？　サン・レアンドロ？　ううん、そうじゃなくて、サン・ロレンツォだった気がする。

どうにか名前が出てきたことに気をよくしたのか、好奇心が一気に最高潮に達した。サン・ロレンツォについて少し事前調査をしてみようと思いたった。パソコンの前にすわり、ひたすらクリックを繰り返し、いくつか記事を読んだところ……。

突きとめた事実に愕然とした。

本当なの？　うわあ。

不安を感じると同時に昂奮で体をぞくぞくさせながら、セオドシアは席を立ち、奥の廊下を半分ほど行ったところで声をかけた。「ドレイトン、時間ができたらこっちに顔を出してくれる？」

「なんだね？」テイクアウトの注文品に最後のひと手間をくわえていたドレイトンが顔をあげた。彼は半眼鏡を押しあげて言った。「わかった。これが終わったらすぐ行く」

数分後、オフィスに入ってきたドレイトンにセオドシアは言った。

「これを見てほしいの」すわっていたデスクチェアにドレイトンをすわらせ、パソコン上に表示した記事に彼が目をとおすのを待った。

ドレイトンはモニターの画面をじっと見つめたのち、目をしばたたいた。

「この記事によると、エクアドルのサン・ロレンツォはコカイン取引における主要な中継地点のひとつではないか。コロンビア産の麻薬の」彼はいぶかしげな顔を向けた。「たいへん有益な情報だが、それがどうわれわれに関係してくるのだね？」

「サイモン・ナードウェルさんがきのう、サン・ロレンツォからの小包を受け取っていたの」

「おそらく偶然だろう」とドレイトン。

「偶然じゃなかったら？」

「その場合は……ちょっと待ちたまえ」彼は手の甲で顎をさすった。「きみの目が不吉に輝き、きみの悪賢い頭から疑惑がにじみ出ているのを感じるぞ。いったいなにをたくらんでいる？」

セオドシアがたくらんでいるのは、ナードウェルの店をこっそり調べることだった。最高の筋書きは、ピッキングで錠をあけてなかに入り、ぐるっと見てまわることだ。もちろん、なかに入れるかどうかはさだかでない。

その考えをドレイトンに説明したところ、彼ははっきりと言った。「だめだ！」

「どうしてだめなの？」

「きみの提案は不法侵入だからだ」

「それはちょっとちがうわ」セオドシアは急いで計画を再考しながら言った。

「なにがちょっとちがうのだね？」

「いま気づいたんだけど、ナードウェルさんは貴重な銃を販売しているから、すべてのドアに防犯性能の高い錠前をつけているだろうし、本格的なアラームシステムも設置しているはずだわ」

「やれやれ」ドレイトンは言った。「警報ベルのおかげで助かったよ」

「だから、わたしがやろうと思っているのは嗅ぎまわることなの」

「嗅ぎまわるという言葉の意味を具体的に言いたまえ」

「裏の路地で彼のごみをあさる」

ドレイトンは目をまるくした。「大型ごみ容器にダイブするんだな。そんなことだろうと思ったよ」

「で、どう思う？」

「ごめんだね」

セオドシアは彼を見つめた。「でも、やってくれるでしょ？　どう？」

「断る」ドレイトンは言った。しかし、セオドシアの顔に落胆の色が浮かんでいるのを見て言った。「わかった、力になれるかもしれん。だが、上等なスーツでは絶対にやらんぞ」

セオドシアは腕時計に目をやった。

「あと二時間くらいは暗くならないから、まだ時間はあるわ。こうしましょう。アフタヌーンティーが終わったら、あまり高級じゃないものに着替えられるよう、あなたを家まで送る。わたしはちょっと用事を済ませて、そのあと迎えにいく」

「その用事とはなにか、教えてもらっても?」

「知らないほうがいいと思う」

18

セオドシアが済ませたい用事とは、〈オーチャード・ハウス・イン〉までひとっ走りすることだった。すでにオーナーのアンドレア・ウィルツには電話をかけ、快諾を得ている。この日は大きな宴会やイベントの予定がなく、数組の宿泊客がいるだけなので、セオドシアがちょっと立ち寄ってもかまわないとのことだった。

国道一七号線で市街地を出てハイウェイ一七一号線に乗り、その後ハイウェイ七〇〇号線で南下し、流れのゆっくりなストノ川を渡ると、ジョンズ・アイランドという名で知られる最大規模の防波島にたどり着いた。曲がりくねった細い道を進み、賛美の家と呼ばれる田舎の教会、サニーサイド山羊牧場、さらにはハニー・エイカーズとかローズマリー・クリーク農場といった名前がついた道路脇の風情ある市場の前を通り過ぎた。このあたりではタマネギ、エンドウマメ、カボチャ、サツマイモ、コラードなどが栽培され、季節によってはイチゴ狩りができる。ところどころに掘っ立て小屋同然の小さな魚介市場があり、とれたてのハタ、海老、牡蠣、ワタリガニが買えるとうたっている。

このあたりは川も多い。それに、何エーカーにもわたる沼地と湿原は、鹿、アリゲーター、キツネ、ミンク、ハゲワシ、それにコヨーテたちの豊かな棲息地となっている。狭い一本道が落ちこんで低地となっているところは地霧が立ちこめ、ありえないほど濃い緑色をした湿地帯に不気味で少し幽玄な雰囲気をあたえている。

沈みゆく太陽の光が車のリアウィンドウをかすめるころ、セオドシアは両側にカラマツが植わった通路に入り、〈オーチャード・ハウス・イン〉の前で車をとめた。正面から見るとここは、装飾柱と建物をぐるっと囲むポーチをそなえた、美しく古めかしいプランテーションハウスだ。屋内から温かな光が洩れ、ワイングラスを手にした五、六人が前菜やチーズが並ぶテーブルに向かって列を作っているのが見える。セオドシアはハンドルを指先でコツコツ叩き、それから建物の裏にまわって、厨房のドアの前に車をとめた。

数秒後、アンドレアが裏の窓から外をのぞいた。セオドシアが来るのを待っていたのだ。

「思ってたよりも早かったわね」アンドレアはドアをあけ、セオドシアを宿の暖かくて明るい厨房に入れてくれた。

「今夜はあまり道が混んでなかったから」セオドシアは言った。

「週のなかばだものね」

「いいにおいがする」皿がカウンターに並べられ、おいしそうなにおいがオーブンからただよってくる。

「今夜はひな鶏と根野菜のベイクを出すの」アンドレアは言った。「簡単だけどほっこりするでしょ。それにちょっと見栄えもするし」彼女はひと呼吸おいた。「で、見てまわりたいという話だったわね？」

「客間と冷蔵庫だけ。あ、この厨房も」

アンドレアは体を震わせた。「犯行現場ね。気味が悪いことをあれこれ考えないようにしているけど、どうしても、ここが穢《けが》れたように感じてしまって。セージを燃やして浄化したほうがいいかもしれないわ」

「必要以上に心配しなくて大丈夫よ。あなたの宿はとても趣があって魅力があるんだもの、気味の悪さなんかすぐに消えちゃうわ」

「だといいけど」アンドレアはうしろを向いて先に立って厨房を突っ切り、客間に通じるドアをあけた。「さあ、どうぞ。ここが鑑識の人がコカインを発見した場所。あなたが興味を持っているのがそれならば――というか、きっとそうなんでしょう。でも、見てのとおり、もう掃除しちゃったわよ」

「この場の雰囲気を感じたいだけだから」セオドシアは言いながら、あたりを見まわした。実際、この前来たときとなにも変わっていないように見える。背もたれがボタン留め仕上げになっている紺青色のビロードのソファが二脚、花柄の袖椅子が二脚、つやつやしたマホガニーのカクテルテーブル、八角形をしたカードゲーム用のテーブルとそれを囲むように置かれたキャプテンズチェアが四脚、そして大きな木のサイドボード。宿がいっぱいになったときには、この部屋でもワイン、チーズ、前菜を出すのだろう。

「差し支えなければ、お客さまの様子を確認しにいきたいの」アンドレアは言った。「ワインのおかわりも注がなくてはいけないし」

「かまわないわ」セオドシアは言った。「長くても数分いるだけで、邪魔はしないから」

セオドシアはアンドレアが出ていくのを待って、客間の中央まで行ってぐるりと見まわした。ここで麻薬の取引がおこなわれるところを想像する——それが実際にあったのなら、だけど。売り手と買い手のふたりが価格について交渉するところを。もしかしたら価格はすでに合意に達していて、あのときは引き渡すだけだったのかもしれない。

そこへナディーンが入ってきて、すべてを台なしにした。変な詮索をしたせいで、命を落とす結果となった。

かなり本格的な麻薬の取引だったのだろう。口をふさぐために殺すのもいとわないのだから。

セオドシアはその想像が落ち着くまでしばらく待ってから、振り返り、スイングドアをあけて厨房に引き返した。

死ぬほどすてきな厨房だった。そこでセオドシアは硬い表情になって自分に言い聞かせた。ナディーンはここで死んだのよ、と。ウルフ社の六口コンロ、ひろい調理台、ありとあらゆる種類の鍋やフライパンがおさめられているステンレスの棚。ひろびろとした厨房は、ふたり、あるいは三人が同時に作業しても邪魔にならない。インディゴ・ティーショップにこんな厨房があれば、最高だろう。でも、セオドシアがもっとひろいところに移転する話をするたび、ドレイトンもヘイリーも激しく反対するのだ。

「ハロー」すぐ近くから声がした。

セオドシアは驚きのあまり、思わず飛びあがり、激しく鼓動する心臓を手で押さえた。

「ごめんなさい、怖がらせるつもりじゃなかったの」アンドレアだった。「ひな鶏の焼け具合を確認するついでに、なにか用があるか確認しようと思って。でなければ、訊きたいことがあるかなと思ったの」

「ううん、わたしなら……わたしなら大丈夫」セオドシアは心臓の鼓動を落ち着かせようとしながら言った。「実は、いまから冷蔵庫に入ろうと思っていたところ」

「鑑識の人たちが月曜日に作業を終えたあと、なかのものを少し動かしてしまったわ。それに、明日の夜に開催するコミュニティディナー用に発注した生牡蠣とワタリガニがついさっき届いたの」

「でも、なかに入るのはかまわないんでしょ？」セオドシアは威圧感のあるステンレスの扉をじっと見つめた。

「ええ、もちろん。納得するまで見てもらってかまわないわ。でもひとつ言っておく。なかはものすごく寒いわよ」

「わかった」

アンドレアはオーブンのなかをのぞき、満足そうにうなずいた。

「用があるなら電話して」彼女はそう言うと、また出ていった。

セオドシアはちゃんと準備してきていた。カーディガンをはおり、冷蔵庫の扉をあけてなかに入った。電気がつくと、反射的にナディーンの遺体を最初に発見した場所を見おろした。床いっぱいについていた血の跡が残っていないかと探した。もちろん、すべてきれいに拭き取ってあった。おそらく、プロの清掃会社が手がけたのだろう。

アンドレアが言っていたとおり、〝マッケンジー水産〟の文字が書かれた箱がいくつもあり、ごつごつした灰色の牡蠣でいっぱいの網袋が入っている大きな木箱もひとつあった。重さは全部で四十ポンドくらいだろう。ほかにもレモンの箱がいくつかと、卵の段ボール箱、肉の包みもあった。

これがいつもの状態なんだわ。とくに見るべきものはなさそうね。

なぜかセオドシアは、ここをもう一度訪れてあちこちのぞいてみれば、見事な推理にたどり着けると考えていた。あるいは、殺害の場面がより鮮明に目に浮かぶだろうと。ナディーン、犯人、揉み合い、発砲。

そういうことにはならなかった。

セオドシアはがっかりして、ゆっくりと三百六十度まわった。上に目を向け、つづいて下に向ける。けっきょく無駄足だったと結論づけた。

そのとき、左の靴のつま先がなにか――小さな突起のようなもの――を踏んだように感じた。一歩うしろにさがって下を見ると、長さは一インチ程度だろうか、両端に小さなフックがついた金属製の小さなばねが落ちていた。

うんと小さなバンジーコードの先端みたいな形をしている。クーラーバッグの蓋をあけたままにするのに、ヘイリーがこういう小さなコードを使ったのかしら？　あるいはクロテッド・クリームを入れた容器に使ったのかも。そんなところだろうと考えて拾いあげ、カーディガンのポケットにしまった。けれども、あとでヘイリーに訊いてたしかめなくては。

まるく黄色い月が濃い藍色の空にかかり、セオドシアとドレイトンはサイモン・ナードウエルの銃砲店の裏の路地を車で流していた。

「こんなことをするのはまちがっている」セオドシアが車で迎えに来てから三十分ほど、ドレイトンは逃げようとして、必死で言い訳をひねくり出していた。しかしどう訴えてもセオドシアの決意は揺らがなかった。

かくして、ふたりは到着し、側面にかすれた黄色いペンキで〝バディの公衆衛生〟とステンシルされた緑色の大型ごみ収集容器の隣に車をとめた。

セオドシアはジープからいきおいよく飛び出した。ドレイトンは渋々降りた。電線が張りめぐらされた路地は真っ暗だった。一ブロック離れたところで犬が吠えるのが聞こえた。ウオーンという長い遠吠えだったが、しだいに聞こえなくなった。マフラーが壊れた車がプスプスと音をさせながらキング・ストリートを走っていく。やがてあたりは静かになった。

「使い捨てのビニールの手袋を持ってきたわ」セオドシアは言った。

ドレイトンはため息をついてひと組もらってはめ、それから左右をうかがった。

「さて、どうするのだね？」

「まずは蓋をあけましょう」セオドシアはごみ収集容器に近づいて蓋に手をかけ、渾身《こんしん》の力をこめて上にあげた。ギシギシという大きな音をさせながら、蓋は空気圧式ヒンジで持ちあがり、半開き状態になった。何日も前の生ごみのにおいがただよい出た。

「たまらんな」ドレイトンが言った。「なにが入っているのだ？」

セオドシアはごみ収集容器の縁ごしに暗い内部をのぞきこんだ。小さな懐中電灯のスイッチを入れ、光を向けた。「〈ルイジズ・ピザ〉のピザ容器が見えるから、食べかけのオリーブやペパロニもあるかもね。それに、ボール紙の箱がたくさんと、からのワインボトルが何本か見える」

「ワインはピザを食べるときに飲んだにちがいない」ドレイトンは言った。彼はなぜか特殊部隊員のような恰好をしていた。下は黒いスラックスで、上は軍人が着るような肩章のついた濃緑色のセーターを合わせていた。

「ナードウエルさんのお店の上にはアパートメントがふたつあるから、その住人もこの収集容器を利用しているかもしれないわ」

「そうか。おいおい、なにをしようというのだね？」

セオドシアはごみ収集容器の側面についたくぼみに足先をかけ、縁まで体を持ちあげようとしていた。

「まさか、本気でなかに入るつもりではないだろうね？」ドレイトンはおびえたような声を出した。

「いちばん上にあるごみを取り出すだけよ」セオドシアは飛びおりて、暗闇に姿を消した。ドレイトンがいるところからでは彼女の頭頂部しか見えなくなった。次の瞬間、彼女はくぐもった叫び声をあげた。「うしろにさがって！」

何枚ものボール紙、瓶、ピザの容器、その他のごみが突然、路地に降り注いだ。

「中身を全部出そうというのかね？」ドレイトンはわめいた。少しあわてた様子で、両腕を大きく振っている。

「そのほうがよく見えるもの。なかは真っ暗だから」

「外も充分に暗いと思うがな」ドレイトンはごみを引っかきまわす気になれず、しきりに足を踏み換えた。

「フェデックスの箱はある？」セオドシアは訊いた。

「ない」

「ちゃんと探してる？」

「いや、そうでもない」

セオドシアはホリネズミのように顔を出した。「さっき渡した小型の懐中電灯のスイッチを入れて、ちゃんと調べてよ」

「具体的になにを探せばいいのだね？　ヒントをくれたまえ」ドレイトンは言い、懐中電灯を出そうとポケットに手を入れた。

「言ったでしょ、配達用の箱。それと、なにか入ってたみたいな梱包材も」

「どうしてだね？」ドレイトンは懐中電灯のスイッチを入れ、ごみをかき分けはじめた。

「見つけたら、鑑識に送って検査してもらえるでしょ」

「ドラッグの検査かね？」

「そういうことになるわね」

「そうか、おっと、茶色い包み紙が見えるぞ」

「そう、その調子。こっちもフェデックスの箱の角のところが見える。湿っていて、ちょっとつぶれてるから、引っ張り出さないと……」グシャッという音がしたかと思うと、よれよれのフェデックスの箱がごみ収集容器から路地に投げ出された。それがドレイトンの足もとにビシャッという音とともに落ち、彼の靴とスラックスに滴が飛び散った。

「ずいぶんと派手に汚してくれたものだな」ドレイトンは言った。

「差出人の住所を確認して。サン・ロレンツォって書いてある？」セオドシアは言った。

ドレイトンは身を乗り出し、おそるおそる指で突いた。「サン・ロレンと書いてあるな。あとの文字は見えない」

「じゃあ、目的の箱が見つかったんだわ」セオドシアは叫ぶと、ごみ収集容器から抜け出した。

「これを本当に調べてもらうのかね？」

「そうよ」

「悪臭ただようごみの山を警察の鑑識に持ちこんでもらうよう、ライリーに頼むのだな？

そこで中身を全部出して、ドラッグの検査をしてもらうわけだ」

「そっか。それはちょっと迷惑かもね」セオドシアはしばらく考えた。「こうするのはどうかしら。ビニールのごみ袋に詰めこんで、どこかに保管しておくの。で、警察がナードウェルさんに関心を持つようになったら、この箱を差し出す。事件解決のお手伝いってことで」

「この見事な証拠の山をどこにしまっておくつもりだね？」

「あなたの家のガレージとか？」

「スペースに余裕がたっぷりあるからか？」

「あなたが車を持っていないのがおもな理由よ」

「なんとなんと。また、うまいことまるめこまれてしまったな」彼は自分の靴を見おろした。「しかも今夜の調査の収穫といったら、ローファーに赤いソースがかかったことくらいだ。きみのナードウェル氏はランチにミートボールのサンドイッチを食べたようだ」

「世の中の人全員が、あなたのような洗練された味覚を持っているわけじゃないのよ、ドレイトン」

「いまのは皮肉かね？　表向きは褒め言葉のように聞こえたが、どう考えても皮肉ではないか」

「ちがうわ、ドレイトン」セオドシアは言った。「あくまで事実を言っただけ」

セオドシアは自宅に帰っても昂奮状態が冷めず、トレーナーとレギンスとテニスシューズに着替えた。それから、大はしゃぎするアール・グレイにリードをつけ、ジョギングに出かけた。

セオドシアとアール・グレイはウォーミングアップがわりにミーティング・ストリートを四ブロックほどゆるゆると走って糖質を消費した。ウォーター・ストリートとの交差点で左に曲がり、ペースをあげた。夜なので閉まっているオールド・マーケットの前を全速力で過ぎ、カラフルな家が並ぶレインボウ・ロウの前を足取りも軽く過ぎ、やがて植民地時代に建てられた家々が並ぶブロックに出た。歴史のある住宅、教会、公共の建造物、公園、そして細い路地のあるチャールストンはまさに生きた博物館で、セオドシアはそういうところがとても気に入っている。実際、ほぼ一軒おきに銘板のようなものがついているくらいだ。

それには、セオドシアのお気に入りの場所、フィラデルフィア・アリーも含まれる。テラスハウスが立ち並ぶ、あまり人に知られていない暗いこの路地ができたのは一七七六年にまでさかのぼり、かつてはカウズ・アリーと呼ばれていた。もともと牛《カウ》たちがこのあたりで草を食《は》んでいたのが、名前の由来とされている。

セオドシアは足もとの玉石、化粧漆喰仕上げの壁、秘密の出入り口、頭上を覆う青々とした木々に気を配りながら、狭いフィラデルフィア・アリーを軽やかに走った。

風鈴の音がかすかに聞こえ、香ばしいにおいがただよってくるのは、高い壁に囲まれたどこかの庭で遅めの夕食に肉を焼いているからだろう。

いいにおい。まだ夕食を食べてないのを思い出しちゃった。

テラコッタ色に着色された煉瓦の高々とそそり立つ壁の前を過ぎたところで、角を曲がった。

人の姿が見えた。黒い人影がふたつ。それがすばやい動きで人目を避けるようにセオドシアのほうに向かってくる。

わたしに危害をくわえるつもりなの？

セオドシアは賢明にも頭にぱっと浮かんだ解決策を行動に移した。背を向けると、愛犬のリードを強く引いて走り出したのだ。

アール・グレイの考えはちがった。

セオドシアと並んで逃げるのではなく、一歩も引かずに向きを変えると、飼い主の手からリードをもぎ取った。喉から低いうなり声をあげながら頭を低くし、ふたつの人影に飛びかかった。いつもはおとなしいアール・グレイとは思えない、攻撃的な動きだった。けれども、大切な飼い主同様、彼もひどく驚いていた。

「アール・グレイ！」セオドシアは大きな声で呼んだ。急停止して、首だけうしろに向けて叫んだ。「アール・グレイ、おいで！」

けれども愛犬は言うことを聞かなかった。

歯をむいてすごむ犬と対峙したふたつの人影は、突然、退却を始めた。暗い通りを走り出した。アール・グレイはそのあとを必死で追い、一歩進むごとに相手との距離を縮めていった。数秒後、犬はお尻をあげ、片方の人影めがけて飛びかかった。怒れるクロコダイルのようにカチカチと歯を鳴らし、右のズボンの脚、膝のすぐ下あたりにかみついた。相手が甲高い悲鳴をあげて横滑りするように足をとめると、アール・グレイはがむしゃらに半回転させ、さらに強くかみついた。

アール・グレイが捕らえた人物はなりふりかまわず一本脚でダンスを踊り、必死でアール・グレイを振り落とそうとした。そのあいだずっと、甲高い声で〝ひー、ひー、ひー〟と叫んでいた。犬と人影はさらに数秒間、たがいにもつれながらぐるぐるまわっていたが、やがてアール・グレイはかむのをやめ、走ってセオドシアのもとに戻った。

「よくやったわ」彼女はリードをつかみ、ごほうびに肩を叩いてやった。「本当に優秀なボディーガードね」さっきの謎のふたりは――すでに逃げていなくなっていた――最初からセオドシアに危害をくわえるつもりだったのだろうか？　それとも、路上強盗が手頃な標的を求めていただけ？

いずれにしても、ばかな犯人だと彼女は思った。犬が一緒だったのだからなおさらだ。いつもわたしを守ってくれる、優秀なボディーガードが。セオドシアは立ちあがり、もう一度愛犬を軽く叩いてやってから、自宅に向かった。

早足程度にまで速度を落とし、自宅近くの路地に戻ってみると、隣の屋敷に明かりがついていてセオドシアはびっくりした。所有者の弁護士はまだイギリスから戻っていないはずだから、誰かに貸したのだろうか？　そうでないとうれしいけど。また頭のおかしな隣人とつき合うのはごめんだ。

それにおかしなご近所ドラマも。

帰宅してドアをしっかり施錠すると、セオドシアはさきほどの異様な出来事のせいで疲れると同時に、テンションがあがっているのを感じた。冷蔵庫からリンゴを一個、スイスチーズをひと切れ、それにフィジーウォーターのボトルを出して二階にあがり、アール・グレイは喉の渇きを癒やすように犬用のボウルで水を飲んだ。

シャワーと軽食をすませると、セオドシアはもこもこしたナイトガウンに着替え、さきほどのふたり組のことを振り返った。あの人たちはわたしを待ち伏せしていたの？　麻薬の常用者が手っ取り早く現金を手に入れようとしただけ？　真っ暗だったから、ふたりの顔はよく見えなかった。残念。

ため息をつき、ふたりのことを頭から払いのけ、自分の寝室を見まわした。以前から照明を変えたいと思っていた。読書用のアルコーブにはもう少し明るいフロアランプを置きたいし、化粧台の小さなランプふたつをもっとしゃれたものにしたい。一週間前、キング・ストリートのアンティークショップで中国のジンジャージャーを使ったランプを見かけた。あれならぴったりかもしれない。もっとも、手の届く金額ならばだけど。

ベッドにどっかりと腰をおろすと、ノートパソコンを持って、メールを確認しはじめた。あまり数はなかった。ジープの販売店から二十ドル引きでオイル交換をするというお知らせ、ボーフォートのティーショップから、ドレイトンのオリジナルブレンドをいくらか再注文したいという連絡、それにギブズ美術館で細密肖像画展が開催されるという案内。

ひとつだけ、送信者のアドレスに見覚えのないものがあった。

興味を引かれてメールをクリックしたところ、画面に気味の悪い画像が現われたので、セオドシアは顔をしかめた。赤い渦――ジャクージバスのような渦がぐるぐる巻いていたかと思うと、突然、崩壊して何百という小さな画素となり、そこに現われたのが……。

わたしの顔？ なんなの、これは？

セオドシアの顔の写真がパソコンのなかからまっすぐに見つめていた。しかも、気味が悪いことに、その顔の下には漫画のような小さな体がついていた。小さな腕がむなしく振られるのにもかまわず、どこからか矢が次々と飛んできて、画面のなかの彼女の胴体を、頭を、目を射貫いていく。背筋がぞっとするような光景ながら、見る者の目をとらえて離さない出来だった。セオドシアは目をそらすことができなかった。海千山千のコブラにいたぶられて動けなくなったマングースになった気分だった。

なぜこんなことを？ 誰がこんな動画を送ってきたの？

ナディーンを殺した犯人の仕業？ わたしをいたぶって楽しんでるの？ あらためて、手を引けと警告してきたの？ 今夜、わたしに接近してきた、あのふたりが送ってきたの？

セオドシアはもう一度、動画を調べた。これだけのものを編集するにはある程度の技術が必要だ。

セオドシアがまず思い浮かべたのはエディ・フォックスだった。なにしろ彼にはカメラもパソコンもスタジオもあるし、動画作成のノウハウもある。この程度のものなら、ものの五分でこしらえてしまうにちがいない。もちろん、同じことはパソコンにくわしい若い人についても言える。

フォックスさんはわたしをからかっているの？　怒らせようというの？　それってつまり、フォックスさんがナディーンを殺したということ？　わたしがあと一歩のところまで迫り、犯行がばれそうになったから、もっと効果的な脅しをということでわたしの心をもてあそぶ作戦に出たの？

セオドシアはノートパソコンをわきに押しやり、重ねた枕に背中をあずけた。それとも犯人はナディーンの事件とは無関係なの？

セオドシアはいろいろな可能性を思い浮かべ、考えつくあらゆる観点から検討した。マーヴィン・ショーヴェ？　ハーヴィー・ベイトマン？　それともマーク・デヴリン？　あの人は才能あるデザイナーだ。悪意のあるアニメーション動画を作成して、セオドシアに送りつける方法を知っているかもしれない。

わたしあてに送られてきたメール。そもそも、あの不愉快なメールはどこから送られてきたんだろう？

セオドシアは送信者のメールアドレスを特定しようとあれこれ調べたが、無駄骨だった。おそらく、送信者は狡猾で、リメーラーを経由させたのだろう。それも複数。もしかしたら海外のリメーラーかもしれない。その場合、追跡できる可能性はほぼゼロにひとしい。

ああ、もう。言葉では言い表わせないくらいいかれている。ううん、それどころかおそろしいし、危険だ。

セオドシアは上掛けの下にもぐりこんだあとも、路地で遭遇したふたりと、このすてきな生活に忍びこんだ不気味なメールのことをいつまでも考えていた。ようやく明かりを消して目を閉じ、この問題には昼の澄んだ光のなかで向き合うほうがいいと決めた。

それでも、眠りが訪れるまでずいぶん時間がかかった。眠ったあとも、夢に悩まされた。

チャールズ・ディケンズのお茶会

このお茶会にお友だちを全員招待すれば、楽しいひとときが過ごせますよ。テーマはオールド・イングリッシュなので、飾りつけに使うのはペイズリー柄、レース、それにビロード。アンティークのお皿やお茶の道具を全部出してきて、そこにピューターのキャンドルスタンド、さらには『クリスマス・キャロル』の本を何冊か置きましょう。ひと品めはクロテッド・クリームとレモンカードをたっぷりのせたクリームスコーンで、お茶はまろやかな味のイングリッシュ・ブレックファスト・ティーを。〈シンプソン&ヴェイル〉にはチャールズ・ディケンズの名を冠した紅茶ベースのブレンドがありますし、〈リパブリック・オブ・ティー〉にはドラマの『ダウントン・アビー』をイメージしたお茶が何種類かあります。お茶会のふた品めはターキーとクランベリー、またはサーモンとクリームチーズが具のサンドイッチはいかがでしょう？　海老を使ったアスピックは上等なメインディッシュになりますね。デザートには本場イギリスのスティッキー・トフィー・プディングと桃のトライフルでお客さまをあっと驚かせましょう。

19

「ゆうべ、とんでもなく気味の悪いメールが来たの」セオドシアはドレイトンに言った。木曜の朝のインディゴ・ティーショップでふたりはせっせと手を動かし、あらたな忙しい一日に向けての準備に余念がなかった。ヘイリーは厨房で鍋の音をさせ、笛吹きケトルが甲高い音を鳴らし、熱い湯気が立ちのぼっている。

「ほう?」ドレイトンはオレンジペコの茶葉を青い釉薬のティーポットに量り入れながら言った。「デレインからの便りかね?」

「ううん、デレインからじゃない。奇妙で、脅しているも同然の動画が送られてきた」

「脅しているも同然?」

「ああ、もう。脅しだったの。あきらかに脅すような内容だった。あなたにも見てもらったほうがよさそう」

ドレイトンは顔をあげ、左右の眉根を寄せた。「いますぐかね?」

「あなたさえよければ」

やらなくてはならないことを小声でぶつぶつ言いながらも、ドレイトンはセオドシアを追って彼女のオフィスに入った。彼がデスク前の椅子に腰をおろすと、セオドシアはメールを検索し、それから問題の動画を再生した。再生が終わると――動画はせいぜい十秒か十二秒程度だった――ドレイトンは椅子の背にもたれてつぶやいた。「ぞっとする」

「でも、動画としての出来はそれほどひどいものじゃないから、おそらく……」

「なんだね？」ドレイトンは体の向きを変えて、セオドシアと向き合った。「送り主に心当たりがあるのかね？」

「真っ先に頭に浮かんだのはエディ・フォックスさん。あの人がカメラ、動画制作、それにインターネットにくわしいからというだけだけど」

「きみの推理が正しいのなら、彼は調査から手を引くよう、きみに警告していることになるな」

「わたしに警告してくるということは、あの人が犯人ってことよね」セオドシアは言った。

「もう一度、再生を頼む」

セオドシアは再生した。

「驚いたな」ドレイトンは言った。「こいつはまたえらく不吉な内容だ。ライリーにも見てもらうのかね？」

「本気で言ってるの？　わたしが本当に脅されてると知ったら、彼はわたしに手錠をかけて外モンゴルに送りこむわよ。一億年たっても誰にも見つけられないような土地に」

「カナリア諸島のほうがいいのではないかな」ドレイトンは言った。「公共放送サービスの番組で見たが、実際の話、あそこもかなり遠いぞ」

「覚えておく。まさかのときにそなえて」昨夜、現われたふたり組のこともドレイトンに話したほうがいいか迷った。ううん、それはやめておこう。話したら、彼は本気で心配するだろうし、ライリーにばらしてしまうかもしれない。そうなったら、どうなるかは言うまでもない。

「で、どうするつもりだね、この……このいかれたメールを？」ドレイトンはパソコンの画面を手でしめした。

セオドシアはかぶりを振った。「わからない。発信者を突きとめられるかやってみるくらいかな」

「そんなことが可能なのか？」

「わたしには無理。わたしはパソコンにくわしくないから。でも、知り合いのなかにそういうことができる人がいるかもしれないし」

「だが、突きとめないほうがいいかもしれないぞ。あるいは、突きとめるべきではないかもしれん。もしかしたらこの調査はきみの手に負えなくなりすぎていて、いいかげんきみは――というかきみもわたしも――手を引くべきかもしれない」

「あなたの言いたいことはわかる。でも……」

「なんだね？」

「ベッティーナと約束したんだもの」

ドレイトンは肩を落とした。「たしかに」

それからふたりは仕事に戻り、テーブルをセッティングし、お茶を淹れ、午前中のメニュー(イギリスのクランペット、リンゴのブレッド、それにシナモンのマフィンだった)のみならず、きょうのアイルランド風クリーム・ティーのメニューについてヘイリーと打ち合わせた。

お客が次々とやってきては出ていった。十時にミス・ディンプルがやってきて、セオドシアは例のメールの件で頭を悩ませつつも、雑談に興じ、悩みなどひとつもないふりをしていた。実際には山ほどあったけれど。

「ひとつうかがいたいのですが」ミス・ディンプルが言った。

セオドシアはカウンターのところでドレイトンから台湾産の烏龍茶が入ったポットを渡されるのを待っていた。彼女は小柄なミス・ディンプルのほうを向いた。「どんなこと?」

「イレブンジズというのはどういう意味なのですか?」

「ドレイトン」セオドシアは言った。「いまのミス・ディンプルの質問に答えてあげてくれる?」

ドレイトンはわずかに曇った眼鏡を押しあげた。

「イギリスでいうイレブンジズとは、お昼前のお茶の時間を指す言葉で、十時半から十一時ごろに食べる二度めの朝食とされることもある」

「いまわたしたちがやっているのと似ていますね。朝のクリーム・ティーのようなものでしょうか」

「そのとおり」ドレイトンはそのたとえは思いつかなかったなというようにほほえんだ。「熊のパディントンのお話を思い出してごらん。パディントンがよく、友だちのグルーバーさんが経営しているポートベロ通りの骨董店でイレブンジズを食べていたのを覚えているのではないかな」

「ええ、覚えていますとも」ミス・ディンプルは言った。「あのお話は大好きでした。それに、あなたたちが教えてくれるお茶にまつわる言い伝えも大好きですよ。ここで働くのは本当に楽しいし、ためになります」

「そうだろうとも」ドレイトンは背を向けお茶を淹れる作業に戻った。「さて、集中しなくては」

「あら」とミス・ディンプル。

「彼のことは気にしないで」セオドシアは言った。「ドレイトンはパニックモードに入りかけているの。大がかりなお茶会を開催するときはいつもそうなのよ。ここだけの話、本人はそれを楽しんでもいるんだけど」ポケットに手を突っこみ、ゆうべ拾った小さなばねをつかんでカウンターに置いた。あとでヘイリーに訊いてみなくては。

「わたしがパニックを起こしているだと?」ドレイトンが言った。

「ドレイトン」ミス・ディンプルは言った。「少しはリラックスすることを覚えなくてはいけませんよ。とくに、大がかりなお茶会ではあなたが頼りなんですからね」

「諸君」ドレイトンは呼びかけた。「仕事をしたまえ」

十一時半になると、インディゴ・ティーショップにはほとんど人がいなくなった。朝のお客が帰ったので、セオドシアは一気にギアをあげてアイルランド風クリーム・ティーの準備にかかった。

「緑色のシャムロックの柄がついた、この白いリネンにしましょうか？」ミス・ディンプルが戸棚から出して言った。

「いいわね」

「きょうは満席なんでしょうか？」

「午前九時の段階ではまだ六席あまっていたけど、直前に連絡が二件あって、もう満員御礼」

「幸運に恵まれましたね」

「とにかく、ほっとしたわ」

セオドシアは食器棚の前まで行き、何種類もあるお皿をじっくりとながめ、ドニゴール・パリアンのアイリッシュローズ柄のものを出した。

「かわいらしい柄だこと」ミス・ディンプルは言った。

「充分な数があるといいんだけど」

「ざっと数えてみましょう」

数えた結果、数は足りた。あまりは一枚。「ふぅー、ぎりぎりでしたね」ミス・ディンプルはセッティングされたテーブルを丹念にながめた。「あなたが選んだ銀色の模様が入ったゴーハムの食器はすてきですね。きらびやかだし上品だし。さてと……ほかにはなにをしましょうか？」

「もう少しアイルランドらしさを添えないと、完璧なアイルランド風クリーム・ティーとは言えないわ」セオドシアは言った。「というわけで、わたしの一存で〈フロラドーラ〉に貝殻サルビア、別名アイルランドの鐘を少し注文しておいたの。ベリークの花瓶にいけたらぴったりだと思うわ」

ミス・ディンプルは指をパチンと鳴らした。「すぐやりますね」

けれどもセオドシアの仕事はまだ終わっていなかった。各テーブルに白いピラーキャンドルと焼き物の羊、アイリッシュハープ、それにシャムロックを飾った。

「テーブルがすてきになりましたね」バランスよくいけた花を持って戻ってきたミス・ディンプルが言った。「お客さまに粗品を差しあげるような、そういうすてきな趣向はないんですか？」

セオドシアは茶色い紙袋に手を入れ、金色の紙に包まれたコイン形のチョコレートをひとつかみ出し、テーブルに放った。

「虹の根元には黄金でいっぱいの壺が埋まってますものね」ミス・ディンプルは大声をあげた。「きっとみなさん、気に入ってくださいますよ」

　実際、ミス・ディンプルの言うとおりになった。十二時十分前、帽子をかぶり、手袋をはめたにぎやかな女性たちが期待に胸をときめかせながら集まりはじめた。そしてティールームに足を踏み入れ、店内がとても魅力的で、すべてが本格的なのを見てとると、全員が感激の声を洩らした。

　セオドシアが入り口のところでお客を出迎えると、ミス・ディンプルが引き継ぎ、それぞれのテーブルに案内した。ブロード・ストリート・ガーデンクラブの会長をつとめるメイブル・プライスが十一人のメンバーを引き連れてテーブルふたつを占めたときは、ちょっとばたばたした。つづいて、常連客やはじめてのお客も来店した。

　デレインとエコー・グレイスも姿を見せた。デレインはアイルランドの国旗にも使われているケリーグリーン色のスカートスーツに、ひだのたっぷりついたリボンが目立つ白いブラウスを合わせていた。エコーはきらきらしたスパンコールのトップスにゆったりめのスラックスという恰好だった。スラックスはピーチ色からオレンジ、もう一度ピーチ色にグラデーション染めされていて、おいしい虹のようだった。

「まさか来てくれるとは思わなかったわ」セオドシアはデレインに言った。「だってこのあとあなたのところで盛大なファッションショーがあるんでしょ」

「そうなのよ。でも、ショーのプロデューサーに自分の店から追い出されちゃったの」デレインは肩をすくめた。「だから、あたしがいてもやることなんかほとんどなくて」

「あれこれ口を出すくらいしかできなかったのよね」エコーが茶化した。

「そういうこと」とデレイン。

ドレイトンが急いでふたりを迎えに出た。「ようこそ、おふたりさん」彼が言うと、デレインは一歩進み出て、彼の背広の襟をつかみ、すばやく何度か音だけのキスをした。ドレイトンは体を離すと言った。「デレイン、少し元気になったようだね」

デレインは鼻にしわを寄せた。「あたしのことはよく知ってるでしょ。辛気くさいことにいつまでもこだわるタイプじゃないの」

「ベッティーナはどうしているの？」セオドシアは訊いた。死にまつわる話をされるのをデレインがいやがるのはわかっているが、ベッティーナはいまもそうとう心を痛めていると思ったのだ。

「あの子なら大丈夫よ、たぶん」デレインは言った。次の瞬間、彼女は肩をこわばらせ、警戒するような目つきになった。「まだあれを調べてるのよね？」彼女は〝あれ〟という言葉を、フンコロガシの話をするかのように、嫌悪感もあらわに発音した。

「調べてる。でも、遅々として進んでないけど」セオドシアは言った。

デレインはハンドバッグから口紅を出し、唇をあざやかなカーネリアンレッドに塗った。「そうだと思った」彼女は口紅のキャップをはめ、静かな声で言った。「あまり波風をたてないでちょうだいよ」

「それってどういう意味……？」

「きょうのショーに来て、ハーヴとマーヴにばかな質問を山ほど浴びせて困らせるなって言ってるの。きょうはふたりにとってとーっても大事な日なんですからね」デレインの右の眉があがり、小さく震えた。「要するに、ブランドアンバサダーというあたしの立場をあやうくするようなことはしないでほしいってこと。いい？」

「そんなこと、考えてもいないわよ」セオドシアは言い、それを聞いたエコーが含み笑いをした。

「正直言って、ナディーンの事件を調べるなんて、すごいと思う」エコーがセオドシアに言った。彼女はデレインを肘でそっと突いた。「あなたにとってセオドシアは本当の友だちだと思うわ」それから、またセオドシアに言った。「がんばって。事件を見事に解決するよう応援してる」

「実際、わたしもそれをなにより望んでいるの」セオドシアは言った。

「で、関係者全員から話を聞いてるのよね」デレインがくいさがった。

「全員じゃないの。ハーヴィー・ベイトマンさんに関する情報を入手するのに手間取っているから」セオドシアは言い訳した。「あの人とだけは、まだ話ができていなくて」

「聞いた話だけど、ベイトマンって人はかなりやり手の実業家だそうよ」エコーが言った。

「〈レモン・スクイーズ・クチュール〉の共同経営者だけじゃなく、仕入れすぎたり売れ残ったりした服の売買もしてるし、お酒の卸売り事業にも関係しているみたい」

「へええ、そうなんだ」ふたりが案内されていくと、セオドシアはつぶやいた。お酒の卸売り事業。どうしたわけか、その事実が気になった。そう言えば先日、ナディーンの事件は裏社会の暗殺を思わせるというようなことをサイモン・ナードウェルが言っていたっけ。だったら——ベイトマンは組織犯罪にかかわっているの？　彼こそが鍵を握る人物で、注意深く観察しなくてはいけない対象なの？

そんなことをつらつら考えながら、つづく何組かのお客を出迎えた。それから、懸念を振り払い、いまやるべきことに集中するようつとめた。ハーヴィー・ベイトマンのことはアイルランド風クリーム・ティーが終わったあとで考えればいい。

セオドシアは意気込みもあらたに、ブロンドの美人女性を出迎えた。歳は四十代なかばだろうか、ぱりっとしたツイードのジャケットにキャラメル色の革のパンツを合わせている。そしてなんと、女性はセオドシアの手を握ってこう言った。「お会いするのははじめてだけど、こちらのティーショップをぜひにとお薦めされたの」

「うれしいお言葉をありがとうございます」セオドシアは答えた。

すると女性は温かな笑みを浮かべて言った。「わたしはメリアム・ショーヴェ。〈ショーヴェ・スマートウェア〉を経営しているの」

「マーヴィン・ショーヴェさんの奥さん」セオドシアは少し驚いた顔で言った。

「まあ、そういうことになるかしらね」メリアムの声にはかすかにお茶目な響きが感じ取れた。

セオドシアは一瞬、言葉が出なくなった。けれどもすぐにわれに返った。

「いらっしゃいませ。きょうはおいでいただき、うれしく思います」

メリアム・ショーヴェはうしろに立っている女性ふたりをしめした。「お友だちをふたり連れてきたの」

「人数が多いほど楽しいですものね」セオドシアは言い、メリアム・ショーヴェとあとで少し話をすること、と心のなかにメモをした。

20

お客全員が席に落ち着き、ドレイトンとミス・ディンプルが熱々のお茶が入ったカップを配り終えると、セオドシアは店の中央に進み出て、ようこそと声をかけた。

「本日の春のアイルランド風クリーム・ティーでみなさまとお会いできましたこと、光栄に思います。そして、おいでくださりありがとうございます。はやくランチを食べたいでしょうし、当店のシェフがどんなお料理を考案したのか知りたくてたまらないようですので、ラインアップをご紹介しましょう」

あちこちから拍手があがるなか、セオドシアは先をつづけた。

「本日のランチはまず、ベーキングソーダを使ったアイルランド風のスコーンをお召しあがりいただきます。アイルランド産のクリーマリーバターと、イチゴジャムとオレンジマーマレードのどちらかをお好みでお使いください。スコーンの次は自家製のジャガイモとリーキのスープになります。メインディッシュには、ブラウンシュガーをまぶして焼いたサーモンのグリルに、つけ合わせとしてアスパラガスのキャラメリゼと在来種のトマトを使ったサラダをお出しします。いま味わっていただいているお茶は〈シンプソン&ヴェイル〉のアイリ

ッシュ・ブレックファストという紅茶になります」

ドレイトンが彼女の隣に立った。「お茶のおかわりはいくらでもご用意いたします」

「もちろん、デザートもございます」セオドシアがつけくわえた。

「いまはまだ、あとのお楽しみということにいたしましょう」とドレイトン。

「では、本日のランチをお楽しみください。みなさま、スロンチャ」セオドシアは言った。

「いまのはゲール語で健康に感謝という意味です」

ランチはとどこおりなく進んだ。スコーンは絶賛の嵐で、スープはきれいにたいらげられ、ブラウンシュガーをまぶしたサーモンは十人近くからレシピを求められた。セオドシアはその人気ぶりに小躍りしながらレシピをプリントアウトした。それを小脇に抱え、熱心にのばしてくる手に渡した。

セオドシアがお茶のおかわりを注いでまわっていると、メリアム・ショーヴェが振り向いて言った。「なにもかもすばらしいわ。それにお店の方は親切できちょうめんだし」

「お客さまにくつろいでいただける完璧な内容にしようと努力していますから」セオドシアは言った。

「うちの店でも同じようにできればと思うわ。残念ながら、スタッフの配置にはいつも頭を悩ませていてね。小売業を理解するだけじゃなく、お客さまとの関係の築き方を心得ている人がなかなか見つからないの」

セオドシアは思い切って言ってみた。

「ジュリー・エイデンを雇ってみてはいかがでしょう?」

ミセス・ショーヴェはいぶかるような視線を投げた。「誰なの?」

「ジュリーはいま現在、〈レモン・スクイーズ・クチュール〉で無給のインターンとして働いています。でも、たまたま知ったんですが、正規の有給の仕事を探しているそうです。若くて頭が切れるし、ファッションの知識も豊富です」

「その女性をかなり高く評価しているみたいね」

「ジュリーとは数回しか会ってませんが、見るからに常識《コモンセンス》のある人とわかります。それにファッションのセンスも」

「その若い女性をマーヴィンから奪ったら、あの人は完全に理性を失っちゃうんじゃないかしら」メリアムはマニキュアを塗った指で下唇を軽く叩き、顔いっぱいに笑みを浮かべた。

「そうなったらおもしろいことになりそう」

「ですよね」セオドシアは言った。「スタッフの問題を解決すると同時に、ご主人の鼻を明かしてやれるのだから一石二鳥じゃないですか」

デザートの提供は華々しくおこなわれた。アイリッシュ・アップルケーキを持って登場したドレイトンは、全員によく見えるよう高くかかげた。

「上にのっているのはなんなの?」ひとりが大声で尋ねた。

「シュトロイゼルというトッピングです」ドレイトンは答えた。

「ケーキのほうはどんな材料を使っているのか知りたいわ」べつのお客が質問した。

「バター、クリーム、砂糖、小麦粉、卵、リンゴ、それにオーツがたっぷり使われております」ドレイトンは答えた。「上からかける香り豊かなカスタードソースに味が負けてはいけませんので」

誰もが期待に胸を高鳴らせるなか、ケーキはいったん厨房に引っこみ、そこではヘイリーがさらにふたつのアイリッシュ・アップルケーキとともに待ちかまえていた。切り分けられ、皿に盛りつけられ、ソースをていねいにかけられたケーキが運ばれると、お客はみなおいしそうに頬張った。

セオドシアがお茶のおかわりを注いでまわっていると、ドレイトンはアイルランドの詩を吟じ、全員がそれに聞き入った。

アイリッシュシチューがぐつぐつ煮え、ソーダブレッドが熱々ならば
アイルランドのお茶が小さなアイルランド製のポットに満たされていれば
部屋が笑いで温まり
明るい歌声が響き
語られた物語に詩と魔法があるならば
幸せなことであり、すばらしいことではないか
あなたの心と魂がアイルランドのものだと知ることは

盛大な拍手が鳴り響き、ドレイトンの顔が真っ赤に染まった。彼は軽くお辞儀をして退場した。

完璧なランチのお茶会の完璧な終わり方だった。けれども、もちろん、お客は椅子からいきおいよく立ちあがり、そそくさと帰ったりはしなかった。店内をぐるりとまわり、知り合いに声をかけ、心ゆくまで買い物を楽しんだ。ティータオル、缶入りの茶葉、瓶入りの蜂蜜など、お茶にまつわるあれこれを買いあさった。

驚いたことに、セオドシアが手作りしたブドウの蔓のリースも二個、壁からはずされ買われていった。ひとつはピンク色をしたミニチュアのティーカップで飾り、ピンク色のリボンとピンク色のムギワラギクを編み込んだもので、もうひとつは普通の大きさのティーカップ、シルクで作った花、カーリングリボン、それにシルバーでできた小さなチャームを飾った、ひとまわり大きいリースだった。

「きょうのお茶会は大成功と言っていいだろうな」ドレイトンがセオドシアに言った。ふたりはカウンターのなかにいて、ドレイトンは勘定を集計し、最後のお客の支払いを現金で受け、セオドシアはボーンチャイナのティーカップを気泡緩衝材でていねいにくるんだ。

「お茶会のイベントを開催するといつも、売上げがのびるのよね」セオドシアは言った。

「ふむ、総額で千百ドル以上、のびているな。もちろん、ここから食材のコストや諸経費を引くわけだが、それでも……」

セオドシアは彼の腕をぎゅっと握った。「それでも……上出来よ」

セオドシアはオフィスに引っこむ途中で妙な考えに取り憑かれ、それが頭から離れなくなった。ベイトマンが酒の卸売りにかかわっていたとエコーから教えられて以来、彼への興味がいっそう強くなったのだ。そして、ことわざにあるように好奇心は猫をも殺すとわかっていたが、いくらかリスクをおかす気分になっていた。そこで、ささやかな協力を引き出せるかもしれないと期待して、ライリーの番号に電話した。

お互いの様子を確認するあいさつを交わすと、セオドシアはすぐに本題に入った。

「わたしが〈レモン・スクイーズ・クチュール〉の共同経営者たちについて、いろいろ質問してまわっているのは知ってるでしょ？」

「きみがバーニー保安官に隠れてなにをしているか、ぼくとしてはできれば知りたくないな」ライリーは言った。「おそらく違法なことなんだろう」

セオドシアは深々と息を吸ってからつづけた。「実はね、ハーヴィー・ベイトマンさんについて、ちょっとした情報が手に入ったの」

しばらくの沈黙ののち、ライリーは言った。「どんな情報？」

「ベイトマンさんはお酒の卸売りビジネスにからんでいると聞いたわ」

「で、きみは——なにを知りたいんだい？」

「それが事実かどうか」

またも数秒ほど沈黙が流れ、ライリーが必死に考えているのがセオドシアに伝わってきた。ようやく彼は言った。

「確認するくらいならやってもいい。組織犯罪担当の知り合いがいるから、なにがわかるか確認して、折り返し連絡する」

「あなたって最高」セオドシアは言った。

「残念だけど、セオ、これはいつものようにただで教えるわけにはいかないよ」ライリーはまじめくさった声で言った。「この情報と引き換えに、きみはぼくに大きな借りを作ることになる。つまり、カロライナ・リーパー・ソーセージとマスタードソースを添えた、きみのお得意のポークテンダーロインをメインにしたおいしいディナーだ。上等なワインも一本つけてほしい」

「いいわ。交渉成立」

ティールームに戻ると、セオドシアはプラスチックの洗い桶を持ち、テーブルの上の皿を片づけはじめた。

「あなたがやらなくても大丈夫ですよ」ミス・ディンプルが言った。「わたしひとりでできますから」

「もちろん、わかってるわ。ただ、手を動かしていたいのよ」

ミス・ディンプルはほほえんだ。「ええ、そんな気がしていました」

五分後、ライリーが約束どおり、電話をかけ直してきた。

「なにかわかった？」セオドシアは訊いた。「ベイトマンさんには前科があるの？」

「うん、きみの言うとおりだった」ライリーは言ったが、とくに喜んでいるような声ではなかった。「きみがどうやって突きとめたのかはわからないし、知らないでおいたほうがよさそうだけど、ハーヴィー・ベイトマンは真人間というわけではなさそうだ」

「くわしく話して」

「彼は六年前に州際通商法違反で逮捕されている」

「具体的になにをしたの？」

「ベイトマンは所定の書類と納税印紙のないトラック一台分の酒を運びこもうとしたところを逮捕された。国はそのような犯罪に厳しいし、サウス・カロライナ州の歳入庁は重大犯罪と見なしている」

「それでどうなったの？」

「ベイトマンは罪を逃れた。そうとう有能な弁護士がついたんだろう。容疑はほかにもいくつかあったけど、すべて逃れているからね。たとえば、銃身の長い銃ではなく拳銃に関するあやふやな容疑がかけられていたが、検察官は証拠不十分で起訴を取り消している」

「銃」セオドシアは言った。「興味深いわね。どうして証拠不十分だったのかしら？」

「目撃者がいなかったんだろう」

「本当に目撃者がいなかったのか、それとも目撃者が報復を恐れたのか、どっちかしら？」

「なんとも言えないな。いいかい、セオ、このベイトマンという人物はけっこうな悪党のようだ。いまはファッション業界という、かなり無害な場に身を置いているとはいえ、彼の周辺を嗅ぎまわるのはやめたほうがいい」

「慎重にやるわ、約束する」

「そういう答えを聞きたいわけじゃない」ライリーは言った。セオドシアが返事をせずにいると、彼はたたみかけた。「本気で言ってるんだよ。どんな調査であれ、いますぐやめるんだ」

「だったら、あなたがベイトマンさんの行動を少し深く調べてくれる？」セオドシアは訊いた。

「ああ、いいとも」

「約束できる？」

ライリーはため息をついた。「セオ、きみは本当に手が焼けるな」

「わかってる。ごめんなさい」

「ポークテンダーロインのディナーの貸しがあるのを忘れないように」

「ディナーね。了解」

「いったいなんの話だったのだね？」セオドシアが電話を切るとドレイトンが訊いた。

「ハーヴィー・ベイトマンさんには前科があるみたい」

「犯罪の前歴ということかね？」ドレイトンの眉が二匹の毛むくじゃらの芋虫のようにあがった。「彼はなにをしたのだね？」

「違法なお酒と銃に関するものみたい」

「なんと！　それはかなりの重罪ではないか」

「ナディーンの殺害はたいした罪じゃないみたいな言い方ね」

ドレイトンはお茶の缶の蓋をあけた。「そういうことを言っているのではないのだよ。わかっているくせに」

「そうね、ごめん。とげとげしい言い方をするつもりじゃなかったの」

「いや、いいんだ。それだけきみが真剣に考えているということだからね。案じているということなのだから。だが、他人のことよりも、まず自分の身を案じてくれたまえ」

「座右の銘にする」

ミス・ディンプルがカウンターに近づいてきて、イチゴのスコーンを積みあげた天板をセオドシアに差し出した。

「ヘイリーからのお届け物ですよ。午後もお茶を飲みにお客さまが大勢いらっしゃいますよね？」

「ふらりとやってくる方はいらっしゃるでしょうね」セオドシアは言った。

「いまひとりいらしたぞ」入り口のドアがあいたのを見てドレイトンが言った。

三人が振り向くと、ビル・ボイエットがのっそりと入ってきた。彼は同じブロックにあるボイエット・カメラ店の店主で、このティーショップの準常連だ。ボイエットは五十代前半で体格がよく、ピンク色の頬をして白い髪がかなり薄くなっている。きょうはカーキ色のスラックスに紺色のゴルフシャツを合わせ、シャツの裾をスラックスにたくしこんでいた。

ボイエットは満面の笑みを浮かべながらカウンターに近づいた。

「またマーダーミステリのお茶会を開催する予定はあるかい？　被害者役が必要なら、喜んでやるよ」

「近々、やるつもりでいるわ」セオドシアは言った。「なにしろ、前回、やった……」

「チリンガム屋敷の殺人」ボイエットが口をはさんだ。

「……の評判がとてもよかったから」

「題名も覚えていてくれたのだね」ドレイトンが言った。

「卑劣なブレッドソー卿を演じるのがとても楽しかったものでね」ドレイトンが口を尖らせたのを見て、ボイエットは言い足した。「いや、本当にものすごく楽しかったんだって。あのレベルの芝居をやるのははじめてだったからさ」

「じゃあ、次の上演時には主役をお願いしなくちゃね」セオドシアは言い、スコーンをガラスのパイケースに入れはじめた。

ドレイトンがカップにお茶を注ぎ、それをボイエットのほうに滑らせた。

「アッサム・ティーでいいかな？」

「もちろんだとも」ボイエットはカップを手にし、たっぷりと飲んでからおろした。「うまいね。元気が出る」彼は手を横に滑らせ、カウンターに金属製のばねがあるのに気づいて手に取った。「きみたちのうちの誰が、ドローンにハマってるんだい？」

それを聞いて、セオドシアはスコーンから目をあげた。

「いま、なんて言ったの？」

21

「ドローンだよ」ボイエットは金属のばねをいじりながら言った。「だって、ジンバルスプリングが適当に転がしてあるなんて普通はありえないからさ」

「ねえ、ジンバルスプリングっていったいなんなの？」セオドシアは訊いた。心臓が一瞬とまりかけたが、いまは期待に胸がうずうずしていた。まさかこれが手がかり？　そこできわめて重要な質問をした。「これはドローンの部品ってこと？」

ボイエットは親指と人差し指でばねをつまんだ。

「うん。小さいが、翼を安定させる役割をしているから重要なんだ」彼はばねを目の高さに持っていった。「本当に知らなかったのかい？」

「いまはじめて知ったわ」けれどもセオドシアの頭のなかでは八気筒エンジンがフル回転していた。ドローン……ドローンを使う人といったら誰？　たしか、エディ・フォックスはドローンを使って動画を撮影するという話を聞いた。

いま、興味深いつながりがまたもセオドシアの好奇心を刺激した。このジンバルスプリングを見つけたのは〈オーチャード・ハウス・イン〉の冷蔵庫だ。じゃあ、フォックスはあの

冷蔵庫に入ったということ？　あるいは、宿をぶらついていたとか？　その場合、ナディーンに向けて引き金を引いたのは彼ということになるの？　だとすると、彼もコカインの取引にかかわっているの？　重要な証拠がだんだん積み重なってきた気がする。

ビル・ボイエットが帰ったあと、セオドシアはその考えをドレイトンに説明した。

ドレイトンは少しだけ興味を持ったようだった。

「ほんの十分前まではハーヴィー・ベイトマンにご執心だったではないか。そしてまたエディ・フォックス犯人説に戻ったわけだ」

「エディ・フォックスさんが鳥のドキュメンタリーの撮影でドローンを使ったのはたしかだもの」

「では、彼がナディーンを射殺した犯人と考えているのだな」

「そうよ。というか、そうかもしれない。ふたりは男女の関係にあったらしいし。もしかしたらナディーンのほうがしつこく迫ったのかもしれない。あるいは……」

「あるいは？」

「それとはべつのなにかがあったのかも？」

「いまのは質問かね、それとも意見を述べたのかね？」

「さあ、どっちかしら」

ドレイトンはブラウン・ベティ型のティーポットに熱湯を注ぎ入れ、それをミス・ディンプルのほうに滑らせた。

「五番テーブルのブラックカラント・ティーだ。少なくとも三分は蒸らすようにな」ドレイトンはそう言うと、セオドシアに視線を戻した。「あんな小さな金属の部品を見つけたというだけで、そんな途方もない考えに飛びついたのかね？　その部品がどこから来たかもわからないのに？　われわれを含めた誰かが、うっかり冷蔵庫に蹴り入れてしまっただけかもしれないではないか」

「このジンバルスプリングは手がかりのように思えるんだもの。ううん、手がかりのように、じゃない。手がかりに決まってる」

「ならそういうことにしておこう。問題は、この手がかりを使ってどうするかだ。どう進める？」

「どうやるのだね？」

「フォックスさんの事業をもっと深いところまで探る必要があると思う」

「わからない。でも、彼の周辺をこっそり探るのがベストだという気がする。とても頭のいい人だから、ばれないようにしないと」

「わたしはむしろ、フォックスと正面から対峙したほうがいいという考えだがな」ドレイトンは反論した。「質問攻めにして、彼が撮影でドローンを利用しているのか、たしかめればいいではないか」

「彼がドローンのことをなにも知らなければ、犯人じゃないかもしれないから？」

「そういうことだ」

セオドシアはしばらく考えてから言った。

「彼とは〈レモン・スクイーズ・クチュール〉のショーで会えるわよ。いまから――」セオドシアは腕時計に目をやった。「――一時間半後に」

「そうなのだが、デレインの店はごたごたしているだろうし、フォックスも手が離せないだろう。ショーの撮影となれば、マーヴィン・ショーヴェとハーヴィー・ベイトマンに馬車馬のように働かされるだろうからね」

「今夜、フォックスさんのスタジオに寄るのはどうかしら」セオドシアはここで話を終わりにしたくなかった。

「段取りをすれば、なんとかなるかもしれんが」しかし、ドレイトンのその声に説得力はまったくなかった。


セオドシアが最後のテーブルの皿を片づけていると、イマーゴ・ギャラリーのホリー・バーンズがはずむような足取りで入ってきた。彼女はたっぷりした黒髪をうしろに払い、あたりのにおいを嗅ぎ、悪くないと思ったようだ。それから振り返り、あとから入ってくる男性を手招きした。

「ホリー」セオドシアは声をかけた。「あと十五分で閉店なの。でも、すぐに出せるお茶を一杯とスコーンひとつくらいでよければ、なんとかできるわ」

ホリーは両手をあげ、お願いをするようにごしごしとこすり合わせた。

「ううん、ちがうの。お茶はけっこうよ。お邪魔したのはお願いしたいことがあるから」

「お連れさまがいらっしゃるようだが」ドレイトンはカウンターごしに身を乗り出し、ホリーについてきた男性に会釈した。

「あらやだ、わたしとしたことが」ホリーは言った。「セオ、ドレイトン、こちらはジェレミー・スレイド。ジェレミー、こちらは以前にお話ししたティー・レディのセオよ。それとこのお店のお茶のソムリエ、ドレイトン・コナリー」

ジェレミー・スレイドは長身でやせていて、黒い髪をうしろになでつけ、面長で表情のない灰色の目をしていた。ジョン・レノンがかけていたみたいな丸眼鏡をかけ、着ているものは上から下まですべて黒だった。いかした葬儀屋みたい、とセオドシアは心のなかでつぶやいた。

でも、実際にはちがった。

「ジェレミーはわたしの新しいパートナーなの」ホリーは説明した。

「もの言わぬパートナーですよ」スレイドがつけくわえた。その声は低くて、わずかにしわがれていた。

「そうね」とホリー。「彼は無類の芸術愛好家で……あなたから説明したほうがいいわ、ジェレミー」

ジェレミー・スレイドは肩をすくめた。「ぼくはコロンビア大学で美術史と経済を専攻して、ウォートン・ビジネススクールでMBAを取得しました」

ホリーはにやりとした。「たいしたものでしょ？」

「まったくだ」とドレイトン。

「さっき、物言わぬパートナーとおっしゃったけど」セオドシアは言った。

「ジェレミーはアーケイディア・ソフトウェアという会社の共同創業者のひとりなの。でも、それとはべつに、イマーゴ・ギャラリーへの投資を決めてくれたのよ。おかげでうちは急に、かなり多額の資金が入ることになったわけ」

「ギャラリーの規模の拡大を計画しているのかしら」セオドシアは言った。

「というか、より価値のある芸術家を引きつけようとしているんです」スレイドが言った。

「それだけじゃなく、宣伝やオープニングイベントにもっとお金をかけられるようになるわ」

「そうとう攻めているね」ドレイトンが言った。

「それはともかく、イマーゴ・ギャラリー2・0と内輪で呼んでいる事業のお披露目をすることになって、こちらでお茶のケータリングをお願いできないかしら」ホリーは言った。

「喜んでお引き受けするわ」セオドシアはすぐにその提案に乗り気になった。「場所はイマーゴ・ギャラリーなの、それとも……？」

「ギャラリーでの開催は考えてないの。いい季節だから、屋外でのイベントにするのはどうかしら」とホリー。

「公園、あるいはホテルの中庭あたりでしょうかね」スレイドが横からつけくわえる。

ホリーはうなずいた。「けっこうな大きさのイーゼルを立てて、あらたに扱う芸術家の作品を展示できる場所があるといいわね。パリではたくさんのすばらしい芸術家たちが、セーヌ川沿いに作品を展示しているんだけど、知ってる？」

「ええ。見たことがあるわ」セオドシアは言った。

「ああいう感じを求めてるの。うんとパリっぽくしたい」

セオドシアはちょっと考えこんだ。「おふたりはペティグルー公園をご存じ？」

ホリーもスレイドも首を横に振った。

「わりと最近できた公園なんだけど、ヨットクラブからそんなに遠くないわ。少し前にそこがチャールストン市に寄贈されて、公園委員会の音頭取りで地域養蜂プロジェクトが始まったの。公園の一部は野草の栽培用として確保されている」セオドシアは言葉を切った。「とても魅力たっぷりで、あなたが考えているイベントにぴったりの場所だと思うの——もっとも、許可がおりればだけど」

「ペティグルー公園はよさそうね」ホリーは言うとスレイドに向き直った。彼女の熱意がすぐに彼に伝わるのがわかった。「そう思わない？」

「すばらしいアイデアですよ」スレイドは賛成した。「独創的で、型にはまっていなくて」

「しかもそこでは養蜂がおこなわれているのね」ホリーは言った。「その視点も気に入った。養蜂をテーマにするのもいいかもしれない」

「わたしは蜂蜜をテーマにすればと考えたの。お茶会のようなものを検討されているようなので」セオドシアは言った。「蜂蜜を使ったクリームスコーンや蜂蜜で甘くしたアイスティーを出すの」

「まあ、すごく冴えてる！」ホリーは大声を出した。

「時期はいつごろを考えているのだね？」ドレイトンが訊いた。すでにノートをひらき、手にペンを持っていた。

「いまから一ヵ月か一ヵ月半先かしら」ホリーは言った。

ドレイトンはそれをメモした。「それならスケジュールに入れられそうだ」


「ドレイトン！」セオドシアはエプロンを乱暴にはずし、急いで白いニットジャケットをはおった。「はやく。〈レモン・スクイーズ・クチュール〉のショーがあと……二十分で始まっちゃう」彼女は頭がどうかしたみたいに駆けずりまわり、テーブルをきちんと並べ直したり、床を掃いたりしていた。明日の朝にそなえて準備しておきたかったからだ。朝が来るのがいつも少し早すぎる気がする。

「どうしても行かなくてはだめかね？」ドレイトンは訊いた。

「ええ、行かなきゃだめ。デレインと約束したんだもの。それに、ベッティーナも来るのよ。なにがあろうと、わたしたちがついていると伝えなくちゃ」

ドレイトンの唇が動き、ぼやき声が洩れた。

「このところ、わたしがデレインの名前を出すたび、あなたは〝行かなくてはだめかね？〟

って言うような気がするんだけど」セオドシアが指摘した。

「なにをしなきゃだめだって？」ジーンズと黒い革のジャケット姿のヘイリーが飛び出してきた。

「デレインのショーに行かなくてはならなくてね」ドレイトンはヘイリーの姿に目をやった。

「きみと同じところに行きたい気分だよ」

「バイクのうしろにまたがって？」セオドシアは言った。「ヘイリーの新しいボーイフレンドと一緒に？」

「いや、とんでもない」ドレイトンがかぶりを振ったそのとき、通りに野太い爆音が響きわたった。

「ベンだわ」ヘイリーは言うと、正面のドアから急いで出ていった。「おふたりさん、ファッションショーを楽しんでね」

「ねえ、こうしましょう」セオドシアはドレイトンに持ちかけた。「遅めに会場に入るの」

彼女は腕時計を見た。「まあ、いまのままでも到着はけっこう遅くなりそうね。そして、早く帰るようにする。それならどう？　だって、ファッションショー自体はせいぜい……十分か十五分程度でしょ？」

「どうかな」ドレイトンは言った。「相手はあのデレインだぞ」

ふたりはほんの少し遅れて到着した。それはほかの客も同様だった。そしてショーの開始も。大がかりなショーは四時きっかりに始まる予定だったが、一段高くなった白いランウェイを照らす照明の準備が終わっておらず、ＤＪの到着が遅れ、電源コードの数が多すぎたり回路に負荷がかかりすぎたりと電気系統に問題が出ていた。つまり、デレインのブティックはやきもきするファッショニスタ、マスコミ関係者、カメラマン、招待客、最前列にすわれるものと期待した（要求した）得意客、それに招待状なしでもぐりこんだファッションマニアたちでごった返し、はちきれんばかりになっていた。

さらに悪いことに、誰もが飲んでいた。デレインは同じ通りに店をかまえるワイン業者に無理を言って、白ワイン三十箱を原価で納入するよう説き伏せた。そういうわけで、いまは全員が三杯めを飲んでいて、その結果、昂奮、期待、騒音レベルがじりじりと高まっていた。

「ひどいものだな」セオドシアと並んで人波をかき分けるようにしてバーに向かいながら、ドレイトンが言った。

「だってファッションショーなのよ」とセオドシア。「少しばかりいかれてて、派手なのはしょうがないわ」

「話を聞くのも苦労しそうだ」

「たしかに」

ランウェイのほうに目を向けると、くしゃくしゃしたブロンドの男性が、頭上の照明のことでなにやら大声でわめいていた。ちゃんとまわらないし、暗くならないし、光らないらしい。ハーヴとマーヴがなんとかなだめようとしているが、ハーヴィー・ベイトマン自身がまったく冷静でないように見える。顔をビーツのように真っ赤にし、デザイナーのマーク・デヴリンに指を突きつけているが、デヴリンのほうは首を横に振っていた。

そして、デレインがいた。

彼女は高さ四インチのハイヒールでつかつか歩み寄ってきた。

「信じられる？　もうしっちゃかめっちゃか！」

ドレイトンが同情するようにうなずいたところへ、バーテンダーがふたり分の飲み物を滑らせてよこした。

「あたしにも同じものをちょうだい」デレインはバーテンダーに言った。今夜は腕と脚の部分にきらきらした縁飾りのついた、体にぴったりしたターコイズブルーのジャンプスーツを着ている。

「落ち着いて」セオドシアはなだめるように言った。「このあとステージにあがってやらなきゃいけないことがあるんでしょ」

「いいじゃない」デレインは言い返した。「まだ三杯めなんだから」

「これで四杯めですよ」バーテンダーはそう言って、デレインにワインを渡した。

デレインは肩をすくめた。「あら、そう」

「ベッティーナはどうしてる？」セオドシアは訊いた。「彼女はどこにいるの？」

デレインは腕を大きくひろげる仕種をし、はずみでワインを少しこぼしてしまった。

「奥にいるわ。みんなを急かしてるところ」彼女はそこでワインを少し含み、人混みをかき分けて戻っていった。

「舞台裏に入れてもらえるか、たしかめてくる」セオドシアはドレイトンに言った。「ベッティーナの様子をうかがうために。あなたはわたしたちの席を確保しておいてくれる？」

「やってみよう。だが、あまり期待しないでくれたまえよ」

セオドシアは小声で何度も〝すみません〟と言いながら店の奥へと進み、黒いカーテンからなかをうかがった。運よく、ベッティーナの姿が見えたが、彼女はショーのプロデューサーとおぼしき小柄な女性――髪をつんつんに立てて、ナイロン地の黒いジャンプスーツ姿の女性となにやら話していた。女性はさらにヘッドセットを装着し、ネリーという名の人物と話しながら、携帯電話で会話をつづけ、同時にクリップボードに目をとおしていた。

ベッティーナはセオドシアの姿を認めると、なかに入るよう手招きした。

「セオドシアさん。来てくれたんですね！」

セオドシアはベッティーナの頰にキスをした。

「もちろんよ。仕事に追われているみたいね」

「そうなんです」ベッティーナは言った。

モデルたちはくつろいだ様子で楽しそうに携帯電話でおしゃべりに興じ、そのやたらと動く顔にメイクアップ・アーティストたちが必死でブラシを当てようとしている。プロデューサーがあらんかぎりの大声で、ベヴァリーという名の誰かを呼びはじめた。さらには、ハイヒールがいっぱい詰まった箱を持った男性が、モデルひとりひとりに合う一足を見つけようと悪戦苦闘していた。簡単な仕事ではなさそうだ。

「少なくとも、ショーの仕事をしているあいだは忙しくしていられます」ベッティーナはせつなそうな顔で言った。

「慰めになるかわからないけど、いまもあれこれ調べたり、質問したりするのはつづけているわ」セオドシアは言った。

「なにか結果は出そうですか？」

「まだ、絞りこみの段階だけど……ええ、その可能性はあると思う」

「だったら、わたしはこの先も祈りつづけます。セオドシアさんのことを信じているし、正義が時代遅れの概念だなんて思いたくありませんから」

「そうよ。これだけは信じて。あなたと同じくらい、わたしもあなたのお母さんのために正義がなされるよう願ってる」

ベッティーナは希望にも似た気持ちをこめてセオドシアを見つめた。

「犯人がわたしたちに近しい人物だとわかっても？」

その言葉でセオドシアの意志はいっそう固くなった。

「犯人がわたしたちに近しい人物だとわかったら、なおさらよ」

妖精のゴッドマザーのお茶会

魔法のお茶会はママと娘たち、あるいはおばあちゃんと孫娘が楽しむのにぴったりです。しかもちっちゃいお子さんたちがすてきなプリンセスのドレスでシンデレラに変身する絶好の機会ですよね。テーブルを紫とピンクで飾りつけたら、星、王冠、魔法の杖をあちこちに置いてみましょう。白いカボチャとガラスの靴があれば、いっそう雰囲気が出ます。ひと品めは宝石をちりばめたスコーン（クリームスコーンに色とりどりの砂糖漬けの果物を混ぜこんであります）。つづくティーサンドイッチの具はチキンサラダ、卵サラダ、あるいはツナサラダあたりがぴったりです。メインディッシュにはチェダーチーズのキッシュを。デザートはプチフール、ラズベリーヨーグルトのソースを添えたフルーツ串、あるいはプリンセスっぽくデコレーションしたカップケーキなどがよいでしょう。小さなレディたちにはジュースを、ママとおばあちゃんにはおいしいアッサム・ティーを用意して。

22

セオドシアは店内に戻り、押し合いへし合いする、かまびすしい人混みをかき分けて進んだ。ファッションショーがないときでも、〈コットン・ダック〉は最新で最高の服、ランジェリー、スカーフ、アクセサリーを買い求める人たちで混雑している。きょうも例外ではなかった。商品ラックはデレインとアシスタントのジャニーンのふたりですべて片隅まで移動させ、ひとまとめにしてあった。そのくらいでは誰もショッピングをあきらめなかった。お客はここぞとばかりに上品なロングドレスを引っ張り出し、真珠のネックレスを首にかけて、新しく入荷したトンボの羽根かと思うほど薄くて軽いシルクの夏用ブラウスを手に大騒ぎしていた。

セオドシアも、密林にいる虎がプリントされた、緑色と金色のくるぶし丈のシルクのスカートに思わず目が吸い寄せられた。

あれに袖なしの黒いトップスと黒いストラップサンダルを合わせたら完璧だわ。けれどもきょうは手持ちの服を増やしに来たわけではないのよ、と彼女は自分に言い聞かせ、エディ・フォックスとハーヴィー・ベイトマンはどこかと捜しながら、人混みのなかを

うろうろした。捜しても無駄だとわかると、彼女はため息をついて戦術を変え、ランウェイの両側に置かれた白いエナメルの折りたたみ椅子があるほうに向かった。

ドレイトンがそのうちのひとつにすわり、隣の椅子を死守していた。

「何人の人を追い払わなくてはならなかったことか」ドレイトンは開口一番、セオドシアにそう訴えた。「大勢の人から不快なまなざしを向けられたせいで、絵本に出てくるきらわれ者の怪物になった気がしはじめたところだ」

「ごめんなさい」セオドシアは謝ると、ドレイトンの隣の椅子に腰をおろした。

ドレイトンは体の向きを変えると彼女のほうに身を乗り出し、秘密めかした顔をした。

「ベイトマンとは話ができたのかね？　あるいはフォックスと？」

「近づくことはおろか、どっちも見つからなかった」

「フォックスはほんの五分前、準備をしていたぞ。ほら、ランウェイの先端に彼の機材が置いてあるだろう？」

セオドシアは身を乗り出して目をこらした。彼がいる。三脚に設置したカメラをいじりながら、くしゃくしゃの髪をした照明係の男性と話をしている。時間が刻々と過ぎていく。お客がぞくぞくと席につきはじめているが、ファッションショーはかれこれ四十分近く遅れている。

「これを」ドレイトンはそう言って、プログラムをセオドシアに手渡した。「きみのために一部、もらっておいた」

セオドシアはプログラムをひらいて中身に目をとおした。すると……まあ、うそでしょ、きょうは四十もの服が登場するの？

「こいつを見たかね？」ドレイトンは、きょう紹介される服の長いリストを指で軽く叩いた。

「見たけど、アスレジャー・ファッションというものにこんなにバリエーションがあるなんて信じられない。だって、トレーナーとスウェットパンツ、それにTシャツのほかに、なにがあるっていうの？」

「いまからそれを確認するんじゃないか」

見ていると、マーク・デヴリンがちらちら光る銀色のカーテンから顔を出した。ようやくほぼ全員が席についたのを見て満足したらしく、振り向いてうしろの誰かに小声でなにやら告げた。次の瞬間、頭上の照明が消え、昂奮したようなざわめきが客席全体にひろがった。スピーカーから野太い声が聞こえた。

「みなさん、どうぞ席におつきください。〈レモン・スクイーズ・クチュール〉のファッションショーがまもなく始まります」

まだあいている席を求めて人々があわただしく動きまわるなか、ランウェイを上から照らす赤、青、そして金色の光がぐるぐる動きはじめた。音響システムからパチパチという大きな音がしたかと思うと、テンションの高い音楽が流れ出した。

曲はイギー・ポップの「ザ・パッセンジャー」で、セオドシアはすぐにわかった。ファッションショーにぴったりの曲だ。エッジのきいた、ぞくぞくするテクノロック。このアップテンポのビートにのって歩けばモデルたちも楽しいにちがいない。

音楽が大音量で響くなか、最初のモデルが銀色のカーテンから飛び出すと、両腕を優雅に動かし、ヒップを揺らしながらランウェイを歩き出した。彼女が着ているのはスパンコールをちりばめた光る素材のフード付きパーカに揃いのショートパンツ、そしてブレードサングラスをかけていた。

「ほらね」セオドシアはドレイトンに小声で言った。「トレーナーだけでもいろいろ種類があるのよ」

ひとりめのモデルがランウェイのいちばん先までたどり着き、重力を無視してまわれ右をしたタイミングで、体にぴったりした蛍光グリーンのジャンプスーツ姿の二番めのモデルが飛び出した。そこからはファッション、音楽、動きが休みなしに披露された。〈レモン・スクイーズ・クチュール〉の商品として紹介されたのはジャンプスーツ、レギンス、ジャケット、クロップトップ、ジョギングシューズ、アノラック、タンクトップ、それに運動用のショートパンツなどなど。素材として使われているのはスパンコール、シルク、ネオプレン、木綿、その他ありとあらゆるストレッチ生地だ。しかもデザインがいい。それも抜群に。セオドシアが自分でも着てみたいと思うものばかりだった。

音楽がニッキー・ミナージュの「パウンド・ジ・アラーム」に変わると、セオドシアは思った。デレインたちはこのショーで手ごたえをつかんだかもしれない。これは次の目玉になりそうだ。というか、いまのアスレジャーウェアよりもヒットしそうだ。

最後の二点が登場すると、観客は総立ちとなった。ひとつは、ふわふわした赤いシルクのアノラックで、ファスナーをあけると気持ちのよさそうな寝袋になるというものだった。最後はとても美しい白いシルクのジャケットに揃いのタンクトップ、ゆったりしたパジャマパンツの組み合わせだった。運動するのには向かないが、究極の贅沢な部屋着といってまちがいない。

それからハーヴィー・ベイトマン、マーヴィン・ショーヴェ、マーク・デヴリン、デレイン・ディッシュがランウェイに姿を現わした。四人は抱擁し合い、熱狂する観客に手を振り、ハイタッチをした。音楽がしだいに音量を増すなか、モデルたちが次々と再登場し、ランウエイで最後のターンをし、〈レモン・スクイーズ・クチュール〉の幹部たちと渾然一体となって盛りあがった。ニューヨークかパリのファッション・ウィークとくらべても遜色ないほど壮観な光景だった。

「やれやれ」明かりがつき、昂奮した観客が席を立ってバーへと移動するなか、ドレイトンが言った。バーでは給仕が前菜や手でつまめる料理をのせたトレイを手に待っている。「とても派手だったな」

「思っていたよりもずっとよかったわ」セオドシアが感心してあたりを見まわすと、インターンのジュリー・エイデンが奥のほうでエコー・グレイスと立っているのが見えた。エコーが小さく手を振ってきたので、セオドシアも振り返した。

「いまならエディ・フォックスと話ができるかもしれんぞ」ドレイトンがカメラを片づけて

いるフォックスに目を留めた。黒くてひらたいカードのようなものを、アシスタントとおぼしき、くたびれきった表情の誰かに渡していた。

「やってみる」セオドシアはまだ席に残っている数人の前をすり抜け、フォックスがいる場所まで移動した。「忙しいのはわかってるけど、ちょっとだけ話ができないかしら」

彼はセオドシアをにらんだ。「なにを話せって？」彼はそう言うとすぐに顔をそむけた。

「とても重要な……」

「断る！」フォックスは語気鋭く言った。「いまは都合が悪い、忙しいんだ」彼はアシスタントを振り返った。「バッキー、このSDメモリーカードを大至急〈デルタ・ラブズ〉に届けてくれ。わかったな？　明日から編集作業を始めなきゃならないからな」

バッキーはわかったというようにうなずいた。「〈デルタ〉ですね。了解です」彼は迷彩柄のメッセンジャーバッグをひらき、カードをなかに押しこんだ。

「フォックスさん」セオドシアはもう一度、声をかけた。

フォックスはセオドシアに目を向けた。

「だめだと言ったろ。いまは猛烈に忙しくて――」彼は蜂の群れに追いまわされているかのようにいらいらと頭を振った。「なんでおれがあんたにわずらわされなきゃいけないんだ？」

「さあ、なぜかしら」セオドシアはフォックスの無愛想な物言いにむっとして言い返した。

けれどもフォックスはすでにバッキーに視線を戻していた。

「いま渡したカードは命をかけても守れよ。さもないと全員の首が飛ぶからな」

「彼がいなくなっちゃった！」十分ほどたってようやくドレイトンを見つけたセオドシアは大声で訴えた。ドレイトンはシュリンプトーストを味わっているところで、手にはチーズをのせたクラッカーを持っていた。「フォックスさんの注意を引いて、話がしたいと泣きつかんばかりに頼んだけど、完全に無視されちゃった。二秒後には人混みにまぎれて、無愛想な幽霊みたいにパッと消えてしまったわ」

「きみと話をしたくなかったのだろう。あるいは、死ぬほど忙しかったのかもしれん。仕事を同時にふたつ受けていたのかもしれないではないか。さあ、前菜でも食べたらどうだね。とてもいい味だぞ」彼は手をのばし、通り過ぎようとしたウェイターのトレイからシュリンプトーストをまたひとつ取った。

「ううん、冷たくあしらわれたのよ。露骨にすげなくされればわかるわ」

「では、いまはやれることはあまりないわけだな」

「あるわよ、もちろん」セオドシアは携帯電話を取り出した。

「彼に電話をかけるのかね？」

「ええ、彼のスタジオに」

「まだ戻っていないのではないかな。あと十分ほど待ってみてはどうだ？」

セオドシアはいらいらとワインを飲み、前菜をいくつかつまみ、人波に揉まれてそわそわしながら待った。これ以上がまんするのは無理となったところで、フォックスのスタジオの番号に電話をかけた。

「フォックスさんの事務所にかけてる」彼女はドレイトンに言った。「こっちから出向けば会ってもらえるか確認するの。ちゃんと話を聞いてもらいたいと伝えるわ」

五回めの呼び出し音で女性の声が応答した。「スタジオです」女性は陽気な声で言った。

「すみません」セオドシアは言った。「エディ・フォックスさんに連絡を取りたいのですが」

「惜しかったですね。タッチの差で彼は外出してしまいました。フォックスファイアー制作とスコット・ショット・フォトグラフィとでこの事務所を共有しているんです。わたしは両方の会社の管理をまかされているジョージーといいます。ご用件はなんでしょう？」

「エディ・フォックスさんと話がしたいんです。〈レモン・スクイーズ・クチュール〉のショーにいらしていたのに見失ってしまって。撮影が終わるとすぐ、飛ぶように出ていかれたんです」

「そうでしたか。ついさっき、エディはスタジオに駆けこんできたかと思うと、すぐにまた大急ぎで出かけました。グラナイト銀行のスポット——テレビコマーシャル——の撮影をして、そのあとロケハンに行くと言ってました。なにか特別なタイプの家を探しているらしいです」

「どこに行けば会えるかわかりますか？　いますぐ彼に会わなきゃいけないんです」

「少々、お待ちを。どこかに予定が書いてあったはずなので」紙をめくるカサカサという音がしたのち、ジョージーが電話に戻った。「見つかりました。グラナイト銀行の撮影でエムコムに行き、そのあとメイバンク・ハイウェイを降りてすぐのところの家を調べにいく予定になってますね。正確な住所はターンブル・ロード一一二〇番地。でも、遅くなると思いますよ。九時より前には到着しないはずです。かなり遠いですから、そこで会うのはお勧めしません。明日の朝には確実にこちらのスタジオに戻ってくるはずです」

「少し考えます」セオドシアは言った。「ありがとう」

「どうなったのだね？」アフターパーティが盛りあがっているなかでドレイトンが訊いた。

「入れ違いだった。エムコムに電話しなきゃ」

「エムコムとはなんだね？」

「エマーソン・コミュニケーションズ。映像の制作会社なの。フォックスさんはそこで撮影があるみたい」

「そこにかければ、彼が電話に出てくれるのかね？」

「やってみるしかないわ」

しかし、エムコムに電話したところ、ようやく出た相手から、フォックスはいるが、いまは準備の真っ最中で電話に出る余裕がないと告げられた。

「あなたのお名前をうかがっても？」セオドシアは訊いた。

「プロデューサーのひとり、ブレンダ・ダットンです」

「どうしてもエディ・フォックスさんと連絡を取りたいんです」

「でしたら、わたしにやらせるのではなく、ご自分でどうにかなさってください」ブレンダは言った。「わたしはすでに四人の役者、二匹の犬、照明の会社、〈ファット・ボーイズ・ケータリング〉とのやりとりで手いっぱいなんですから。おまけに、エディの手を取って、撮影の指導もしなくてはならないんですよ。では失礼します」そう言うと、ブレンダは電話を切った。

セオドシアも電話を切り、ドレイトンを振り返った。

「フォックスさんの撮影の責任者で、DPつまりディレクター兼プロデューサーの女性は余裕がない感じだった。ずかずかと乗りこむまねはしたくないわ。歓迎してもらえないだろうし」

「ではどうするのだね？」

「フォックスさんは撮影のあとロケハンに行くことになっているらしいけど、現場に到着するのは早くても九時より前にはならないという話だった」

「ロケハン中のフォックスを問いつめようというわけか」

「面倒だけど、そうすれば誰にも邪魔されずに話せるでしょ。向こうも逃げにくいでしょうし」

「ロケハンの場所はどこなのだね？」

セオドシアはあわてて書きとめたメモに目をやった。

「メイバンク・ハイウェイを降りてすぐのところにある古い家みたい」

「しかも、到着は九時以降になるのだね？」ドレイトンは神が介入するのを待つかのように天を仰いだ。神の介入はなく、天使が舞いおりて助けてくれることもないとわかると、彼は言った。「つまり、一時間ほどつぶさねばならないわけだ」

「ディナーを一緒に食べるという手があるわよ」セオドシアは提案した。「わたしがおごる。前菜でおなかがいっぱいになっていなければだけど」

「そんなわけがないじゃないか」

「じゃあ、どこで食べたい？」

ドレイトンはすかさず答えた。

「なんと言っても〈プーガンズ・ポーチ〉のクラブケーキだ」

「決まりね。いますぐ電話して、パティオの席が取れるか訊いてみる」

23

チャールストンでもっとも有名なレストランのひとつ〈プーガンズ・ポーチ〉にセオドシアとドレイトンが到着したのは、オレンジ色の月がようやく西の空にのぼったころだった。クイーン・ストリート七二番地にある一八九一年建造のヴィクトリア朝風の住宅にあるこのレストランは、ただ有名なだけでなく、豊かな歴史を受け継いでいる。ここには著名な一族だけでなく、ゾーイという名の幽霊とプーガンという名の犬も住んでいた。もっとも、ひとことつけくわえるなら、プーガンはどちらかと言えば、ポーチに寝そべって通行人に吠えたり、ご近所をうろうろ歩きまわったりするだけの犬だった。けれどもとても人気があったため、レストランの〈プーガンズ・ポーチ〉という名前はその犬から取っている。そういうわけで、今日《こんにち》にいたるまで、外のダイニングエリアは犬も一緒に入れるようになっている。

けれどももちろん、〈プーガンズ・ポーチ〉の本当のスターは料理だ。メニューには低地地方の料理と高級料理の両方が並んでいる。前菜はフライド・グリーン・トマト、ピメントチーズのフリッタ―、シークラブのスープなど。メインディッシュはカニのランプミートを使ったクラブケーキ、シュリンプ・アンド・グリッツ、プーガンズ風フライドチキン、それ

にアトランティックサーモンなどだ。

セオドシアは膝にリネンのナプキンをかけ、テーブルの反対側でメニューとにらめっこをしているドレイトンを見やった。

「今夜はどれを食べたい気分？」彼女は訊いた。「クラブケーキは決まりだろうけど」

「気が変わった。前菜はオクラのピクルスのコーンミール揚げ、メインはホタテのソテーにしよう」彼はメニューをテーブルに置いた。「うん、それで決まりだ。きみはどうする？」

「まだ決めかねてる。ううん、食べたいものはもうわかってるの。シークラブのスープとハタのグリル」彼女は椅子に背中をあずけ、穏やかな春の宵、ゆらめくキャンドル、頭上の夜空、そして近くのパルメットヤシの木を揺らす海風を満喫した。

「シーフードをいただくのだから、ここはやはり白ワインをボトルで頼むべきではないかな？　コーヴェイ・ラン・リースリングかベルティエ・サンセールあたりではどうだろう？」

「ワインにくわしいのはあなただもの。あなたが選んで」

ドレイトンはワインリストを手に取って目をとおした。

「やはりサンセールだな」

ふたりは料理とワインを注文し、ようやく邪魔の入らない静かな席でふたりきりになったところで、セオドシアは切り出した。

「何度も何度も煉瓦の壁にぶつかっている気がする」

「言いたいことはわかる」とドレイトン。

「おまけに、容疑者をころころ変えていることは自分でもわかってる」

「それは誰だって同じだろう。みんなたいして頭がいいわけではないのだから」

それを聞いてセオドシアは大声で笑い出した。気分が一気によくなった。緊張が解けたせいだろう、ずっと息を詰めていて、ようやく深々と呼吸ができる感じがする。

「エディ・フォックスがいちばんあやしいと、きみがにらんでいるのはわかっているよ。しかし、彼は犯人ではないかもしれない。いまわれわれがやるべきなのは、疑惑を論理的に整理することだ」

「リストのようなものを作るのね」

「そのとおり。では、まずはハーヴィー・ベイトマンからいこう。彼は謎に包まれていて、われわれがつかんでいる情報がもっとも少ない人物だ」

「でも、ベイトマンさんには前科のようなものがあることはつかんでいる。それに〈レモン・スクイーズ・クチュール〉に資金を出していて、あきらかに頭が切れる。そしてなによりキーパーソン保険を導入した責任者でもある」

ドレイトンは指を一本立てた。「そして、ナディーンの死によってそれを受け取る人物でもある」

「不審死に関する条項に該当しなければ、だけど」

「では、マーヴィン・ショーヴェはどうだろう?」ドレイトンは言った。

「あの人は変わり者よね。奥さんとは別居しているけど、離婚はしていないという印象をわたしは受けた。あるいは、あの夫婦は互いに束縛しない結婚生活をしていて、それぞれ好きなところに行き、好きなことをしているのかもしれない」

「本気でそう思っているのかね？」

「全然」

「では、エディ・フォックスはどうだ？」

「彼とは今夜、対峙する。話をして、撮影でドローンを使ったことがあるかをたしかめる」

「ジンバルスプリングの件か。うっかり忘れていたよ」

ワインを持ってきた給仕係が派手な仕種でコルクを抜き、グラスに注ぐあいだ、ふたりは口をつぐんでいた。

「ありがとう」ドレイトンはひとくち含み、小さく口をすぼめた。「いいだろう。少し空気に触れさせたほうがいいが、時間はたっぷりあるからな」

「サイモン・ナードウェルさんのことも忘れちゃだめよ」セオドシアが話を戻した。「前にも言ったけど、悲しんでいるふりをしていた可能性もあるんだから」

「彼がナディーンを殺害する動機として、なにが考えられるだろう？」

セオドシアはワインをひとくち飲み、グラスごしにドレイトンを見つめた。

「彼女に捨てられたから？　それで彼女に腹をたてたとか？」

「昔からある〝愛が憎しみに変わる〟という説だな」ドレイトンは頭を傾けた。「それも可能性のひとつだろう」

「それに、マーク・デヴリンさんもいる」

「デザイナーで、従業員を見くだし、自分が主導権を握るべきと信じている男か。トップでなければ気が済まないタイプ」

「でも、そういうパワフルな人はたいていどこの会社にもいるものよ。自分はすごいと勘違いする人はどこにでもいるわ」

給仕が前菜を目の前に置くあいだ、ふたりは笑いをかみ殺していた。

ドレイトンはナイフとフォークを持ち、オクラのフライをひとくち食べた。

「この事件でいちばんわからない存在は、若きインターンだな」

「ジュリー・エイデン」

「その女性にナディーンはひどくつらく当たっていた」ドレイトンはもうひとくちオクラを食べた。「この事件はものすごくこみいっている。いろいろな組み合わせが考えられるし、ナディーンを亡き者にしたいと考える動機もさまざまだが、これといったものはひとつもない」

「それに、麻薬取引の件も考慮に入れる必要があるわ」セオドシアはシークラブのスープを飲みながら言った。「なんだか爆弾の処理に似てるわね。まちがったワイヤーを切ったら爆発しちゃうみたいな」

「冗談じゃない」

前菜を食べ終え、残りの食事が出てきたあとは、殺人や暴力や腹をたてた人たちの話はしないでおいた。小さなざわめきが遠くの電波のようにただよい、クリスタルのグラスがかすかな音をたてて触れ合い、〈プーガンズ・ポーチ〉のファサードに張りめぐらされた何千もの白くきらめく電球がホタルのように光るすばらしいひとときを楽しんでいた。

完璧な夜だった。このときまでは。

メイバンク・ハイウェイを走るのはいい気分転換だった。ふたりが乗った車はいくつもの橋を渡り、なだらかに起伏する丘や、かつての米や藍のプランテーションだったところが新しいプランテーションハウスに取って代わられた土地を走り抜けた。さらに進むと、メイバンク・ハイウェイは二車線の一本道となり、マツの林や湿地を抜け、チャールストン茶園の近くを通り過ぎた。ここまで来ると住宅も農場も少なく、あたりは真っ暗だった。狭い道路が低くなっているところでは、ヘッドライトの光のなかで地霧が渦巻き、不気味でわびしい雰囲気に拍車をかけた。

かなり近くまで来ているのと思ったセオドシアは、片目を前方の道路に、もう片方の目をiPhoneに向けて運転した。

「さあ、気をつけてよく見ててちょうだい。もうちょっと走ったら、右折してケイティ・ヒル・ロードに入るから」

「一マイル手前でベア・ブラッフ・ロードを通過したばかりだぞ」ドレイトンが言った。

「じゃあ、まだもう少しあるわね」

「このあたりはいいところだな。ひろびろしていて、ゆったりできる」彼は車のシートに背中をあずけた。「いや、誤解しないでくれたまえ。チャールストンを愛する気持ちに変わりはない。世界でいちばんすばらしい街だと思っている」

「アムステルダムよりもすばらしい？　上海よりも？」ドレイトンはどちらの都市でもお茶関係の仕事に従事した経験があり、いつもなつかしむように思い出話をしてくれる。

「ああ、そうだとも。チャールストンは故郷だからね。詩人のロバート・フロストは帰郷についてどう語っていたのだったかな？」

「正確に覚えてるわけじゃないけど、たしか、〝故郷とは、人が帰らねばならないときに、迎え入れてやらねばならない場所だ〟とかいうんじゃなかった？」

「わたしがチャールストンに抱いている気持ちがまさにそれなのだよ。温かくて居心地がよく、それと同時に血が通っている感じがある。われわれはときにゆっくりと、しかしときに優雅にも変化する。いまも旧弊な伝統がわずかながら残っているが、全体として見れば、しだいに柔軟になってきている」

「マナーも忘れないで」セオドシアは指摘した。「わたしたちの街はマナーのよさで知られているのよ」

「それがすたれることはないだろう、ありがたいことに。ところで、その先で曲がるのではないかな」

セオドシアはブレーキを踏み、惰性で進んだ。

「道路標識が見える？　なんて書いてある？」

ドレイトンは背の高いポールに取りつけられた金属の表示板に目をこらした。

「ケイティ・ヒル・ロード」

「当たりだわ」セオドシアは速度を落として右折した。

「次は？」

「次はターンブル・ロードを見つけなくちゃ。それが見つかったら、ターンブル・ロード一一二〇番地よ」

タイヤがアスファルトの路面を拾う音をさせながら、車はゆっくりと進んだ。

「このあたりは農業地帯なのだな」ドレイトンが言った。「トウモロコシ畑が多いようだ」

「ここだわ」セオドシアは言った。「これがターンブル・ロードよ」もう一度右折すると、車は未舗装の道に入った。大きく揺れながら一マイル走り、つづいて二マイル走ったが、一軒の家も見当たらなかった。

「ずいぶんと辺鄙《へんぴ》なところだな」ドレイトンは言った。

「そうね」

「待ちたまえ、この先になにか見える」

「郵便受けだわ」

壊れかけた金属の郵便受けは、番地の表示がはがれかけていた。けれども、探していた番地だった。

「なにかものを投げつけられたようだな」ドレイトンは言った。「どこかのばか者がいたずらしたんだろう」

セオドシアは背の高いマツの木立が影を落とす狭いドライブウェイに車を入れ、タイヤが砂利を踏む音を聞きながら運転した。

「そうとう暗いな」ドレイトンが言った。

「しかもさびれている」とセオドシア。

「どこにも明かりがないな」

ようやく車をとめるとセオドシアは言った。「車がないわ。フォックスさんはまだ来てないみたい」

「もしかしたら、もう来て帰ったのかもしれんぞ」

「それは考えにくいわ。わたしの経験から言うと、テレビの撮影はいつも予定より遅れるものだもの」

「もしもいま彼が現われたら、喜ばないだろうな」

「申し訳ないけど、これぱっかりは仕方がないわ」

ドレイトンはあたりを見まわした。

「では、われわれはここでひたすら彼を待つしかないわけか」

セオドシアは手をのばし、グローブボックスから懐中電灯を出した。

「そうねえ、車を降りて、ちょっと見てまわるのもいいんじゃない？　ロケハンのリストに入れるほど、この場所のなにが特別なのか確認しましょうよ」

「ここが？　ロケハンのリストに入っているって？」

「そう」

ふたりはジープを降り、オークの木が枝をひろげた下に立った。

「本当にやらなくてはいけないのかね？」ドレイトンが訊いた。

「どうしたの？　怖じ気づいたの？」

「正直に言うと、そうなのだよ。少しばかり」

「ベッティーナが最初にわたしたちを頼ってきたときは、思い切って調査すればいいと、さんざん焚きつけたくせに」

「ああ、わたしはそういう人間なのだよ」

「さあ、行きましょう」セオドシアはうながした。「せめて、家を調べるくらいはしましょうよ」

ふたりは暗がりを出て、うっすらと月明かりが射すひらけた場所に移動した。空気はひんやりとしてすがすがしかった。家のまわりの木々は緑豊かで、コオロギやアオガエルが歌う声がにぎやかだった。遠くで一羽のフクロウが低く鳴いている。

「なんと」古い家に向かって歩く途中、ドレイトンが叫んだ。「あれを見たまえ！」

セオドシアは懐中電灯のスイッチを入れた。「なんなの？」

「本物のドッグトロットハウスだ」ドレイトンの声は昂奮でうわずっていた。

ふたりは足をとめて、古い建物を見つめた。天井の低い木造平屋建ての家だった。外壁は雨風で白茶け、自然石でできた煙突が傾いている。けれども、この家が個性的なのはそのせいではない。

「ドッグトロットハウスは話では知ってるけど、実際にこの目で見たことはなかったわ」セオドシアは感心したように言った。「造りがとても……独特ね」

「そうなのだよ」とドレイトン。「典型的な平屋建てとして建てられたものだが、中央に大きな屋根つきの通路が通っている。ほら、両側に完全に独立した居間がふたつあるのが見えるだろう？　それでいて、すべてがひとつ屋根の下におさまっている」

「風変わりだけど、ちょっといい感じ」

「そうなのだよ」ドレイトンは言った。「このような家は、通風を利用して空気の流れを最適化するよう設計されている。ドッグトロットハウスはアパラチア山脈地方が起源だと言う歴史家もいれば、ここ、カロライナ地方の低地地方の農家が発展させたものと主張する歴史家もいる」

「どういういきさつでこの家がフォックスさんの撮影場所に選ばれたのかしら」

「歴史ドキュメンタリーのようなものを撮ろうとしているのかもしれんな。許可のようなものを取ったのだろう」

「かもしれないわね」セオドシアはそう言い、ドレイトンと一緒に正面のポーチにあがり、屋根つきの通路を歩いていった。足をとめ、埃とクモの巣で汚れた窓からなかをのぞきこんだ。部屋には人の姿はなく、木の床が疵《きず》だらけで、奥の壁に石造りの暖炉があるのが見える。部屋じゅうに埃が積もっていた。「誰もいないみたい」

「何年も人が住んでいないようだ」ドレイトンは言った。「周辺の土地は近隣の栽培農家に貸し出されているのだろう」彼はドアノブに手をのばし、揺すってみた。「鍵がかかっている。残念だ。この古い家のなかに入って、見てまわりたかったのだが」

「フォックスさんが来たら入れるかも」セオドシアは言った。「鍵を持ってるかもしれないじゃない。だって、ここでコマーシャルとかドキュメンタリーの撮影をするなら、なかに入る必要があるかもしれないもの」

「興味深い建物だ。もう少し見てまわろうではないか」

「ええ」

ふたりは屋根つきの通路の端まで行き、膝まで雑草が育ち、ところどころにクロウメモドキが茂っている裏庭におりた。

「奥にあとふたつ、建物があるな」ドレイトンは言った。

「片方は小さな納屋みたいね」とセオドシア。「もう片方は……」

「小ぶりなログハウスという感じだな。しかし、板と板の隙間をセメントなり粘土なりで埋めていないようだが」

「トウモロコシの貯蔵倉庫よ」セオドシアはおばのリビーが所有するケイン・リッジという農園にも、これとてもよく似たものがある。「わざと隙間があるようにしているのよ。空気が循環して、トウモロコシが乾燥するように」

「なるほど、空気を循環させているのか。母屋と同じ発想だな」すっかり魅せられたドレイトンは先に立って雑草をかき分けていった。トウモロコシ貯蔵庫の手前まで来ると、足もとが刈り株だらけの枯れ草と粘土層の組み合わせに変わった。「このなかにトウモロコシがあるのだろうか？」

「そうは見えないわね。でも、ドアをあけて、自分の目で見てみたら？」

ドレイトンは手をのばしたものの、尻込みしたのか手を引っこめた。

「やってはいけない気がする。やりすぎになるかもしれん」

「やだわ、なにを言ってるの？　誰も住んでないのよ。たいしたことじゃないでしょうに」

彼女は古めかしいさびた金属の取っ手に手をのせ、力をこめて押しさげた。カチッという金属の音がして、ドアがゆっくりとあいた。

「ふう」ドレイトンは顔の前で手を振った。「いやなにおいがする。トウモロコシが残っていたにしても、カビが生えてしまったにちがいない。野ネズミですら、口に入れるのをためらうだろうよ」

セオドシアは懐中電灯のスイッチを入れ、小さなトウモロコシ貯蔵庫の内壁を照らした。よく見ると、細かい埃が舞っている。大量の灰色のクモの巣、革ひもがかけてあるフック、それに……ちょっと待って、壁にかかっているあれはなに？　骨のように白いというか、蒼白に近い。心臓が胸のなかで激しく脈打ったが、やがてその正体がわかった。壁にかけた動物の頭蓋骨だ。羊か、子牛だろうか。

「ふうん、ここは少し前から保管庫として使われているみたいね」

セオドシアは懐中電灯の光をもっと下に向け、手早く動かした。いいかげんに出よう、懐中電灯を消そうと思ったそのとき、光るものが一瞬見えた。セオドシアはおそるおそる光を奥の隅に向けた。まばたきし、自分の見ているものがなにかと頭を悩ませながら、小さな円を描くように光を動かした。そのとき、埃を吸いこみすぎたように息が喉につかえ、つづいて甲高い悲鳴が口から洩れた。

「どうした？」ドレイトンはすでに向きを変え、歩き去ろうとしていた。

「見て」セオドシアはしわがれた声で言った。「とにかく……ここへ来て、自分の目で見て」

「よくわからんのだが……」

セオドシアはぼろ布の山とおぼしきものに懐中電灯を向けた。黄色い光がさきほど彼女の目を引いたぬらぬらと輝くものを照らし出した。

人間の目だった。大きく見ひらいてはいるものの、どんよりと濁り、なにも見ていない目だった。

24

ドレイトンは甲高い悲鳴をあげて飛びすさった。口をきつく結んでいるのに、喉の奥から奇妙な音が出てくる。ようやく彼はかすれた声を出した。

「そこにあるのはまさか……？」

「なんだと思う？」セオドシアは訊いた。「なにが見えたの？」

「目玉だ。死んだ人間の目だ」

「当たり」

「当たり？」

「そして死体はエディ・フォックス」

ドレイトンは落ち着こうとして両腕を振りあげた。

「なんと。たしかなのかね？　こんなことが現実なのかね？」

セオドシアはゆっくりと、そして渋々うなずいた。

「これは現実の出来事よ」突然、自分もそれほど落ち着いているわけではないような気がしてきた。頭のなかで鉄床《かなどこ》を叩かれているのかと思うほど頭ががんがん痛み、胃がむかむかす

る。エディ・フォックスに簡単な質問をするつもりで来たのに、それがいきなり悲劇に変わってしまった。

「それにしてもいったい……？」ドレイトンはまだしどろもどろだった。

セオドシアは懐中電灯でさらに探索をつづけた。

「フォックスさんは撃たれたあと、このトウモロコシ貯蔵庫に入れられたようね」

「誰がそんなことを？」

「わからない。彼をだましてここに誘い出した人か、彼がロケハンでここに向かっているのを知っていた人か」

「ロケハンの件を知っていたのは誰だろうな？」ドレイトンは言った。

「おそらく、ファッションショーにいた全員が知っていたと思う。わたしが話しかけたときの彼はすごく気が立っていて、ものすごく忙しいんだってわめいてたから」

ドレイトンは胸に手を置いた。「で、たしかに彼は撃たれていたのだな？」

「まちがいないわ」セオドシアはあらためて、フォックスのぐったりとした遺体に懐中電灯の光を向けた。「見たところ、胴体を撃たれてるみたいね。心臓をもろに撃ち抜かれてる。大丈夫、ドレイトン？」

「いや、大丈夫とは言えん」ドレイトンはあきらかに震えている手で髪の毛をかきあげた。

「一気に……歳を取った気分だ」

「二回ほど大きく深呼吸をしてみて」そのとき、遠くでゴロゴロという低い雷鳴が聞こえ、セオドシアは軽く塩を振ったように星が点々としている空を見あげた。灰色の低い雲が流れてきていた。にわか雨でも降るのだろうか？　ううん、ちがう。ただ……神経過敏になっているだけよ。

ドレイトンは空気を大きく吸いこむと、ごくりと唾をのみこみ、必死で心を落ち着けようとした。ようやく彼は言った。

「フォックスはナディーンを射殺したのと同じ犯人に殺されたのだろうか？」

セオドシアは気落ちしたように肩をすくめた。「ありうるわ」

ドレイトンは背筋をのばし、あたりを見まわした。

「ということは、ナディーンを殺したのはフォックスではないわけだ」

「フォックスさんが彼女を殺した可能性はまだ残ってる。でも、これで……」セオドシアは頭をトウモロコシ貯蔵庫のほうに傾けた。「もうひとり、殺人犯がいるとわかった」

「フォックスと麻薬の取引にかかわっていた人物の仕業とみているのかね？」

「さあ」セオドシアはそう言ったが、すぐに考え直した。「その可能性はある。ううん、おそらくそうだと思う」

「これからどうするのだね？」

それが合図だったかのように、サイレンのけたたましい音がすがすがしい夜に、大きくなったり小さくなったりしながら近づいてきた。ふたつのサイレンがそこにくわわり、頭が痛くなるほど不快な不協和音を奏で、赤と青の点滅する光が木々の隙間からちらちら見えた。

「おやおや」ドレイトンは言った。「どうやら警察が大挙してここにやってくるようだ」

「そんなはずがないわ！」セオドシアは叫んだ。「まだ通報もしてないもの。警報装置を作動させてしまったとも思えないし」

「バーニー保安官だろう。ここは彼の管轄だからな」

ドライブウェイのほうに目をやると、光がひっきりなしに点滅し、エンジン音が響き、車が次々とセオドシアたちがいるほうに進路を変えている。先頭の車が左に急ハンドルを切ってセオドシアのジープのわきを通り抜け、雑草を踏みしだきながらふたりがいるほうに向かってきた。

「キツネにつままれたみたいな気分だわ。何マイルも先までほかの家なんかないのに」セオドシアは言った。

「では、警察に通報がいく仕組みがあるにちがいない」ドレイトンはそこに説明が書いてあるかのように、腕時計に目をやると、両手をあげた。「もうおしまいだ。わたしたちはエディ・フォックス殺害の容疑で逮捕されるにちがいない。牢屋に入れられ、顔写真を撮られ、オレンジ色のつなぎを着せられるんだ」

「それはありえないわ」セオドシアはサイレンの音に負けまいと、ほとんど怒鳴るように言った。

「ありえないだと？　ヘイリーがわたしたちの保釈金をかき集めてくれることを祈ったほうがいい」ドレイトンが言ったとき、先頭の車がふたりの十フィート手前でとまった。

しかし、車から飛び出したのはバーニー保安官ではなかった。その人物は……。

「きみたちふたりはここでなにをしているんだ？」ライリーが大声で訊いた。その顔が無表情から驚きあきれたものに変化した。

ドレイトンは両手をあげた。

「撃たないでくれ。エディ・フォックスを殺したのはわたしたちではない」

「なんだと！」ライリーは大きな声を出した。

「エディ・フォックスさん。彼が死んでいるのを見つけたの」セオドシアは大声で説明した。

「たまたま出くわしてしまったの」

「きみたちはそこで待機しろ」ライリーはあとを追ってきた四人の制服警官に指示した。彼らは足をとめ、銃をおろした。それからライリーはセオドシアの顔色をうかがった。「先にぼくの質問に答えてもらうよ。いったいきみたちはここでなにをしているんだ？」

「それが、その……エディ・フォックスさんを捜してたというか」

ドレイトンが咳払いをしてトウモロコシ貯蔵庫を指さした。

ライリーは大股で近づいていき、トウモロコシ貯蔵庫をのぞきこんだ。セオドシアのよりも大きくて何倍も明るい懐中電灯の光を、だらりと横たわる遺体に向けた。

「おめでとう。きみたちは彼を見つけたようだ」

しかし、不意打ちはこれで終わらなかった。

二分後、セオドシアがライリーに手短に説明をしていると、バーニー保安官が乗りこんできた。

カーキ色の制服に身を包み、パールグリップのリボルバーを手製の革ベルトからさげた身長六フィート二インチという巨漢の保安官が圧倒的な存在感を放ちながら駆け寄った。

「いったいここでなにがあった？」バーニー保安官は強い口調で尋ねた。

セオドシアは降参というように両手をあげた。

「わたしがやったんじゃないわ」

「ではなぜあんたがここにいる？」バーニー保安官は横柄に訊いた。彼は面食らったようにあたりを見まわした。「なにかあったのか？」

「殺人事件があった」ライリーは答えた。

バーニー保安官は一歩うしろにさがった。「なんだと？」

「エディ・フォックスさんと話がしたかったので、ドレイトンとふたりでここまで車で来たの」セオドシアは説明した。「待ち伏せして声をかけようと思って」

「彼がここでロケハンをやるという話だったのでね」ドレイトンがつけくわえた。

「そしたら、撃たれた彼を見つけてしまった」セオドシアもつづけた。「撃たれて死んでいたの」

「あのなかで」ドレイトンは指さした。

「このふたりがここにいるのは、調査をしていたからだそうだ」ライリーは言った。バーニー保安官のような威圧的な態度ではなかったものの、落胆と半端でない量の怒りがないまぜになった感情が痛いほど伝わってくる。

「われわれはべつに好きでフォックスの遺体を発見したわけではない」ドレイトンはまるくおさめようとして言った。「いろいろ見てまわっていたら、たまたまいたのだよ。完全に亡くなっている状態で」

バーニー保安官は自分の目で見ようとトウモロコシ貯蔵庫のなかに入った。出てきたときには重苦しい表情になっていた。「あの状態で死んでいたのか？」

「ええ、あの状態で」とドレイトン。

保安官は制帽を脱ぎ、頭をかいた。「そうか、では話してくれ《シュート》」

「撃《シュート》つのは勘弁願いたい」ドレイトンはぼそぼそと言った。

セオドシアは振り返り、ライリーと向かい合った。

「あなたたちはどういういきさつでここに来たの？」

「通報があった」ライリーは答えた。

「うちの事務所も同じだ」バーニー保安官がぼそぼそと言った。

セオドシアはふたりを見つめた。この出来事がきっちりと計算された罠であることが明らかになってきた。

「じゃあ、どちらも匿名の通報を受けたのね？ そしてその通報内容は……待って、わたしが当てるから……ドラッグが関係しているんでしょう？」

ライリーはセオドシアをまじまじと見つめた。「どうしてわかったんだい？」

バーニー保安官はひと声、小さくうなっただけだった。

「だって、はめられたからよ。いいように利用されたの」セオドシアはそこでバーニー保安官のほうを向いた。「ふたりとも」

「どうしてそういう話になるのか、さっぱりわからん」バーニー保安官は言った。

「ライリー刑事は捜査中の麻薬取引に関する匿名の通報を受けた」セオドシアはわかるように言った。「そして彼はここに駆けつけ、エディ・フォックスが死んでいるのを発見するはずだった。エディはナディーンを死にいたらしめた麻薬取引における危険因子だったため、射殺された。警察がそう見るだろうと考えてのこと。また、彼が死んだということは、共犯者はすでにエディから麻薬を奪って街を出ていったことを意味する。だとすると、事件はほぼ手詰まりと考えていい。バーニー保安官のところにも同じ通報が行ったのは、保安官にエディ・フォックスを見つけさせ、ナディーンを殺したのはこの男だと思わせるため。共犯者はとっくにいなくなっている」

バーニー保安官は親指で鼻をかいた。セオドシアの話に納得がいっていないようだ。

「一方、ドレイトンとわたしは、犯罪とはまったく関係のない用件でここを訪れた。そして自力でエディ・フォックスさんが死んでいるのを発見してしまった」セオドシアは少しでも怒りをおさめてくれるのを期待して、ライリーをじっと見つめた。「これが計画の一環だったかどうかはわからない。そうだったのかもしれないけど、たまたま迷いこんでしまっただけとわたしは考えてる」

「誤算」バーニー保安官が言った。「そして罠」彼はぶっきらぼうにうなずいた。「くそ」

セオドシアはため息をついた。「そしてここに役者が揃った」

「このあとはどうするのだね？」ドレイトンが訊いた。

「ほかの事件と同じように取り組むよ」ライリーが言った。「鑑識を呼んで、遺体と現場周辺を調べて法医学的な証拠がないか確認する」

「あ」セオドシアは思い出して言った。「法医学的な証拠と言えば、あなたに話しておかなきゃいけないことがあるの」

「なにかな？」ライリーはゆっくりと、母音をのばすように発音した。

セオドシアはライリーとバーニー保安官に、昨夜、遭遇したふたりのことを話した。そして、彼女を守るため、アール・グレイがそのうちのひとりに飛びかかり、脚にかみついたことも。

「きみの言う、顔の見えないふたり組のうちのひとりが、エディ・フォックスだと考えているのかい？」ライリーが訊いた。

「それはわからないけど、さっきも言ったように、あたりは暗かったし、どっちも黒ずくめの服装だったから。でも、フォックスさんの脚を調べれば、もしかしたら傷痕があるかもしれない。あれば、裏づけになるじゃない」

「ジョギングに出るのはやめたほうがいいな」バーニー保安官が苦言を呈するように言った。

セオドシアは肩をすくめた。「健康のためにやっているのに」

「おれの目には、あんたは警察の領分に首を突っこんでばかりいるように見える」

「いまのを聞いたろ？」ライリーが責めるような口調で言った。「そう思うのはぼくだけじゃないってことだ」

ドレイトンがそれとなく割って入った。

「ここではほかにどんなことをするのかね？　証拠を集める方法としてだが」

おかげでライリーの怒りをいくらかそらすことができた。

「まずは薬莢《やっきょう》、繊維、ドライブウェイについたタイヤ痕の捜索だね」

制服警官のひとりが持っていた懐中電灯で地面を照らした。

「ここにタイヤ痕があります、刑事」

「すばらしい」ドレイトンは言った。

同じ警官が懐中電灯でセオドシアのジープのタイヤを照らした。

「これとはちがいますね。もっと幅があります」

一同はぞろぞろと草の上を進み、タイヤ痕に目をこらした。踏まないように気をつけながら。

「一部のスポーツカーのような太いタイヤだ」ライリーは言った。

セオドシアとドレイトンは顔を見合わせた。ふたりは明日、〈コンクール・デ・カロライナ〉の会場に行くことになっている。そこなら、数多くの車が見られるはずだ。

セオドシアはそれをライリーに話そうとしたが、やめておいた。どうせ、あれこれ口うるさく言われ、首を突っこむなと警告されるのがおちだ。せっかく真相に近づいているのに。

およそ三十分後、鑑識のバンが到着した。つなぎを着こんだ職員は、現場に入って写真を撮影し、フォックスの遺体を調べるようライリーから指示を受けた。

「とくに脚にかまれた痕がないか調べてほしい。犬にかまれた痕だ」彼はそう言うと、セオドシアのほうをちらりと見た。

数分ほどはなにも聞こえてこなかったが、鑑識職員のひとりが大声で告げた。

「かまれた痕はまったくありません」

「かまれた痕はないそうだ」ライリーはセオドシアとドレイトンに近づきながら言った。

「彼はシロだ」

「シロだがこの世にはもういない」ドレイトンは言った。

ライリーは両手を腰に当てた。

「さてと、きみたちふたりは家に帰ってもらおうか」

セオドシアは顔をしかめた。「もう少しここに残って……」

「それはだめだ」とライリー。

「さあ、帰ろう」ドレイトンはセオドシアに呼びかけた。「もう遅い時間だ。明日は大きなイベントがあるし、この人たちはこれから長い夜を過ごすのだから」

「わかった」セオドシアはようやく言った。「わかったから」

ドレイトンはジープまで歩いて乗りこんだ。セオドシアはしばらくぐずぐずと立っていたが、ライリーにエスコートされると黙ってついてきた。彼女が運転席側のドアをあけようとすると、ライリーは彼女の体に腕をまわして抱き寄せた。

「きみのことが心配なんだ」彼は言った。

「ありがとう。でも心配してくれなくても大丈夫」

「今夜、こんなところまで運転してくると知っていたら……」

「そうね、知っていたらわたしに手錠をかけて、鍵を捨てたんじゃないかしら」

「ちがうな。きみに手錠をかけて、ぼくの家まで引きずっていったよ」彼は眉を上下させた。

「せっかくのチャンスを活用しないとね」

「そんなこと、いつだってできるのに」

「今夜はだめだ」ライリーは言った。「本心から言っているんだからね。家に帰るんだ。慎重に運転するんだよ。ばかなことはいっさいしちゃだめだ」彼はすばやくキスをした。「いいね？」

「わかった」

来た道を引き返すあいだ、セオドシアもドレイトンも黙りこくっていた。ターンブル・ロードを走り、ケイティ・ヒル・ロードに戻り、そこからメイバンク・ハイウェイに乗った。

「もう心臓がとまりそうだった」セオドシアは言った。

「昨夜の出来事をどうして話してくれなかったのかね？　見知らぬふたり組につきまとわれたというではないか」

「先にメールの脅迫の話をしちゃったから、それ以上心配をかけたくなかったんだもの」

「だが、実際には心配をかけているではないか。いつも」

ふたりはしばらく無言で車に揺られていたが、やがてセオドシアは言った。

「おかしな話に聞こえると思うけど、ナディーンを殺した犯人の特定まで、あと少しのところに来ている気がする」

「フォックスを除外できたからかね？」

「フォックスさんがナディーンを殺した犯人である可能性はまだ残ってる。でも、あの人には共犯者がいて、その人が殺したのはほぼ確実だと思う」

「では、もっととんでもないことが起こると思っているのだね？」

「ずっとずっととんでもないことがね。犯人はわたしたちを手玉に取っているんじゃないかと思うくらい」

「そんなふうには考えていなかったな」ドレイトンは膝の上でなにかをいじっていて、右手で持ったり左手で持ったりしていた。

「なにを持ってるの？」

「うん？」ドレイトンは自分の手を見おろした。「あそこで拾ったのだよ。羽根だ。フクロウの羽根にちがいない」

「たしか、フクロウの羽根は幸運のお守りよね」セオドシアは言った。

ドレイトンは首を横に振った。

「どうしてだか、わたしにはそうは思えんのだよ」

ハーブティーのパーティ

〈スタッシュ・ティー〉のルビー・オレンジ・ジンジャー・ティーや〈セレッシャル・シーズニングズ〉のベンガル・スパイスなど、すぐれたハーブティーをいろいろ手に入れてパーティをするのもいいですね。フレッシュハーブの鉢をいくつも並べ、テーブルの上をハーブ園にしてしまいましょう。白いキャンドルを何本かとガーデニングの本を添えるのもすてきです。ひと品めはローズマリーのスコーンを。つづくティーサンドイッチは、クリームチーズとクレソンをサワードウブレッドではさんだものや、タラゴン風味のチキンサラダを焼きたてのハーブパンではさんだものを。トマト、パセリ、ミントを和えたハーブサラダを出すのもいいし、ペストソースを使ったパスタにするのもありですね。チョコミントブラウニーあるいはシナモン風味のアイスクリームがデザートにはお勧めです。お客さまに粗品を差しあげたい場合は、ハーブの種を入れた小袋などはいかがでしょう?（それしかないですよね！）

25

金曜の朝を迎え、インディゴ・ティーショップではセオドシアとドレイトンが昨夜の殺人事件についてあれこれ考えていた。

「明るいなかで冷静に考えてみると、犯人の手口はかなり巧妙だな」ドレイトンが言った。

「わたしたちにフォックスさんの遺体を発見させるため、全員をドッグトロットハウスにおびき寄せたことを言ってるの？」

「誰かに彼の遺体を発見させるため、だ」

ちょうどチェリーとアーモンドのスコーンを山盛りにした皿を手に厨房から出てきたヘイリーが、ドレイトンの発した〝遺体〟という言葉に反応した。

「ちょっとちょっと、なんの話？」肩がぐっとあがり、目が突然、セオドシアがテーブルに並べている皿と同じくらい大きくなった。「いま遺体って言ったよね。死んだ人のこと？　また誰かが殺されたの？」

「きみにも話そうと思っていたのだよ」ドレイトンは言い訳をするように言った。青いサマーウールのジャケットにストライプの蝶ネクタイの彼はとても落ち着いて見える。最近起こった殺人事件について話すことなど日常茶飯事だというように。

「ねえ、なにがあったのよ」ヘイリーがわめいた。「誰が殺されたの？」ぱりっとした白いコック帽の下で顔を真っ赤にし、クロックシューズを履いた足をもぞもぞさせている。

「映像制作をしているエディ・フォックスさんよ」セオドシアが教えてあげた。「彼がロケハンをやっているはずの家まで行ってみたら、亡くなっている彼を見つけたの」

「トウモロコシの貯蔵庫でね」ドレイトンが助け船を出したが、なんの助けにもなっていなかった。

「辺鄙な田舎にある家ってこと？　なんでそんなところまで出かけていったの？　彼を疑ってたから？」

「フォックスさんにいくつか質問したかったの」セオドシアは答えた。「ドローンを使ったことがあるかといったことを。それと、ええ、彼は容疑者リストのなかでも突出していたわ」

「でも、そうじゃなくなったんだよね」ヘイリーは言った。「死んじゃったから」

「この世を去ったのだよ」ドレイトンはナムリング茶園のダージリンを手に取り、ラベルに見入った。

セオドシアは人差し指を立てた。「エディ・フォックスさんがナディーン殺害に直接関与した人間でなければね」

ドレイトンはお茶の缶をもとに戻した。「そのとおりだ」彼はゆっくりと言った。「以前に話し合ったとおり、関与したのはふたりの人間だ。買い手と売り手。どのどちらかがフォックスだった可能性はある」

「でも、彼は買い手だったのかしら？　それとも売り手？」セオドシアは言った。

「じゃあ、セオたちはいまも、ナディーン殺害にはふたりの人物がかかわっていたと見てるのね？」ヘイリーはわくわくした様子で尋ねた。「殺人コンビ？　で、そのうちのひとりが仲間に殺されたってこと？」

「かもしれん」とドレイトン。

「大雑把に言うとそうね」とセオドシア。

「すごいじゃない」ヘイリーは言った。「じゃあ、あとはもうひとりの犯人を見つければいいのね」

「きみを巻きこむことはしないと、セオとふたりで決めているのだよ」ドレイトンが牽制した。

「もう巻きこんでるよ。だいいち、頭のおかしな殺し屋がここに押しかけてきて、銃を振りまわしたらどうするの？」ヘイリーはスコーンを盛りつけた皿をセオドシアの手に押しつけた。「あたしはどうすればいいの？　電動スライサーで仕留めろっていうの？」

「わはは」ドレイトンは笑った。「ヘイリーが野郎を仕留めてくれるとさ」

ヘイリーは呆気にとられた。「野郎？」彼女はドレイトンに言った。「いま、野郎って言ったよね」

ドレイトンは彼女をうかがった。「それがいいことなのかね？」

「だって、肩の力が抜けてきてるってことだもん」ヘイリーは言った。

「そうよね」セオドシアは言った。「ドレイトンはちょっとでも肩の力が抜けると、いい意味でゆるくなるでしょうし」

「じゃあね」ヘイリーは急いで厨房に引っこんだ。

セオドシアはスコーンをガラスのパイ容器に入れ、それからテーブルセッティングを終えた。ドレイトンはカウンターのなかで忙しく手を動かし、ティーポットを小さな焼き物の艦隊のように並べた。

ドレイトンが顔をあげると、セオドシアは言った。

「いまからエディ・フォックスさんのスタジオに電話をかけるわ。もっと情報が得られないかと思って」

「誰かいればいいがな」

セオドシアはオフィスに引っこみ、電話をかけた。相手は鼻をぐずぐずさせ、少し気が抜けたような声で出た。「おはようございます。スタジオです」

「ジョージー？」セオドシアは訊いた。「そうですが」

また、鼻がぐずぐずいった。

「セオドシア・ブラウニングよ。昨夜、お話ししたでしょ。エディに会うにはどこへ行けばいいか、教えてくれたのはあなたよね？」

「エディ」ジョージーは盛大にしゃくりあげた。「気の毒に。彼が殺されるなんて夢にも思わなかったわ」また鼻がぐずぐずいう。「彼を見つけてくれた方ですよね？」

「警察から話を聞かれた？」

「ええ、真っ先に。ここの関係者は全員……みんなエディを思って悲しみに暮れています。悪い人じゃありませんでした。ちょっと内にこもるタイプでしたけど、悪い人じゃなかった」

「たいへんなショックを受けたと思うけど、あなたにどうしても訊かなくてはいけないことがあるの」

「なんでしょう？」ジョージーは涙声で言った。

「ゆうべはわたし以外に誰かスタジオに電話をかけてきた人はいる？　フォックスさんの居所を探している人という意味よ」

「記憶には……思い出せません」

「よく考えて、大事なことなの」

「そうなんですか？」

「大事なことかもしれないの」

「いくつか電話はありましたね。でもほとんどは銀行の撮影に関するものでした。でも、そう言えば……ああ、電話があったかもしれません」

「エディのことで問い合わせの電話をしてきたのは男性だった、女性だった？」

「エディがドッグトロットハウスでロケハンをすることを伝えた?」

「犬《ドッグ》のことはなにも知りません。でも、もしかして……そうだ。ええと、あなたがかけてくる直前に電話があった気がします」

「わたしがかける前だったのね」セオドシアの心臓の鼓動が速くなった。何者かがエディを捜していた。そしてその目的は……。

「相手に教えた気がします」ジョージーの声が甲高くなった。「でも、教えるしかなかったんです。仕事なんですから！」


ティールームに戻ると、セオドシアはカウンターごしに身を乗り出し、ジョージーとの会話をドレイトンに話して聞かせた。

「犯人はフォックスを捜しまわっていたのだな」ドレイトンは言った。「危険な要素をつぶすために」

「そのようね」

「われわれは行き違いになったのだな。犯人とだよ」ドレイトンは小さく体を震わせた。ティーポットを持ちあげ、琥珀色の液体をカップに注いだ。「さあ、これを」彼はセオドシアのほうに押しやった。「飲んでみてくれたまえ」

「なんていうお茶？」

「皮肉な名前がついているのだが、こくのある紅茶で、名前はデス・バイ・ティーだ」

「お茶による死という意味ね」セオドシアはつぶやいた。「たしかに、ぴったりかも」

やわらかな朝の陽射しが窓から射しこみ、インディゴ・ティーショップをほんのりとした輝きで包みこむ。セオドシアはお客を出迎え、注文を取り、まっさらの磁器のティーカップにお茶を注いだ。店内が半分ほど埋まり、少し時間ができたところで、携帯電話を出してマーヴィン・ショーヴェにかけた。ケータリングの仕事に変更がないか気になったからだ。

「うそみたいだ」マーヴィン・ショーヴェはセオドシアの質問に涙声で答えた。「われわれもきみと同様、エディ・フォックスの件では大きなショックを受けているんだよ」

本当かしら？　セオドシアは心のなかでつぶやいた。

「彼に頼り切りだったからな」ショーヴェは言った。「こうなったら、われわれで映像の編集をやるしかないだろう。あるいは誰かを雇うか……どうなることやら」

「たしかにとんでもないことになりましたね」セオドシアは話をつづけた。「それはともかく、〈コンクール・デ・カロライナ〉でホスピタリティテントを設置してもらう件に変更がないか確認したいのですが」

「変更は絶対にない。あるわけがないだろう。予定どおり、食べるものを用意してくれるんだろうね？」

「ええ、では一時に」セオドシアは口論したくないので、そう言った。「必ずうかがいます」

オーキッド・プラム・ティーを淡い緑色のティーポットに量り入れていたドレイトンが顔をあげた。「ホスピタリティテントは予定どおりということでいいのだね？」

「マーヴィン・ショーヴェさんの名言を借りるなら、〝変更があるわけがないだろう〟よ」

十時半、ヘイリーが厨房から出てきて言った。

「ふたりに早めに教えておくね。いまオーブンでフレンチ・クォーター風ベニエが一回分と、バナナブレッドが二個、焼けてる」

「おいしそう」セオドシアは言った。

「それときょうはちょっとだけランチのバリエーションを減らすのは承知してるよね？」

「それはそうでしょ。午後のイベントに向けて前菜も用意しなくちゃいけないんだもの」

「ロブスターのビスクスープ、タラゴン入りの海老サラダ、それとティーサンドイッチを二種類」

「その二種類の内容は？」ドレイトンが訊いた。

「赤パプリカのローストとクリームチーズをライ麦パンではさんだものと、鶏肉とカシューナッツの炒め物を手作りのナッツ入りパンではさんだもの」ヘイリーが答えた。「ミス・ディンプルが手伝いに来てくれるのは何時かわかる？」

セオドシアは腕時計で時間を確認した。「あと一時間ほどしたらね」

「了解」ヘイリーは踵を返すと、軽い足取りで厨房に引っこんだ。

お茶を淹れていたドレイトンが顔をあげた。「不安は解消したようだな」

「ヘイリーは時間までに前菜を準備できるだろうか？　遅くとも、十二時半にはここを出ないといけないが」

「逆にあなたに訊きたいわ。ヘイリーがいままでわたしたちをがっかりさせたことはある？」

「一度もない」

「だったらちゃんと用意してくれるわよ」

「そうらしいわ」


ミス・ディンプルが時間どおりにやってきて、お茶を注いだり、注文を取ったり、グラスの冷水を取り替えたりと、店内をせわしなく動きまわっている。このところ何度も手伝いに入ってくれているので、すっかり安心して見ていられる。セオドシアとしてはそのほうがいい。というのもここで一緒に働く人全員を家族と思っているからだ。お客のなかには彼女のことをチャーチ・ストリートのおしゃれでエレガントなティー・レディと見る人もいるが、根は世話好きで母性が強い。


セオドシアが四番のテーブルにカルダモン・ティーのポットを運んだとき、入り口のドアが乱暴にあいて、真っ赤な顔をしたデレインが入ってきた。セオドシアが急いで迎えに出ると、デレインはわっと泣き崩れた。

「デレイン！」セオドシアは叫んだ。「どうしたの？」

デレインは涙で顔が汚れるのもかまわず、体を小刻みに震わせていた。黒いスラックス、デザイナーズブランドのデニム地のジャケット、じゃらじゃらつけた高そうなゴールドのアクセサリーでさっそうと決めているものの、いまの彼女は完全に情緒不安定におちいっていた。つむじ風に巻きあげられたような状態だった。

「どうかしたの？」セオドシアはもう一度訊いた。きのうの夜、〈コットン・ダック〉をあとにしたときは、デレインは元気だった。ファッションショーのお客と笑ったりジョークを飛ばしたり、ショーの成功の余韻にひたったり、みずから注文を書きとめることまでしていた。それがいまはすっかり取り乱している。

「ご……ごめんなさい」デレインはしどろもどろになって言った。

「なにが、ごめんなさいなの？」

「なにもかもよ！」彼女は声を張りあげた。「いまさっき、エディ・フォックスが殺されたと聞いたの。それだけでもひどい話よね。でも、いちばんの理由は、あたしがナディーンに対してあまりに無神経だったことなの。ナディーンが……」全身がぶるりと震えた。「ナディーンが殺されたというのに」

「あなたはとんでもなく大きなショックに耐えていたのよ」セオドシアは冷静で、心の休まる声が出ていますようにと祈りながら言った。もしかしてデレインは遅延性のストレス反応に見舞われているの？

きっとそうだ。

「この数日間というもの、姉が殺害されたことに胸を痛め、しかもその事実とうまく向き合えなくて、ずっと放心状態だった」デレインは言った。「その一方、〈レモン・スクイーズ・クチュール〉の仕事にかかわれて、少し舞いあがってもいたわ」彼女はそこでセオドシアの腕をつかみ、きつく握った。「でも、あたしは、じっくり時間をかけて、ナディーンが死んだという悲しい現実に向き合おうとしなかった。姉の死を悼もうとしなかったのよ」

セオドシアはデレインを窓の近くの小さなテーブルに案内してすわらせた。思いやりにあふれるドレイトンが、デレインのために淹れたお茶のポットを持って駆けつけた。「カモミール・ティーだ。心を落ち着かせてくれることと思う」それから、彼女の頬をいまも涙がとめどなく流れているのを見て、清潔なハンカチをそっと差し出した。

デレインはそれで鼻を押さえた。「ありがとう」

セオドシアはデレインの向かいに腰をおろし、お茶を注ぎ、それを彼女のほうに滑らせた。

「あたしったら、本当にばかなことをしたわ。家族や友人よりもお金と名声を優先するなんて」デレインは品良く洟をかみ、せつない顔でセオドシアを見つめた。「あたしを許してくれる？」

「するべき質問はこうよ。わたしじゃなくて、あなた自身が自分を許せるかどうか」セオドシアは言った。

デレインは首をかしげた。「どういう意味？」

「ハニー、あなたは自分で思ってるほどひどい人間じゃないわ。あなたはたいへんなショックに耐えなきゃならなかった。それに、ほら、もともとあなたは少し神経過敏なところがあるでしょ」

デレインは、たしかにというようにうなずいた。

「そうね。それはまず認める」

「肝腎なのは、自分を大事にして、ベッティーナの面倒も見てあげること。彼女はあなたのいちばん近い身内なんだし、まだ若くて感受性が強いんだから」

デレインはそろそろとお茶に口をつけた。

「けさ、ベッティーナとは腹を割って話し合ったわ。じっくりと」

「それで？」

「驚くべきことに、ベッティーナは許してくれたの」デレインはもうひとくちお茶を飲み、唇を押さえた。「あたしがあんなふうだった理由も、たぶん絶対的な臨界点に達してたこともちゃんと理解してくれたわ。この一週間は本来のあたしじゃなかったことも」

「そのとおりよ」セオドシアはうなずいた。

「あの子があんなにも大人だなんて、信じられる？」デレインはバッグをあさり、鏡つきのコンパクトを取り出した。「まったくねえ、あたしなんかあの子の半分も大人じゃないのに」

セオドシアは賢明にも黙っていた。

26

セオドシアからそれとなくうながされ、デレインは残ってランチを食べていくことにした。お茶が入ったポットとランチプレートを前に、エディ・フォックスについていくつか質問をしてきた。

「あなたとドレイトンで彼を見つけたなんてうそみたい」デレインはキャロットマフィンのてっぺんをちびちびかじりながら言った。

「わたしたちだって信じられないんだもの」セオドシアは言った。

「きっと彼は麻薬の密売人のひとりだったんだわ……〈オーチャード・ハウス・イン〉にいた一味って意味よ」

「わたしたちもそんな気がしてる」

「いまもつづけてるの……例の調査を?」

「実はね、〈コンクール・デ・カロライナ〉の会場に行ったら、ハーヴとマーヴに質問したいと思ってる」セオドシアは腕時計を見た。「ドレイトンとわたしはあと五分で出るわ。ヘイリーはいま、最後に残った前菜を詰めているはず」

デレインは残念そうな顔をした。

「あたしも行くつもりでいたのに。でも、なにもかもぐちゃぐちゃで……」

「あなたは行かなくていいの」セオドシアはあわてて言った。「ここでランチを食べたら、家に帰って、のんびりしてて。脚を高くして、愛する猫ちゃんを抱き締めるの。あなたは大切な人を失うという悲劇に見舞われただけじゃなく、この一週間というもの、猛烈ないきおいで働いていたのよ。だから、いままであった余力も底を突いてる可能性が高いわ」

「たしかにちょっと疲れているかも」

セオドシアはデレインの肩を軽く叩いて立ちあがった。

「いまは仕方がないわ。でも、いずれまた元気になるから」

「準備はいいかね？」セオドシアがカウンターに向かって歩いていくとドレイトンが訊いた。

「ええ。さあ、やりましょう」セオドシアは振り返って、ミス・ディンプルに手を振った。

「ミス・ディンプル、あとはあなたにまかせるわ」

ふたりは枝編み細工のバスケット、ピクニックバスケット、それにクーラーボックスをセオドシアのジープまで運び、すべてをぎゅうぎゅうに詰めこんだ。

「いけない、あとひとつあった」セオドシアは言い、ドレイトンに最後のバスケットを渡した。

ドレイトンはクーラーボックスをわきに押しやり、ちょっと顔をしかめ、なにやらぶつぶつ独り言を言うと、バスケットをどうにかこうにか押しこんだ。

「中国のむずかしいパズルにこんなのがあった気がするよ」彼はぼやいた。

後部のハッチバックドアを閉めるときは、ふたりとも思わず息を殺して見守った。


ジュニパー・ベイ・カントリークラブの石造りの門を通り抜けると、セオドシアは地味で、見栄えのしないジープに乗った自分が、おのぼりさんのように思えてきた。どこを見ても、ぴかぴかで超がつくほど高級で派手な車しかないからだ。ポルシェにフェラーリ、メルセデスベンツにテスラ。どれも展示用ではなく、来場者が実際に乗ってきた車だ。

蛍光イエローのチョッキを着た男性が詰所から出てきた。

セオドシアはウィンドウをおろした。

「こんにちは」男性は声をかけてきた。「〈コンクール・デ・カロライナ〉へようこそ。チケットを拝見できますか?」

「〈レモン・スクイーズ・クチュール〉のホスピタリティテントでケータリングをする業者です」彼女は答えた。

「ああ、リストに名前がありますね」守衛は額に手をかざし、目を細くした。「この道を左に行って、クラブハウスを過ぎたところで右に折れれば、黄色いテントが見えますよ」

「わかった、ありがとう」

「なるほど、〈コンクール・デ・カロライナ〉というのはこういうイベントのことなのか」手入れの行き届いた芝生にきちんととめられた何十台という車を通り過ぎながら、ドレイトンが言った。なかには小国の君主よろしく、部屋に敷く大きさのカーペットの上に置かれた車もある。「クラシックカー、高品質の車、コレクター垂涎《すいぜん》の車。壮観だな」

「豪華な車を見ているだけで、目が飛び出そうになるわ」セオドシアは言った。カントリークラブの周囲の芝生には車、のんびり歩く客、色とりどりのテント、風にはためく垂れ幕があふれていた。ほぼ十エーカーの土地のいたるところでイベントがおこなわれているにちがいない。

「お天気も最高だ。青い空に気持ちのいい風」

「それに、みんなしっかりおしゃれをしてきてる」麻のジャケット、春のドレス、帽子があちこちで目にとまる。男性はパナマ帽、女性はつばの大きな麦わら帽子。まるでケンタッキー・ダービーに来たみたいだ。

「さあ、クラブハウスが見えてきたぞ」ドレイトンがそう言うと、車は大きなプランテーションスタイルの建物のわきを通り過ぎた。白い鎧戸のついた黄色い建物は大きな玄関ポーチをそなえ、ひろびろとしたパティオには黄色と白のパラソルを立てたテーブルが並び、人々が思い思いの飲み物に口をつけている。

「その先にテントが並んでいるのが見えるわ」セオドシアは言った。「裏にとめて荷物をおろそうと思うんだけど」

「わたしはそれでかまわんよ」ドレイトンは賛成した。

目指すテントはほかのスポンサー――コロネット・クラシック・カー、モウワーズ・ファイン・ジュエリー、トレンボロー・ワインズ、ホワイト・スワン・ウオッカ、ヴェラッチ・タイヤ、タッチストーン・メディア——のテントと同じ場所にあった。

マーヴィン・ショーヴェがテントから姿を現わし、出迎えてくれた。紺色のスラックスにそれに合わせたゴルフシャツという恰好だった。カシミアの黄色いセーターを肩にかけ、前で結んでいた。

「よく来てくれたね。けっこう。テーブルをふたつ、バーの隣に用意してある」彼は琥珀色の液体が入ったグラスの氷をカラカラと鳴らした。

セオドシアはなかに入って、ざっと見まわした。ホスピタリティテントのわりには、ずいぶんと高級感にあふれていた。青とシナモン色の豪華なオリエンタル・カーペットが敷かれ、革張りのクラブチェアが十二脚、点々と置かれ、仮設のバーでは髪をポニーテールに結った若いバーテンダーが忙しそうに銀色のシェイカーでなにか飲み物をこしらえている。テントの正面はあいていて、薄手のカーテンが両側で束ねてあった。

セオドシアとドレイトンが手早くお茶と前菜を用意するあいだ、ハーヴとマーヴは近くをうろうろしながら、フォックスの死についてああでもない、こうでもないと小声で話していた。

いつものように冴えない色の服を着たハーヴィー・ベイトマンがシルバーのトレイからひとくちステーキをつまみ、きついまなざしをセオドシアに向けた。

「で、あんたは現場にいたそうだな。またしても」彼の口に意地の悪そうな笑みが浮かんだ。

「警察はあんたを調べたほうがいいんじゃないか」

「鋭い指摘ですね。でも、わたしは人を殺してまわるような人間ではありませんので」

ベイトマンはいまのはジョークだと言わんばかりに、心の底からおかしそうに笑った。

「わたしもだ」

それはまだわからないわよ、とセオドシアは心のなかでつぶやいた。

前菜はセルフサービスでの提供だったので、セオドシアとドレイトンは外に出て少し探索することにした。真っ赤なマセラティと癖の強いダッジ・ヴァイパー。ふたりはまた、クラシックのポルシェとヴィンテージのアルファロメオをうらやましそうに見つめた。

「この見事な車を見てごらん。ドレイトンは芸術品を思わせる、ライムグリーン色をした流線形の車をしめした。「一九七〇年型シトロエン2CVだ。シャンパンだけでなく、この車もフランスが生み出した傑作のひとつと言える。ほら特注の室内装飾を見てごらん」

セオドシアは車内をのぞきこんだ。「淡い緑色の革だわ。すごい」

「いまではこのモデルはめったに見ないし、これはかなり状態がいい」

「運転してみたくなった？」

「ちょっとばかり試乗させてくれたら、ぜひとも検討させてもらうよ」

車を見ながら大はしゃぎするうち、昨夜のタイヤ痕のことが思い出された。太いタイヤを履いたスポーツカーのものではないかとライリーが考えていることも。

あのタイヤ痕はここにある車のどれかがつけたのだろうか？　展示用の車か、参加者のひとりがここまで乗ってきた車が？　おもしろい考えだ。ハーヴとマーヴもスーパーカーを持っているのだろうか？　目をひらき、耳を澄まして注意を怠らないようにしなくては。

ホスピタリティテントに戻ると、ずいぶんとにぎわっていた。セオドシアはシルバーのトングを手にして前菜を給仕しはじめ、ドレイトンは希望する何人かの客にお茶を注いだ。お客の大半は裕福でマナーのいい人たちだった。ショップカードを入れた小さなシルバーのボウルをさりげなく置いておいて、本当によかった。カードはこっそりと、そしてありがたがるように持っていかれたが、こういうことが商売にとってプラスになるのだ。

午後二時、モデルたちがテントになだれこんできた。六人の若い女性は全員が完璧にヘアメイクされ、頭のてっぺんから足のつま先まで、〈レモン・スクイーズ・クチュール〉の服で決めていた。マーヴィン・ショーヴェが彼女たちを周囲に集め、十五分ほど会場内を歩いたら、このテントに戻ってくるよう指示した。興味を持った人が彼女たちを追ってくるかもしれないと考えてのことだ。

セオドシアはその作戦にどの程度の効果があるか疑問だったが、やってみる価値はあると思った。なにしろ、きょうは有力者が大勢来ている。なかには小売業界の人も交じっているだろう。

そこへ、落ち着きのなさそうなデザイナーがひとり入ってきた。

前菜のテーブルの前まで来たマーク・デヴリンはいらいらして不安そうな表情だった。

「デヴリンさん」セオドシアは声をかけた。「お茶を一杯いかが？　それとも前菜の盛り合わせのほうがいいかしら？　ひとくちステーキと海老のグラタンがとくにお勧めよ」

「いや、けっこう。このままバーに行って、カクテルをもらうから」

「大丈夫？」きょうの彼は様子がおかしい。着ているものは完璧ながら——ピンクのリネンのシャツ、クリーム色のスラックス、コンビカラーのローファー——立ち居振る舞いがどこか生気に欠けていた。

デヴリンは口をへの字に曲げてセオドシアを見つめた。

「いましがた、エディ・フォックスの件を聞いた」

「おそろしい話よ」セオドシアは言いながら、彼の様子をつぶさに観察した。フォックスが死んでいるのを発見したのが彼女とドレイトンなのを知っているのかが気になった。

けれども、デヴリンがその事実を知っているようには見えなかった。少なくとも、ほのめかしてはいない。彼はバーへと移動し、ジントニックをもらうと、また前菜のテーブルに戻ってきた。

「本当になにも食べなくていいの？」セオドシアは訊いた。

デヴリンは胃のあたりを手で押さえた。

「うん、遠慮しておく。きょうは万全の体調とは言えないから」彼は少しためらってからつづけた。「病気とかそういうんじゃない。ちょっと落ちこんでいてね」

「なにが原因なの？」

「なにもかもだ。ナディーンが殺された。フォックスも殺された。一連のいやな事件は全部つながってるような気がしてならない」

「そんな気がするのは、実際につながっているからだと思うわ」セオドシアはそう言いながらドレイトンはどこかとテント内にしばらく目を走らせていると、彼は外にいて、ぴかぴかのボルボの横に立っている人と話しこんでいるところだった。

「それに、けさ、警察から長々と事情聴取されたし」デヴリンは言った。

「被害者ふたりと親交があったのだから、お決まりの手順だわ。警察はかなり広範に網を打っているようだから」

デヴリンはため息をついた。「そうだね」彼はあたりに目をやってから、声をひそめた。

「しかも最近、誰かにつけられてるような気がしてしょうがないんだ」

「どうしてそう思うの？」

彼は手のなかのグラスを揺らした。「さあ」

けれども、理由があるのはセオドシアにはわかっていた。

「もしかして……あなたがなにか知っていると思われているということはない？」

「なんだかもってまわった言い方だね。でも、そうだな。たしかにそうかもしれない」

「本当に？ なにか知ってるの？」

「そういうわけじゃないんだけど」デヴリンはグラスを唇に持っていき、そろそろと口をつけた。「うん、まあ、疑いを抱いてるのはたしかかな」

「それをけさの事情聴取で警察にも話したの？」

デヴリンは首を横に振った。「言ったじゃないか、ちょっと疑ってるだけだって。あくまで……漠然と感じてることがあるだけなんだよ。つまり……事件のことでね」

「誰が犯人かとか？」

「たぶん」

「わたしに話してもらえないかしら」

デヴリンがなにか言おうとしたそのとき、笑顔のメリアム・ショーヴェが飛びこんできて、ふたりの会話に乱暴に割って入った。

「ミスタ・デヴリン」メリアムは陽気な声をあげた。「こんにちは。ミス・ブラウニングも。すてきなイベントじゃないこと？」

「また会えてよかったです」デヴリンは言うと、大あわてで姿を消した。

華やかなラズベリー色のジャケットとスラックスに身を包んだメリアムは、華やいだ気分をセオドシアにまともにぶつけてきた。

「きのうはあなたのティーショップで言葉にできないくらいすてきな時間を過ごさせてもらったわ。なにもかもが上品で優雅だった」

「ありがとうございます」

「だから、マーヴィンのホスピタリティテントのケータリングをあなたのお店がやると聞いて、大昂奮しちゃって」彼女はあたりを見まわした。「この規模のものでもね」

「たしか〈レモン・スクイーズ・クチュール〉にはあなたはいっさい関与してないんでした

ね？」

メリアムはくすくす笑った。「そうよ、そっちはマーヴィンが得意とする分野だから。わたしはお店のほうで充分に忙しいし」

甲高い声と大笑いする声が聞こえたかと思うと、モデルたちがテントに駆けこんできて、そのうしろからインターンのジュリー・エイデンが入って来た。

セオドシアは偶然訪れたこの瞬間をフル活用しようと決めた。ジュリーを捕まえてメリアムと引き合わせた。

「なるほど、あなたが例のインターンなのね」メリアムが言った。「セオドシアはあなたをかなり高く評価しているみたいだけど」

ジュリーの顔が真っ赤になった。「とても親切にしていただいてます」

「インターンを終えたあとは小売業での仕事を希望しているとも聞いたわ。アパレルのマーチャンダイジングにかかわる仕事がいいそうね？」

「いまのインターンの仕事はすばらしくて、経験をたっぷり積ませてもらってます。でも、そろそろ生活のために本当の仕事をしなくてはいけないところまで来てるんです」

ジュリーとメリアムの会話はまだつづいたが、何人かのお客がやってきたのでセオドシアはとたんに忙しくなった。ようやくふたりの女性に視線を戻したときには、メリアムがこう言っていてびっくりした。

「普段はこんなことはしないのよ。でも、あなたにこの場で仕事をオファーさせてもらう」

「本当ですか？」ジュリーの声が裏返った。「お給料をいただける仕事ということですか？」

「月曜の朝いちばんから働けるならという条件つきだけど」

「うわあ。ありがとうございます。お受けします、ええ、もちろん！　セオドシアさん、聞きました？　お仕事をいただけました。こんな急に」

「よかったじゃない」ふたりはウマが合ったのだろう。ジュリーはメリアムの店にふさわしい人材だ。

「なんの騒ぎだ？」マーヴィン・ショーヴェが会話の輪に強引に入ってきた。

「新しい従業員を雇ったの」メリアムが答えた。

ショーヴェはふたりの女性を交互に見た。

「ほう？」どういうことか、よくわかっていないらしい。

けれどもメリアムはカナリアをのみこんだ猫のようににやにや笑っていた。

「いまさっき、ジュリーを雇ったの」

そのひとことでマーヴィン・ショーヴェは愕然とした。

「う・そ・だ・ろ」彼はジュリーを見て顔をしかめた。「だいいち、きみはうちのインターンではないか！」

「無給のインターンです」ジュリーは言い返した。「三ヵ月間、いろいろ経験させてもらったことには感謝してますが、そろそろ独り立ちして次の段階に進みたいんです」

「独り立ちして」マーヴィンはつぶやきながら背を向け、その場をあとにした。「次の段階に進む、か。女房の会社で。ふん」

五分後、不機嫌な顔をしたハーヴィー・ベイトマンがセオドシアのそばにやってきた。

「聞きまちがいかな？　メリアム・ショーヴェがうちのインターンを横取りすると聞いたが」

「聞きまちがいじゃありません」セオドシアは紹介したのが自分だと、わざわざ言うつもりはなかった。

ベイトマンは海老をつまみ、口に放りこんだ。

「メリアムは手段を選ばない女だ。しかもインターンのなかには忠誠心のかけらもないやつがいるときてる」

「わたしの経験を言わせていただくなら、固定給は総じて無給にまさるんです」

ベイトマンは顔をゆがめ、セオドシアに向かって人差し指を振った。

「ずいぶんと口が達者なようだ」

「それはどうも」セオドシアも負けていない。「そう言われるのはこれがはじめてではありませんので」

「最後でもないだろうよ」ベイトマンはぼそぼそ言うと、いなくなった。

ドレイトンがテーブルをまわりこんで近づいた。

「ベイトマンとなんの話をしていたのだね？　彼はずいぶんと機嫌が悪そうだったが」

「ジュリーをメリアムに紹介したら、メリアムはその場で雇ったの」

「インターンのジュリーのことかね？」

「そう」

「なんとまあ。さぞかしベイトマンは激怒したことだろう」

セオドシアはほほえんだ。

「マーヴィン・ショーヴェさんの反応はそれどころじゃなかったけどね」

27

　このあとは、セオドシアにとってもドレイトンにとっても、何事もなく過ぎた。影が長くなり、沈む夕陽が地平線でオレンジ色にぼやけはじめると、ふたりはトレイ、給仕道具、残りもの（といってもほんのわずかだが）をまとめはじめた。

　ドレイトンはバスケットを持ちあげ、わざとらしいうめき声をあげてから言った。

「大きなものから先にジープまで運ぶとしよう。いちばん奥まで押しこめば、ジェンガよろしく、すでに積みこんだものをあっちこっちに動かさなくてすむ」

「海老のグラタンをくるんで、クーラーボックスに入れるわね。どうせなら、残りものは全部一緒に入れてもいいかも。そんなにたくさんあるわけじゃないから」

「ひとつも残ってませんか？」そう尋ねる声がした。

　セオドシアが顔をあげると、サイモン・ナードウェルが見つめていた。

「来るのが遅くなってしまいましてね」ナードウェルは説明した。「おかげでせっかくのおいしいものを食べそこねてしまったようだ」彼は浮かない顔をした。

「ひとり分くらいならなんとかなりますけど」セオドシアは言った。本当は気乗りがしなかったが、邪険にするのもいやだった。

ナードウェルは片手をあげた。「いえ、けっこう。帰り道でなにか調達しますよ。会場をざっと見てまわったあとで」

「アンティークの銃だけでなく、クラシックカーにも興味をお持ちなんですね」セオドシアは言った。

たちまち、ナードウェルは目を輝かせた。「ええ、そうなんです。さっき、とても美しいアストンマーティンDB5を目にしましてね。モーガンのスポーツカーやオースチン・ヒーレーのスプライトも」

「イギリスの車がお好きなんですね」

「それも古いものが好きです。本物のクラシックカーが。手仕事とかていねいな職人技を見るのは目の保養になりますからね。いまではそういう、細部へのこだわりというのが見られなくなりましたから」彼はそこで言葉を切り、あいまいにほほえんだ。「では、これで失礼します」そう言うとテントを出ていった。

セオドシアとドレイトンがすべての荷造りを終えてジープに積み終えたときには、あたりはかなり暗くなっていた。

「大変な一日だったな」明かりが煌々《こうこう》と灯り、催しがつづいているクラブハウスの前を通り過ぎながら、ドレイトンが言った。まだカクテルパーティが始まったばかりで、そのあと豪華なディナーと今年の最優秀コレクターへのトロフィー授与式がつづく予定だ。

「疲れた？」セオドシアは訊いた。

「少なくとも足が疲れたな。しかし、おもしろいイベントだった。そうだろう？」

「車はすばらしかったけど、人は……まあまあね」

「やはり、ハーヴィー・ベイトマンと揉めたのだな？」

「当然でしょ。あの人はいわゆる受動攻撃的な性格だわ」セオドシアはずらりと並ぶ駐車中の車のわきを慎重に運転しながら言った。「愛想よくおおらかに振る舞っているくせに、突然、喉笛にかみついてくるタイプ」

「わたしとしては……おおっと！」ドレイトンが叫んだのは、真っ赤なスポーツカーが突然、ふたりの車を乱暴に追い越したからだった。

その車はどこからともなく現われると、爆音をあげ、クラクションをやかましく鳴らしながら右側からふたりの車の横をすり抜けていった。セオドシアはぎりぎりのところで反応し、なんとかブレーキを踏んで道をあけ、駐車中のベントレーをかろうじてよけた。スポーツカーが走り去ると、砂埃、エンジンオイルのにおい、砂粒がセオドシアの車目がけて飛んできた。

「乱暴な運転をしおって！」ドレイトンが声を荒らげた。「時速六十マイルで追い越していったが、正面ゲートに達したときには八十マイルは出ていたぞ」

「タコメーターが振り切れるほどアクセルを踏んでたんじゃないかしら」セオドシアは正面

ゲートまで来ると、ハイウェイのほうにハンドルを切り、アクセル全開で走り出した。

運転していたのは誰なんだろう？　わたしを事故に遭わせようとした不届き者は誰？

前方の長くのびる道路に目をやると、小さな赤い車が轟音《ごうおん》をあげながら走っていくのが見えた。ＳＵＶとおぼしきべつの車にぐんぐん近づいていく。赤い車のブレーキランプが点灯したかと思うと、車はＳＵＶのすぐうしろにつき、後部バンパーぎりぎりまで車間を詰めてあおりはじめた。

「あの赤い車はなにをしようとしているのだろうな」ドレイトンが首をひねった。「前のＳＵＶにいやがらせをしているようだが」

「ＳＵＶを運転してるのはマーク・デヴリンさんだわ」セオドシアは言った。

「なんだって？」

「二日前、ロイスの書店の外にとまってるのを見たことがあるの。そして、デヴリンさんはきょう、モーターショーに来ていた。だから……」

「前を走るのが彼かもしれないと考えているわけだね」

「そうかなと思って」

「しかし、なぜ彼を追いまわすのだろうな？」

「信じてくれないかもしれないけど、きょう、デヴリンさんが言ってたの。誰かにつけられている気がするって」

「彼をつける理由はなんだね？」

「それについてははっきり言ってなかった。でも、こう思うのよね——もしかして、デヴリンさんはナディーンを殺した犯人の見当がついたんじゃないかって。エディ・フォックスさんを殺した犯人についても」

「本人がそう言ったのかね？」

「そうはっきり言ったわけじゃないけど」とセオドシア。「でも、疑いを抱いているようなことを言ってたの。それに不安そうだったし、動揺しているようにも見えた」

「前を走る車が彼ならば、たしかにいまはかなり動揺しているにちがいない」ドレイトンは二台の車が繰りひろげているカーチェイスを見守りながら言った。

「赤い車がSUVを道路外に追いやろうとしてるようにしか見えないわ」セオドシアはまたも不安がこみあげるのを感じ、アクセルを踏む足に力をこめた。

「しかし、車の大きさがそうとうちがうではないか」

「でも、スポーツカーを運転してる人のほうがテクニックが上だわ」

「慎重に頼むぞ」二台の車を追ってスピードをあげはじめたセオドシアにドレイトンは言った。「このあたりは暗いし、カーブが多い」

カーブを曲がり、道路がほぼまっすぐになると、赤い車とSUVがあいかわらず危険なカーチェイスをつづけているのが見てとれた。SUVがブレーキをかけるたび、赤い車は執拗に車間を詰めたり幅寄せしたりと、あおり運転をつづけている。

「もしかしたら走り屋がふざけて追いかけっこしているだけかもしれんぞ」ドレイトンは言

った。「とくに、うしろのスポーツカーは」

スポーツカー。

あらためて、セオドシアの頭に昨夜のタイヤ痕が浮かんだ。

前を行く赤い車があのタイヤ痕の主ということはありうる？

「ふざけているとは思えないわ」

ドレイトンはシートにすわったまま身を乗り出した。

「では、前の車を追っているということかね？　追いかけているのかね？」

マーク・デヴリンが言った言葉がセオドシアの頭のなかでこだまする。『誰かにつけられている気がする』ＳＵＶを運転しているのはデヴリンなのだろうか？　赤いスポーツカーを運転しているのが、そのデヴリンをつけていた人物なの？　彼に危害をくわえようとしている赤い車の運転手が？

そういった考えが頭のなかを駆けめぐるなか、前方でＳＵＶが道路の端まで横滑りし、いきなりコントロールを失った。車は左に大きくそれたかと思うと、後部を振りながらもとの車線に戻り、右の法面《のりめん》にぶつかった。ほんの一瞬、車がコントロールを取り戻したように見えたが、すぐに今度は大きく傾き、ハイウェイの真ん中で百八十度まわった。車は二度、三度とまわったのち、ようやくいきおいが弱くなった。車体は次にどうするか決めかねるように左右に大きく揺れていたが、やがて傾いて右を下にして倒れた。

赤いスポーツカーはためらう様子も見せず、停止することもなかった。それどころか、セオドシアとドレイトンが事故現場に到着したときには、スポーツカーのテールランプはとっくの昔に見えなくなっていた。

ドレイトンはすぐさまジープを飛び降りた。セオドシアもあとにつづいた。

「運転手は無事だろうか？」SUVに向かって走りながらドレイトンが大声で訊いた。

SUVに乗っていた男性は無事だっただけでなく、ちゃんと意識があった。しかもなんということか、乗っていたのはセオドシアが思っていたとおりの人物、すなわちマーク・デヴリンだった。

「助けて」ふたりの姿に気づくとデヴリンは苦しそうな声で訴えた。「道路から落とされそうになった」車のフロントガラスにはクモの巣のようなひびが入り、サイドウィンドウは粉々になっていた。デヴリンはシートベルトで座席に固定されて身動きが取れず、しかもエアバッグが作動したため、ふくらみすぎた巨大マシュマロのように彼を押しつぶしている。

「いまセオドシアが助けを呼んでいる」ドレイトンは言った。「とにかく……落ち着きたまえ」

デヴリンはもう一度うめき声をあげると言った。

「右腕の骨が折れたみたいだ」

数分後、救急車一台とハイウェイパトロールの車が二台、現場に到着した。彼らは運転席側のドアをこじあけ、デヴリンの体をそっと出して車輪つき担架に移し替えた。

「傷の具合はどうですか？」毛布を風にはためかせながら車輪つき担架が救急車の後部におさめられると、セオドシアは救急隊員のひとりに質問した。

「激しくぶつかって、かなりの切り傷と打撲を負ってますが、意識ははっきりしてます。腕の骨折のほか、軽い脳震盪《のうしんとう》も起こしたかもしれません」救急隊員は肩ごしに振り返った。「乗っていたSUVの状態から判断すれば、運がよかったと言えるでしょう」

「事故を目撃したのはこちらのおふたりですか？」ハイウェイパトロールのひとりがセオドシアとドレイトンに訊いた、彼はふたりに懐中電灯の光を向けた。

「目撃して、通報しました」セオドシアは答えた。

警官は懐中電灯の向きをそらした。「いくつかうかがいたいことがあります」

セオドシアとドレイトンはハイウェイパトロールの車のわきに立ち、警官は車のフロントフェンダーにノートをひろげメモを取った。ふたりは質問に答え、事故の模様を語った。

ようやく事情聴取が終わると、セオドシアはライリーに電話した。

「赤い小型のスポーツカーが事故を起こして、マーク・デヴリンさんを道路から落とそうとするところを目撃したの」

「マーク・デヴリンというのは何者なんだい？」ライリーは訊いた。

「〈レモン・スクイーズ・クチュール〉の商品のほとんどを手がけたデザイナー」

「そっか。やっと思い出した。で、そいつが事故を起こしたんだね？」

「というか、道路から落とされかけたの」セオドシアは正した。「ジュニパー・ベイ・カントリークラブからの帰り道に。〈レモン・スクイーズ・クチュール〉の関係者で襲われたのが彼で三人めだってことに気づいてる？」あまりに気が動転していて、怒りが一部、声ににじみ出ていた。

「なにがあったのか、きちんと話してくれ」ライリーも興味を引かれたようだ。

「〈コンクール・デ・カロライナ〉から自宅に帰ろうと思って二台のうしろを走ってたんだけど、そしたら、赤いスポーツカーがデヴリンさんの車を道路から突き落とそうとするのが見えたの」

「で？」

「デヴリンさんの車は転がって溝にはまってしまったわ」

「きみは無事なの？」

「わたしはなんともない」セオドシアはドレイトンを見やった。「ドレイトンもわたしも無事。でも、マーク・デヴリンさんはそうじゃない。わたしには殺人未遂のように見えた」

ライリーはそれを受け流した。「救急車を要請したんだよね？」

「それはもうやった。すでに到着して、これからデヴリンさんを病院に搬送するところ。ハイウェイパトロールも現場に来てる」

「そうか。なら、よかった」

セオドシアは大きく息を吸いこんだ。

「ゆうべのドッグトロットハウスで、タイヤ痕はスポーツカーがつけたものかもしれないというのがあなたの考えだったわよね」

「同じスポーツカーじゃないかと考えてるのかい？」

「どっちも〈レモン・スクイーズ・クチュール〉が関係しているから、そうじゃないかなと思って。考えられないことじゃないでしょ。それで思ったんだけど……」

「なんだい？」

「その車を捜し出す方法ってある？　サウス・カロライナ州の自動車局の記録を調べるとか」

「それで、赤いスポーツカーの持ち主を調べろって？　どのくらい時間がかかるかわかって言ってるのかな？　赤いスポーツカーが何台あると思ってるんだい？　干し草のなかから一本の針を捜せと言ってるにひとしいんだよ」

「個人名をいくつかあげるのならどう？　その人たちが自分名義のスポーツカーを持っているかどうか、確認してくれる？」

「セオ、昨夜ぼくはスポーツカーと言ったけど、あれは完全に的はずれという可能性だってある。いろんなタイプのSUV車だって太いタイヤを履いてるんだし。それにトラックもある。膨大な数のトラックがね」

「そうね、それはわかる。でも、いちおう何人かの名前を伝えてもいい？」

「いいけど、いまじゃないほうがいい。家に帰ったらメールかテキストメッセージで頼む」

彼は言葉を切った。「家に帰るんだろうね？」

「了解」セオドシアは言った。

「ちゃんと家に帰るんだよ。ぼくの頼みを聞いてほしい。そうだ、いますぐ家に帰るなら、明日の晩、ディナーに連れていってあげるよ。どう？ ワインと肉汁たっぷりのヒレ肉を堪能しながら、この話を心ゆくまでしてくれていい。それに、好きなだけ質問してもいい。どうかな？」

「取引成立」セオドシアは電話を切り、ドレイトンに向き直った。「ふたりの人が亡くなり、三人めは大怪我を負った。三人全員が〈レモン・スクイーズ・クチュール〉に関係していた。それからどんな結論が導き出せる？」

「ファッション業界は危険であるとか？」ドレイトンは言った。

「あるいは、その業界に関係している誰かが危険である」

ドレイトンは下唇に指を触れた。「だが、それは誰なのだろうな」

「それがはっきりしないのよね。でも、この人がナディーンを殺害した犯人だと結論づけるたび、その人が亡くなるか怪我をするかしてる気がする」

「あの、申し訳ありませんが」

ふたりが顔をあげると、ハイウェイパトロールが近づいてくるところだった。ちょっとおどおどした顔の中年男性だった。猫背ぎみで、けさ早くから働いているのにさらに勤務時間が長引いたかのように、くたびれきった顔をしている。

「通報したのがおふたりなのは承知してますが、もううしろにさがってください」ハイウェイパトロールは言った。「事故の状況を把握するための手がかりがないか、周辺を捜索する必要がありますので」

「しかし、事故の状況ならば、すでに話したではないか」ドレイトンは言った。

ハイウェイパトロールは両腕を大きくひろげた。

「お願いしますよ。こちらも手順に従っているだけなんで」

「わかったわ」セオドシアは言い、ドレイトンと一緒に丈の高い草が生えている一画までさがった。「どうせそろそろ引きあげるんだし。想像もできない……」

「なんだ？」ドレイトンがつぶやいた。

「だから……」

「いまのはきみに言ったわけじゃない。足先になにか当たった感触があったのだよ」ドレイトンは腰をかがめ、数秒ほど草むらのなかを手探りし、やがて茶色い革の財布を拾いあげた。

セオドシアはすぐにそれがなにかわかった。

「ねえ、見て、ドレイトン」彼女は小声で言った。「それ、絶対にデヴリンさんのものよ。衝撃で車から飛び出しちゃったんだわ。あけてなかをざっと見てみましょうよ。彼のかどうか確認しなきゃ」

ドレイトンは財布をあけ、すばやくうなずいた。それから、警官に合図しようと、その財布をかかげた。

「だめ！」セオドシアは彼の腕をつかんで、引っ張りおろした。「静かに。ひとこともしゃべっちゃだめ。とにかく中身を調べましょう」

ドレイトンは顔をしかめた。「そんなことをして道義的に問題があると思わないのかね？」

「もちろん思うわ」セオドシアは認めた。「それでもやるしかないの」


「どうにも納得がいかないな」チャールストン市内を車で走りながらドレイトンが言った。

「デヴリンのアパートメントを調べるなんて、考えただけで吐き気がしてくる」

「じゃあ、ウィンドウをおろして新鮮な空気を吸うといいわ」セオドシアは意地悪く言った。

「さっきも言ったけど、あくまで調査の一環なんだから」

車はハガー・ストリートに向かってフィッシュバーン・ストリートを走っていた。

「住所をもう一度言ってくれる？」セオドシアは言った。

ドレイトンはデヴリンの運転免許証をあらためて確認した。

「ハガー・ストリート五六一番地、二一二号室」

「じゃあ、集合住宅なのね」

「わたしもそう思うよ」

アシュリー・アヴェニューとの交差点で曲がり、〈ウィングナット・アイスクリーム〉と〈ゴーディーズ・デリ〉の前を通り過ぎ、ようやくハガー・ストリートに出た。

「この通りの近くのはずよ」セオドシアは言った。

「四二二番地、四二六番地。次のブロックだな」

セオドシアは各家の番地を確認しながら、ゆっくり運転した。

「前に見えるあれだと思う」黒煉瓦の建物の前で車をとめた。「うん、ここだわ。ここがデヴリンの住まいよ」

三階建てで、正面には黄色いひさしがあり、パルメットヤシの木が二本植わっていた。

セオドシアは建物をじっくりながめながら、デヴリンのアパートメントに入ったらなにが見つかるだろうかと考えていた。ドラッグ？　銃？　一連の事件を解決に導く鍵？

「鍵がないのが残念だわ」でも、セオドシアはクレジットカードを隙間に差しこむ方法でドアをあけるつもりでいた。

「鍵ならある」

セオドシアはシートの上で体の向きを変え、ドレイトンを見つめた。

「いま、なんて言った？」

「鍵がある、というか、あると思う。デヴリンの財布に隠しポケットがついていて、そこに真鍮製の鍵がおさまっているのだよ」

「出して、使えるか確認しましょう」

「やはり、とてもいい考えとは思えんな」

「いい考えじゃないに決まってるわ」セオドシアも認めた。「でも、けっきょくやらなきゃいけないんだから」彼女はジープを降り、ドレイトンもあとを追って歩道を歩き出した。頭上の街灯が一度、二度とまたたき、ぱっと消えた。悪いことが起こる予兆でないといいけれど。

ドレイトンは額にしわを寄せた。

「デヴリンの自宅に入るのは不法な侵入《ブレイキング&エンタリング》になると思うが」

「それより、限界に挑むようなものよ。天使も踏むのを恐れるところに、あえて行くわけだから」

「少年探偵ハーディ・ボーイズみたいなことを言うんだな」

「だって、似たようなものだもの。そもそも、鍵があるんだから、強行に突入《ブレイキング&エンタリング》するわけじゃないし」

「しょっぴかれて勾留《こうりゅう》の手続きをされ、写りの悪い顔写真を撮られたら、いまの科白《せりふ》を警察官に言うんだな」建物の前まで来るとドレイトンは冷たく言った。

「よっぽど逮捕されたくないみたいね」

「考えただけでおそろしい」

セオドシアは建物の入り口のドアの取っ手に手をかけて引いた。うんともすんともいわない。ロビーに入るドアはしっかり施錠されていた。

「その鍵をためしてみましょう」

鍵であけようとしたものの、うまくいかなかった。

「やっぱりな。この鍵ではないのだ。ここは防犯対策がしっかりしたセキュリティビルだから、もう打つ手はない」

「大丈夫よ」セオドシアはドアの右にある六つのボタンを押した。「ピザの配達でーす！」

ほぼ同時に大きなブザー音が鳴り響いた。

「ずる賢い」ドレイトンはつぶやき、ふたりはドアをあけて急いでなかに入った。

「あくまで調査の一環よ」趣味の悪いフロック加工の赤い壁紙と、人類初の人工衛星スプートニク号を再利用したような金色のシャンデリアのロビーに足を踏み入れながら、セオドシアは言った。ふたりは階段で二階にあがった。

「彼の部屋はどこだっけ？」彼女は訊いた。

「二一二号室」

「ここだわ。さて、例の鍵をためしてみましょう」

ドレイトンは渋々ながら鍵をセオドシアに渡した。

「鍵が合わないことを祈るよ」

セオドシアは鍵穴に鍵を挿しこんだ。ぴったりと合った。

28

「怖くて心臓がとまりそうだ」

　セオドシアがドアをあけ、電気のスイッチを入れるとドレイトンは不安げに言った。

「じゃあ、いまから戻って車のなかで待っていてもいいのよ。そんなに心配なら、無理にやらせるつもりはないから」

「正直なところ、不安でたまらないのだよ」

「じゃあ、引き返したほうがいいわ。本当に」セオドシアは本気でそう思っていた。ドレイトンをこれ以上、困らせたくなかった。

　ドレイトンはいったん背中を向けたものの考え直し、そろそろとデヴリンのアパートメントにふたたび足を踏み入れた。

「まあ、もう少しくらいなら、わたしの神経もなんとかもつだろう」

「ふうん」

　なかに入ってみると、マーク・デヴリンの自宅はものがあまりなく、モダンで、整理整頓が行き届いていた。スモークガラスのコーヒーテーブルを囲むように置かれた灰色のモジュラーソファ。現代的なシルバーのファーマシーランプがのったエンドテーブル。ふたつある大型の書棚はアート、デザイン、そしてファッション関係の本であふれかえっていた。

ダイニングテーブルはないが、そのかわりに白いエナメルの大きなパーソンズテーブルが置かれ、そこに持ち運び可能な画板とｉＭａｃがのっている。ライムグリーンのタスクチェアがテーブルに寄せて置かれ、その横に白いファイルキャビネットがふたつ鎮座していた。

「機能的でしゃれた部屋だな」ドレイトンが感想を洩らした。

「予想とちがった？」

「それにこれを見たまえ」ドレイトンはデスクに置かれた何枚もの絵を手に取り、それをセオドシアに見せた。どれも服のスケッチ画で、マジックマーカーで描かれたものもあれば、パソコンのプリントアウトもあった。「けっこうな才能の持ち主ではないか」

「デヴリンさんは伝統的スタイルと新しいトレンドの両方を併せ持ってるようね」セオドシアも認めた。「フリーハンドで描いたスケッチもあれば、パソコンで作成したスケッチもある」

パソコン、という言葉で彼女はふと思った。矢がたくさん刺さる、気味が悪い動画を作って送ってきたのはデヴリンの仕業かしら？

ドレイトンがべつのスケッチの束を手に取った。「なかなかいい」

「すごくいいわ」セオドシアはそう言いながら、デヴリンのデスクまわりを調べたりファイル用の抽斗《ひきだし》をいくつかあけたりして、ビデオカメラはないかと捜した。けれどもどんなにくまなく捜しても、カメラは出てこなかった。

「デヴリンはナディーンの役職をねらっていたのだろうか？」ドレイトンが訊いた。「クリエイティブ・ディレクターの座を奪うつもりだったのだろうか？」

「聞いた話からすると、デヴリンさんが実質的なクリエイティブ・ディレクターだったみたい。デレインから聞いたけど、ナディーンにはデザインの才能がからっきしなかったそうだから。スケッチ一枚描けなかったらしいわ」

「それでも、デヴリンがナディーンを殺害した可能性はあるのではないか？　彼女を排除するために」

「そうね。でも、それだとエディ・フォックスさんを殺した理由が説明できない」

「ふたつの事件は無関係かもしれん」

「同じ業界にいるふたりが関係しているのに？　それはどうかしら。不自然じゃない？」

「言いたいことはわかる」ドレイトンはアパートメントを見まわした。「ミスタ・デヴリンは銃を持っているのだろうか？」

「突きとめる方法はひとつしかないわ」

ドレイトンはげんなりした。「そう言うような気がしていたよ」

ふたりはアパートメント全体を捜索した。ナイトテーブルとクロゼットのなかをあらためた。膝をついてベッドの下をのぞいたが、靴下の片割れと少々の埃があるだけだった。浴室をざっと見て、キッチンの戸棚を念入りに調べた。けっきょく、銃はなかった。デヴリンが車か友人の家に隠しているなら話はべつだけれど。

ドレイトンは手の埃を払った。「帰宅したデヴリンに見つからないうちに、ここを出よう」

「見つかる可能性は低いと思うけど」セオドシアは言った。「救急隊員の手で救急車に乗せられたときの彼は、ひどい怪我をしていたわ。二日は病院で過ごすことになると思う」

「そこにいたほうが本人にとってもいいだろうしな」

「ええ」とセオドシア。「これまでのことを考えると、現実の世界にいるよりも、病院にいるほうがはるかに安全でしょうから」

ふたりはデヴリンのアパートメントを出て、ドアに鍵をかけた。階段に向かいはじめたところで、ドレイトンは安堵のため息をついた。

「けっきょく……」彼が言いかけたとき、若い女性が廊下を隔てた反対側のアパートメントからいきおいよく出てきた。ブルージーンズにあざやかな黄色のフードつきパーカ姿だった。大学生だろうとセオドシアは当たりをつけた。

「どうも、こんにちは」若い女性が声をかけてきた。廊下に見慣れない顔がいるので、少し驚いているようだ。

「こんばんは」セオドシアはあいさつを返した。

女性はドレイトンを見つめた。「あの、どなたかお捜しでしょうか？」その声には警戒の色がにじんでいた。

「ええ、そうなんです。しかし、あいにく、留守だったようで」ドレイトンは言った。

「だったら、どうやってなかに入ったんですか？」若い女性は問いただした。「ここはセキュリティビルのはずですけど」

「わたしたちはご近所見守り隊の者です」セオドシアが割って入った。「うちのボランティアの様子を確認しにきただけです」

「そう」女性は言った。「だったらいいの」

「もしボランティアに興味がおありなら……」セオドシアは言った。

若い女性は向きを変え、セオドシアたちよりも先に階段を駆けおりはじめた。目にもとまらぬ速さだった。「いえ、けっこうです」女性は大声で返事をした。「いまでも充分すぎるほどやることがあるので」

「うそがうまいな」ドレイトンは小声で言った。

「ひとつ学んだのは」セオドシアは言った。「礼儀正しくしていたら、殺人事件は解決できないってこと」

ジープの荷物をおろしにインディゴ・ティーショップに戻ったときには、ふたりとも疲れてへとへとだった。

「明日の朝にしてもいいんじゃない？」セオドシアは音を上げた。ドレイトンの顔にも疲労の色が浮かんでいた。

ドレイトンはため息をついた。「たしかにそうだが、明日は目がまわりそうなほど忙しくなるからな。それに、ヘイリーがクーラーボックスを使いたいはずだ。いま片づけるほうがいい」

荷物をなかに運びこむ準備をしていると、眠たそうなヘイリーが裏口のドアのところで待っていた。ティーケーキが首のうしろにだらりと乗っかっている。

「なにがあったの？」ヘイリーは訊いた。

ドレイトンは体を起こした。「どうしてなにかあったと思うのだね？」

「だって、帰ってくるのがすごく遅いもん」ヘイリーはドレイトンの様子をうかがった。

「しかも、ドレイトンがそわそわしてるみたいだし」

「事故を目撃したの」セオドシアが説明した。ヘイリーには適当にごまかさず、すべて正直に話すと決めていた。「マーク・デヴリンさんの車が道路から突き落とされかけたの」

ヘイリーは片方の目尻をこすった。「それってデザインの人だっけ？」

「そう、ファッションデザイナーだ」とドレイトン。

「道路から突き落とされかけたって、殺されたってこと？」

「運よく、殺されずにはすんだよ」ドレイトンは言った。

「最初がナディーンで、次が撮影の人で、今度はデザイナー」ヘイリーは言った。「なにかパターンのようなものが見えてこない？」

「残念ながらそうなの」セオドシアがうなずいた。「それで、一連の謎を解き明かそうとがんばっているわけ」

ヘイリーはしばらくその場に立っていたが、やがて向きを変え、階段をのぼりはじめた。

「わかった」彼女は首だけをうしろに向けて言った。「でも、お願いだから気をつけてよ」

セオドシアとドレイトンはバスケットとクーラーボックスをすべておろし、それが終わると、セオドシアはドレイトンを自宅まで送った。

「ヘイリーが言ったことを忘れてはいかんぞ」セオドシアがおやすみのあいさつを告げると、ドレイトンが忠告した。

「気をつけるようにと言ってたことね。そうするつもり」

「当然だ。犯人が誰であれ、そうとう本気なようだからな」


セオドシアはドレイトンの助言に従った。自宅に帰ると服を着替え、アール・グレイを連れて、近くを安全にぐるっと散歩した。今夜はストールズ・アリーを走るのも、ロンジチュード・レーンをぶらぶら歩くのもなし。賢明な行動、すなわち、警戒をゆるめず、自宅からあまり遠いところにはいかない行動を取るつもりだ。

セオドシアの自宅とそれよりもはるかに大きな隣のグランヴィル屋敷に通じる狭い路地に入ると、三十フィートほど前方に車が一台、とまっているのが見えた。アール・グレイのリードを握る手に力が入り、心臓がどきどきしはじめた。

今度はなんなの？

やがて、車の正体が見えてきて――〈ウィタカーズ・ワイン&スピリッツ〉の配達用のバンだった——警戒をゆるめた。

「どうかしたんですか？」セオドシアは声をかけた。

二十代前半とおぼしき若い配達員は声をかけられて驚き、あわてて振り向いた。

「へ？」セオドシアの足音が聞こえなかったらしい。

アール・グレイがリードを引っ張って、おずおずと男性のにおいを嗅ごうとした。

「その犬、かみますか？」配達員はしどろもどろになって言った。

「普段はかまないわ」セオドシアは答えた。

「そっか……」

「どこかのおたくでパーティをするみたいね」セオドシアは言った。ワイン、それもかなり上等なワインが二ケース、ドライブウェイに置いてある。

「おれに訊かれてもわかりませんよ」配達員は言った。「届けただけなんで」

「いまそこは誰も住んでないけど、いいの？　持ち主はまだロンドンにいるけど」

「そうなんですか？　でも鍵を預かってますから」

「誰から預かったの？」

「おれの勤め先の人」彼はバンの側面の〈ウィタカーズ〉のロゴと文字をしめした。「酒販店の店主です」

「誰が店主に鍵を渡したのかしら」

配達員は首を横に振った。「知りませんよ。おれはそこで働いてるだけですから」

その夜遅く、セオドシアは思いつくかぎりの名前――赤いスポーツカーを運転している可能性があり、ナディーンおよび昨夜のエディ・フォックス殺害に関与したかもしれない人の名前をすべてまとめ、ライリーにテキストメッセージで送った。マーヴィン・ショーヴェ、ハーヴィー・ベイトマン、サイモン・ナードウェル、マーク・デヴリン（彼は除外してもよさそうだけど）、その他数人の名前を忘れずに入れた。最後の最後に、ジュリー・エイデンの名もリストにくわえた。

そしてさらに文字を入力した。『もうひとつ、あなたに見せたいものがあるの』ジンバルスプリングを撮影した写真を添付しようとしたが、けっきょくやめておいた。ひとつ大きな息をしてから、送信ボタンを押した。

アイルランドのお茶会

オールドカントリーの雰囲気を味わうなら、レースのテーブルクロスを出してきて、お気に入りの陶器かアイルランドのボーンチャイナを飾り、ケルト音楽を流しましょう。お茶会のひと品めはアイルランドのソーダスコーンとマーマレードを。次はジャガイモとリーキのスープに、ティーサンドイッチ各種。サンドイッチはボリューム満点のパンでイギリス産チェダーチーズとマスタード、それにコーンビーフをはさむとよいでしょう。お茶は〈スタッシュ・ティー〉のスーパー・アイリッシュ・ブレックファストという紅茶か、〈リパブリック・オブ・ティー〉のラッキー・アイリッシュ・ブレックファストがお勧めです。デザートにはチョコレートとアイリッシュクリームカップケーキ、あるいはヴィクトリアン・スポンジケーキをどうぞ。

29

まだ早朝だった。土曜の朝の八時にもなっていないが、セオドシア、ドレイトン、ヘイリーはすでに仕事に励んでいた。この日はティー・トロリー・ツアーの開催日で、三人は準備を整え、ランチメニューをすべて〈フェザーベッド・ハウス〉に搬入しなくてはならないのだ。

「どのお茶にするかもう決めた?」セオドシアはドレイトンに訊いた。彼はカウンターのなかで、目の前にずらりと並べた缶入りのお茶を品定めしていた。

「きょうのメニューにふさわしいお茶を選ぶことが肝腎なのだよ」

「もちろんそうよ。それがあなたの仕事だもの。そしてあなたはその道で最高の腕を持っている」

「しかしきょうは、出すお茶は一種類にすると決めていてね。だから、よけいにややこしい」

セオドシアは彼をちらりと見やった。「わかる」

「紅茶なら、四季を通じて好まれる」

「じゃあ、セイロンの紅茶かラプサン・スーチョンにすれば？」

ドレイトンは銀色のお茶の缶に目を向けた。

「しかし、〈プラム・デラックス〉のクレームブリュレ・アールグレイは意外性と驚きに満ちた味でね」

「あなたは誰よりもくわしいんだから、まかせる」

そのとき、入り口のドアをノックする音が響いた。

ドレイトンはむっとして両手を振りあげた。「営業していません」彼は大声で伝えた。それからセオドシアをちらりと見た。「ドアにちゃんとお知らせをかけておいたのだろうね？」

「ええ。〝本日は貸切パーティのためご利用できません〟って書いてあるわよ」

トン、トン、トン。

「異様にしつこい愚か者はメッセージを意に介さないようだ」ドレイトンは言った。

「そのうち気づくわよ、きっと。最後にはね」

またもドアを叩く音がして、つづいて大声がした。「あけてくれ、ぼくだ」

「ぼくとは誰だ？」ドレイトンはつぶやいた。

「やだ、ライリーだわ」

セオドシアは入り口に急ぎ、掛け金をはずしてドアをあけた。

「どうしてここへ？」彼女は訊いた。

ライリーは朝の弱い陽射しに目をしばたたいた。紺のスポーツジャケットに青いシャツ、カーキのスラックスでこざっぱり決めているが、疲れた目をしていた。

「きのう、大作を送ってくれたけど、覚えてる？　しかもなにかぼくに見せたいものがあると意味深なことが書いてあったよね」彼は店内に入った。「それを教えてもらおうと思って」

「ああ、あれね」

「ああ、あれね？　おいおいセオ、いまは早朝で、ぼくはまだコーヒーを五杯も飲んでないんだよ」

「お茶ならばここに」ドレイトンが声をかけた。

「ああ、ありがたい」

セオドシアはカウンターに歩み寄って中国産の紅茶をライリーのためにカップに注ぐと、それを持ってテーブルに移動した。「こっちに来て。すわって」

ライリーは腰をおろした。「スコーンも出てくるのかな？　それともそれはおしゃれなランチのためにとっておいているの？」

そこでセオドシアは厨房に駆けこんで、クリームスコーン二個とラズベリージャムが入った小さな容器を取り、それを持ってライリーのもとに戻った。

「はい、どうぞ」セオドシアは言った。「くすねたスコーン二個と引き換えに、赤いスポーツカーについてわかったことを教えて」

ライリーはスコーンにジャムを塗ってひとくち頰張り、おいしそうに口を動かした。ごくりとのみこんでから言った。

「赤いスポーツカーはきみのところのスコーンよりもずっと数が多いんだ、本当に」

「どのくらいあるの？」

「何千台もだ」

「そうなの？」よくない情報だ。けっきょくライリーの言ったとおりだった。干し草のなかから一本の針を捜せと言うにひとしかったのだ。

「さて、きみがぼくに見せたい謎のものとはなんなのかな？」

セオドシアはジンバルスプリングを見つけたいきさつを説明してから、彼に渡した。

ライリーはてのひらにのせてじっと目をこらした。

「二日前に渡してくれればよかったのに。フォックスは死なずにすんだかもしれないんだよ」

セオドシアは首を横に振った。

「それはどうかしら。エディ・フォックスさんを射殺した犯人はドローンとは関係なかった。おそらくこれはまちがった手がかりじゃないかと思う。意味はないのよ。フォックスさんを殺した犯人は、ドッグトロットハウスで待ち伏せしていたの。文字どおりうずくまって、いつでも撃てる準備をしていたんだわ」

「うん、そうかもしれない」ライリーはもう少しスコーンを口に入れた。

「で、エディ・フォックスさんの事件はいまどうなってるの？」セオドシアは訊いた。「弾道検査をした人と話をした？　ナディーンに使われたのと同じ大きさの銃だったの？」

「そうらしい」

「それって役にたつ情報よね?」

「そうだね、それといま、監察医と鑑識から報告書があがってくるのを待っているところだ。だから、本当にまだ、手をつけたばかりなんだよ」

「残念だわ。ほかの捜査の進展具合はどうなの? ドラッグの取引のほうは進展してるの?」

「そっちは完全にしくじったみたいだ」ライリーは認めた。「あるいはまちがった情報をつかまされたか。ここからサヴァナまでの一帯にいるすべての末端の売人と小悪党から話を聞いたが、取引がおこなわれる気配はどこにもなかった。マイアミから危険な連中が入りこんでいる様子もない」

「それは朗報と言っていいのよね?」

「そうなんだろうけどね」

ライリーが二個めのスコーンにかぶりついているあいだに、セオドシアは店にある上等なティーカップとソーサーをいくつか、気泡緩衝材でくるむ作業を終えた。アンジーのところにある分では足りないかもしれないと不安だったのと、テーブルの見栄えを完璧にしたかったからだ。一方、ドレイトンはまだどのお茶にしようかと、ひとりぶつぶつ言っていた。

「さてと」ライリーはナプキンで手を拭きながら言った。「じゃあ、また今夜」彼は顔を近づけ、セオドシアの鼻にキスをした。「〈チャールストン・グリル〉に八時で予約してあるんだから、おしゃれしてくるんだよ」

「そうするわ。ああ、もう待ちきれない」セオドシアはもう、丈の短い黒い革のジャケットに、下はバレエスカートにしようと決めていた。ゴスファッションの一種だけれど、かわいいゴスだ。かわいいゴスなんて本当にあるかどうか知らないけど。


「もう一度、きょうの献立をさらっておこう」ライリーが帰ると、ドレイトンが言った。

「ヘイリー！」セオドシアは呼んだ。「ドレイトンがメニューを確認したいんですって」

ヘイリーが少し疲れたような顔で、走り出てきた。ブロンドのロングヘアをアップにし、赤いバンダナを巻いている。白いシェフコート姿の彼女は、ケーキを焼く女性バイカーそのものだった。

「手短に言うよ、いい？」ヘイリーは前置きした。「いまオーブンで天板四枚分のスコーンを焼いてて、あと、ええと、四分で出さなきゃいけないから」

「承知した」ドレイトンは言った。「ではひと品めはジンジャーブレッドのスコーンとクロテッド・クリームなのだな？」

ヘイリーは大きくうなずいた。「ふた品めはローストしたビーツと梨を和えたものをビブレタスにのせたサラダ」

「心臓がドキドキしてきちゃう」セオドシアは言った。彼女の好物のひとつだった。

「つづいて出すのはカニサラダのティーサンドイッチ」とヘイリー。

「メインディッシュはなにかね？」ドレイトンがヘイリーに訊いた。「いや、メインディッシュはあるのだろうね？」

「アスパラガスとハムのタルティーヌ。と言っても、うんとちっちゃいやつ。だって、お客さまがお腹いっぱいになりすぎても困るでしょ。そのあともトロリーバスに乗りこんで、デザートを〈レディ・グッドウッド・イン〉でいただくんだから」

「いまの説明で、お茶選びは進みそう、ドレイトン？」セオドシアは訊いた。

「もちろんだとも。クレームブリュレ・アールグレイとわたしが考案したオリジナルブレンドのチェリー・フロスト・ティーにする」

「じゃあ、けっきょくお茶は二種類にするんだ」ヘイリーは言った。「思い切ったね」

「きみも知ってのとおり、わたしは常に危険と隣り合わせの人生を送る男なのだよ」

「じゃあ、ヘイリー」セオドシアは言った。「お料理の準備が終わったら、みんなで容器に詰めて、わたしのジープに積みこみましょう。あなたが〈フェザーベッド・ハウス〉まで運転していって。もちろん、助手席にドレイトンを乗せてね」

「セオは〈ダヴ・コート・イン〉までトロリーバスに乗っていくの？　ティー・トロリー・ツアーの最初の目的地を訪れるために」

セオドシアは首を横に振った。

「デレインが迎えに来てくれるの。一緒に〈ダヴ・コート・イン〉でクリーム・ティーをいただくわ。そのあと、彼女は〈コットン・ダック〉に戻るから、わたしはティー・トロリー・ツアーの参加者と一緒に〈フェザーベッド・ハウス〉に向かうつもり」

「では、向こうで会おう、セオドシア」

「楽しみにしてる」セオドシアも言った。

デレインは約束どおり、九時四十五分ぴったりにインディゴ・ティーショップの前に車をとめた。彼女がクラクションを二回、やかましく鳴らすのが聞こえ、セオドシアは走って外に出た。

「いかにもファッショニスタという装いね」

セオドシアはデレインのBMWの助手席に乗りこみながら言った。きょうのデレインは淡いピンクのスカートスーツに黒いエナメル革のピンヒールを合わせている。たしかにとてもセクシーだけど、運転しにくそうだ。

「ファッショニスタになった気分なのはたしかね」デレインはそう言うとチャーチ・ストリートの車の流れに乗り、白い配達用トラックを追い越した。「実を言うとね、ベッティーナと本音で話したから、いまはやる気満々なの。すべてがいい方向に変わっていくのがわかる。これからはもっとざっくばらんで寛大な人間になるよう努力するわ」

「すばらしいわ」セオドシアは心からそう思って言った。

「すばらしいのはあなたもよ。きょうは体にぴったり合った千鳥格子柄のジャケットに黒いスラックスで、とってもすてき」

「ありがとう」

デレインは混んだ道路を縫うように進みながらランボール・ストリートに出ると、セオドシアの抗議も聞かずに、〈ダヴ・コート・イン〉の裏の狭い区画にある従業員専用駐車場にとめた。ふたりは豪華な外見のヴィクトリア朝風の宿の正面にまわり、正面玄関に通じるくねくねとした玉石敷きの通路を歩いた。

その昔、〈ダヴ・コート・イン〉はファミリー向けの住宅として使われていた。あらたなオーナーを得たいま、魅力的なこの宿は贅沢な十二の客室（なかにはホットタブをそなえた部屋もある）があり、エセックス・ルームという名がついている大きなダイニングルームが併設されている。

なかに足を踏み入れると、〈ダヴ・コート・イン〉のロビーはレモンの香りのキャンドルが香り、煉瓦造りの暖炉では炎がパチパチと軽やかな音を立てている。クリーム色の革のすわり心地のいい肘掛け椅子とソファにはピンクのビロードのクッションが配され、床に敷いた中国製のカーペットは品のいい柿色だった。

宿の支配人のイザベル・フランクリンがロビーに立って、お客を出迎え、ダイニングルームへと案内していた。

「セオドシア」ふたりの姿を認めるなりイザベルは声をかけた。「それにデレインも。ようこそ。ふたりに来てもらえてうれしいわ」イザベルは三十代なかばの小柄な女性で、ブロンドの髪を肩までの長さに揃えている。きょうはひだのついた白いブラウス、首もとにはカメオのブローチをとめ、黒いロングスカートを穿いていた。

「ずいぶんとお堅い恰好をしているのね」デレインはイザベルとハグしながら言った。「ねえ、少し話をしましょ」

「〝少し話をしましょ〟というのは新しい服を選んであげるという、デレインなりの言いまわしなんでしょ」イザベルはおかしそうに笑った。「ちがう？」

デレインは鼻にしわを寄せた。「それは……」

「わたしはこの〈ダヴ・コート・イン〉というブランドにふさわしい恰好をしようとしているだけなの」イザベルは説明した。「つまり、歴史があってヴィクトリア朝風ということ」

「それなら、そのこころみは成功していると思うわ」

セオドシアはそう言い、イザベルの案内で小さな油彩画が飾られている短い板張りの廊下を行き、エセックス・ルームに入った。

ひとことで言うなら、春の会場にぴったりの場所だった。宿のオーナーは、開業時はとてもひろびろした美しいダイニングルームだったものを、さらに一段階グレードアップし、曲面ガラスの屋根など、大きなガラスをふんだんに使った部屋に作り替えた。そうして完成したダイニングルームは明るくてひろびろしていて、色とりどりの花が咲き誇る庭が見られるだけでなく、庭そのものを室内に取りこんだような錯覚を起こさせるものになっていた。

「豪華ねえ」デレインが感嘆した。

「しかも、ほぼ満席」セオドシアは五、六席ある丸テーブルについているにぎやかなお客たちを見ながら言った。

「これを見たら気が引き締まるんじゃない？」イザベルがセオドシアに言った。「次はあなたたちのランチのお茶会なんでしょ」

「いつでも大丈夫よ」そうだと思いたい、とセオドシアは心のなかでつけくわえた。

「それと、いろいろとすばらしい提案をしてくれて本当にありがとう」イザベルはセオドシアの手を握った。「うちの厨房のスタッフはとても腕がいいけど、いままで朝のクリーム・ティーというのをやったことがなかったの。ドレイトンはお勧めのお茶を教えてくれたし、ヘイリーからはバターミルクのスコーンのレシピを教わったし、本当に感謝してる」

「困ったわ」デレインが口をはさんだ。「スコーンが低糖質だといいけど」

スコーンは低糖質ではなかったが、誰も気にしなかった。

「また訊くけど、このお茶はなんていう名前？」デレインが質問した。ふたりは十人の参加者とともにテーブルを囲み、お茶や南部のお茶の伝統についてにぎやかにおしゃべりしていた。

「スパイス・プラムよ」セオドシアは答えた。「中国産の紅茶をベースにシナモンとプラムの風味をつけているの」

「とてもおいしいわ。それにこのスコーンもなかなかいけるし」デレインは言った。

このスコーンはヘイリー自慢のレシピだから、セオドシアもデレインの感想に大賛成だった。ほかほかのバターミルクのスコーンを半分にスライスし、種ばなれのいい生の桃にほどよく砂糖をまぶしてはさむ。そして上から新鮮なクロテッド・クリームをたっぷりかける。マスカルポーネチーズと混ぜた特製のクロテッド・クリームだ。

「おまけにこのダイニングルームはとってもすてきで完璧じゃない？」デレインが言った。

セオドシアも同感だった。奥の壁にもどっしりした暖炉があり、その上の壁には大きなバロック様式の鏡がかかっている。炉棚には品のいい真鍮の置き時計と、すわった姿のヒョウを模した陶器の置物が置かれている。完璧という言葉がふさわしい。

セオドシアは食べたり、おしゃべりを楽しんだりしながらも、まもなく〈フェザーベッド・ハウス〉で開催する、ティー・トロリー・ツアーの二番めの催しをあれこれ心配していた。考えた品数は多すぎたかしら？　ひとつでなくふたつもファッションショーを見てもらうなんて、イベントの詰めこみすぎ？　天気は持つかしら？　アンジーはパティオの準備を整え終えたかしら？　それよりなにより、ドレイトンとヘイリーとで料理とお茶の準備は大丈夫？

そんな不安が頭をぐるぐるまわるなか、セオドシアは全員に別れを告げ、ティー・トロリー・ツアーの参加者を〈フェザーベッド・ハウス〉へと運ぶオープンエアのトロリーバス二台のうち最初の一台に飛び乗った。

当然のことながら、トロリーバスはゆっくり時間をかけて移動した。歴史地区をのんびりめぐり、運転手が観光スポットをひとつひとつ紹介した。ホワイト・ポイント庭園、バッテリー公園、ギブズ美術館、ガバナー・エイケン門、そしてチャールストン図書館協会。どれもセオドシアがよく訪れる場所だ。そのせいか、四十五分ほどかけてようやく〈フェザーベッド・ハウス〉に到着したときには、彼女はすっかり気が急いていた。

30

ティー・トロリー・ツアーが〈フェザーベッド・ハウス〉の前でとまると、セオドシアはすぐさま飛び降りて、ドレイトンとヘイリーの様子を見に、なかに駆けこんだ。

　ふたりは大きなレストランスタイルの厨房で、アンジーのところのアシスタントふたりと一緒だった。全員がわりと落ち着き払っていた。

「どう、具合は？」セオドシアの口から言葉が一気にあふれ出た。「料理はいつでも出せる状態？」

「当然」ヘイリーは言いながら、重ねたサンドイッチの耳をていねいに切り落とし、それから手際よく四等分にした。「なんでできてないと思ったの？」

「ただ……心配だっただけ」セオドシアは言いながら、心のなかで考えていた。この不安を少し抑えなくては。なにもかも、滞りなく進むにちがいないんだから。

「そんなにかりかりしちゃだめだよ」ヘイリーは言った。「ここはあたしにまかせて。ううん、あたしたちにまかせて」

「わたしが唯一案じているのは、お客さまのお腹があまりすいていないかもしれないということだ」ドレイトンが言った。

「お腹がすいてるに決まってるでしょ」とヘイリー。

「しかしだね、〈ダヴ・コート・イン〉でクリーム・ティーを召しあがっているのだぞ」ドレイトンはセオドシアをちらりと見た。「スコーンと桃で満腹ということはないだろうね？」

「むしろ、次を期待させるものだったわよ」セオドシアは答えた。

「前菜のようなものか」ドレイトンは満足そうに言った。

「そのとおり」セオドシアは深呼吸して、なんとか落ち着こうとした。お茶は入っているし、ビーツはグリルされているし、サラダ用の皿は積みあげられ、アスパラガスとハムのタルティーヌはオーブンのなかだ。

「わかった、ドレイトン？　あたしたちの昼食会がこのショーの目玉なの。というか、きょうの目玉なんだから」

ドレイトンがヘイリーにすばやくうなずいた。「そう願うよ」

セオドシアはアンジーと相談しようと思い、厨房を出てロビーに戻った。けれども当然ながら、アンジーはパティオで車の誘導とお客の案内で忙しそうだった。太陽の光が降り注ぐパティオはとても美しかった。チンザノのパラソルをそなえた二十五卓ほどのテーブル、ピンクのブーゲンビリアがこぼれんばかりに咲いている素焼きの植木鉢、心地よい水音がする小さな池の隣には温室があり、開け放した窓から紫色のランがのぞいている。

セオドシアはうしろからアンジーに近づいた。「なにか手伝うことはある？」

アンジーはすぐに振り返った。セオドシアだとわかると、目に見えてほっとした表情になった。

「こっちは順調よ」彼女は言い、女性四人のグループにほほえみかけた。「はい、こちらのテーブルをお使いいただけます」

それからセオドシアに視線を戻した。

「ファッションショーの人たちの様子をざっと見てきてもらえるとありがたいわ。別棟のふた部屋を楽屋として使ってもらってるの。そのあと……」彼女はべつの女性グループに合図した。「お客さま、どうぞこちらへ。こちらのテーブルになります」

「そのあと、なにをすればいいの？」セオドシアは訊いた。

「厨房で手伝いをしてるアンジャとケイティに、お茶を配りはじめるよう言ってちょうだい」

「了解」

セオドシアはパティオのはずれまで歩いていき、緑のツタがからまる木の編み込みフェンスをまわりこみ、別棟のひとつをのぞいた。そこにはエコー・グレイスと六人のモデルがいて、エコーがアクセサリーを足したり、スカーフをさりげなく巻いたりと、衣装の調整をしていた。エコーはデレインと同じで、いろいろ重ねるのが好きらしい。

実際、デレインのコーディネートはスカーフ、ビーズ、ブレスレット、ハンドバッグなどを足してようやく完成する。ときにはバッグの二個使い——ひとつは大ぶりのトートで、もうひとつは小さめのクロスボディバッグ――をお客に提案することもある。

緑色のビロードのジャケットにきらきら光る蜜蜂の形のブローチをとめていたエコーが顔をあげた。「こんにちは」

「ちょっと様子を見に来たの」セオドシアは言った。「なにか必要なものはある？」

「しばらく前にドレイトンがお茶を持ってきてくれたの。チェリー・フロストとかいう名前のお茶。だから大丈夫。だんだん気持ちが盛りあがってきて、いつでも準備ＯＫって感じ。あとはキキ・エヴァハートのバッグと革のカフブレスレットをつければおしまいよ」

「わかった。じゃあ、またあとで」

もうひとつの部屋に顔を出すと、エヴァハートがふたつあるベッドの上に、バッグとカフブレスレットをすべて並べていた。どれもとても見事だ。アンジーの言うことは正しかった。たしかにエヴァハートは本物のアーティストだ。

問題はなさそうね。セオドシアはもと来た道を戻ってパティオに出ると、お客の何人かに会釈をし、べつの何人かと立ち話をした。ビル・グラスも来ていて、にやにや笑いながらシャッターを切っている。セオドシアに気づくと、彼はわざとらしく敬礼した。

セオドシアは彼にさりげなく手を振ると、〈フェザーベッド・ハウス〉のなかに戻り、両開きドアを閉め、ロビーを抜けて厨房に入った。

すると、ティーポットにはすでにお茶がたっぷり用意され、スコーンはシルバーの大皿に積みあげられて、いつでも出せるようになっていた。

「準備完了のようね」セオドシアは満足そうに言った。

「もう始めてるよ」ヘイリーがスコーンの山にさらにふたつ足しながら言った。「アンジャとケイティがいま、お茶を持って出ていったところ。ドレイトンとあたしはスコーンとクロテッド・クリームを持って、あとにつづく」彼女は横目でセオドシアをちらりと見た。「それでいい？」

「完璧よ。で、わたしはなにを手伝えばいいかしら？」

「セオはサラダに使う梨をスライスしておいて。戻ってきたら、あたしが盛りつける」

「これでわかったろう？」ドレイトンがスコーンがのった大皿を持ってにじり寄った。「ちゃんとやってのけたではないか」

セオドシアは梨をスライスし、ビーツのグリルとオーブンのなかのタルティーヌの出来を確認し、みんなが戻ってくるまで厨房のなかをぶらぶらして過ごした。そして、戻ってきたちょっぴりやかまし屋のヘイリーに体よく追い払われた。

「ひと品めの様子を見てきて」ヘイリーが頼んだ。「片づけていいタイミングになったら合図して。そしたら、サラダを運ぶから」

ロビーに出たセオドシアはアンジーと鉢合わせした。

「とても順調よ」アンジーの顔は昂奮で上気していた。「みなさん、気に入ってくださっている」

「ファッションショーはいつごろ始めるの？」セオドシアは訊いた。

「サラダを出すまで待とうと思って。それでいい？」

「かまわないわ」セオドシアはパティオに出る両開き扉をちらりと見た。そこで見えたものに驚いてはっとなった。

ハーヴィー・ベイトマンとマーヴィン・ショーヴェがテーブルのひとつにつき、何人かの参加者とおしゃべりに花を咲かせていた。

「ベイトマンさんとショーヴェさんがいる」セオドシアは言葉を詰まらせながらアンジーに言った。「あのふたりはここでなにをしているの？」みぞおちのあたりがむかむかしはじめた。

「あら、でも、ちょっとわくわくするじゃない？　少なくともキキ・エヴァハートにとってはね。ショーヴェさんとベイトマンさんは彼女のバッグと革のカフブレスレットについていろいろご存じみたいで、商品全体に興味があるらしいの」

「興味があるというのはどういう意味かしら？　投資をするの？　それともブランドそのものを買い取るの？」

「うーん、〝元手〟という言葉がよく出ていたから、パートナーシップ契約じゃないかと思うわ」アンジーは顔をしかめた。セオドシアが発する否定的な雰囲気を感じ取ったのだ。

「どうして？　なにかまずいことでもあったの？　わたしが知っておいたほうがいいようなこと？」

セオドシアは手を振った。「ううん、なんでもない。なにもかも問題ないわ。ちょっと過剰反応しちゃっただけ。さあ、あなたはパティオに戻って、楽しんできてちょうだい。わたしたちの愛する陽気なホテル経営者役をがんばって」

アンジーはおかしそうに笑った。「そんなふうに言われたら……」彼女は指を一本立てた。「でも、その前に厨房の様子を見てくるわね」

セオドシアはハーヴとマーヴがいることに腹をたてるべきか、不安になるべきかわからず、その場に突っ立っていた。ふたりのうちどちらかが冷酷な殺人者ということはありうるだろうか？　セオドシアの家のドアに脅迫状を置き、いやがらせのメールを送ってきた人物ということは？　そして問題なのは——ふたりのうちどちらなのかということだ。

それともふたりとも？

彼女はもう一度パティオを見やった。ハーヴとマーヴを見ると不安になってしまう。ふたりがきょうこの場にいるというだけで疑わしい。いったいどういうことなんだろう？　彼らはファッション業界の人間であり、麻薬の密売業者でもあるのだろうか？　ナディーンが殺される原因となったコカインの取引に、彼らは関与していたのだろうか？

セオドシアは頭をフル回転させて、いろいろな可能性に思いをめぐらせた。彼らのうちどちらかが、昨夜デヴリンの車を道路から落としたの？　デヴリンが疑念を口にしたとき、あれはハーヴとマーヴのことを遠回しに言っていたの？

そこで突然、なんとしてでも突きとめなくてはという気持ちがわきあがった。そもそも、もっと早くデヴリンに接触しなかったことをずっと後悔しつづけているのだ。

アンジーのオフィスにこっそり入り、病院の番号に電話をかけた。中央交換台につながると、マーク・デヴリンの病室につないでほしいと頼んだ。一瞬の間ののち、交換手が言った。

「五二六号室ですね。いまおつなぎします」

「ありがとう」

カチリというううつろな音につづき、電話線の向こうで呼び出し音が鳴りはじめた。何度も何度も何度も。

残念、いないみたい。

セオドシアは大股でロビーを端から端まで移動しながら、二件の殺人事件と昨夜の交通事故のことを考えた。すべてはつながっているように見える。それでも……どうつながっているのか、よくわからない。

歩くのをやめ、袖椅子に力なくすわりこみ、両手を額に押しあてた。感情的な考えに振りまわされるのではなく、もっと肩の力を抜いて頭をすっきりさせることができさえすれば。そうしたら、この謎が解けるかもしれない。

顔をあげ、チンツを張ったソファのひとつに置かれたフラシ天のガチョウをじっと見つめた。

真っ白な羽毛のようなボディ、油で濡れたようなきらきらとした目、そして水かきのある黄色い足のガチョウはとても愛らしい。

そのとき、脳の奥のほうでカチリというのを感じた。

ゆっくりと息を吐き出した。いまのはいったいなんだったの？

比喩ではなく、本当にカチリという感じ。パズルの欠けたピースが突然、おさまるべき場所におさまったときの感覚だった。ただし、そのパズルのピースがなんなのかがわからない。あるいはそれからなにがわかるのかが。

もう一度、フラシ天のガチョウを見つめるうち、記憶がよみがえった。木曜の夜、ドッグトロットハウスの現場でドレイトンが羽根を拾ったことを思い出した。

まさか、そんなはずは……。

頭に浮かんだその考えをわきに押しやったが、それでもまた押し寄せてくる。

一枚の羽根。ドレイトンはフクロウの羽根だと思ったようだった。しかし、いまのセオドシアの考えはちがう。彼が見つけたのが本当はオストリッチの羽根だとしたら？　エコーのゴージャスなスエードのジャケットから落ちたふわふわで派手なオストリッチの羽根だとしたら？

セオドシアは手をのばし、フラシ天のガチョウを手に取り、両手で抱きながら考えていた。エコーなの？　本当に？

小さなカチッという音がしてパティオに出るドアがあき、そよ風が吹きこんだ。

顔をあげると、陽射しと影が混じり合っていて、目の錯覚かと思った。次の瞬間、そこにいるのはエコー・グレイスで、好奇心をむき出しにした顔で見つめているのに気がついた。

やがてエコーの視線はセオドシアが手にしているぬいぐるみのガチョウに移動し、表情が警戒するようなものに変わった。

いまのはあきらめの気持ちの表われなの？　ばれたとわかったから？　エコーの顔が変わったのがはっきりとわかる。彼女は事件にかかわってる！　いきさつも動機もわからないけれど、突然、降ってわいたようにわかった、エコーは……。

「エコー」セオドシアはうまく動かない口で呼びかけた。「ふたりで話を……」

エコーの顔に幕がおり、表情が邪悪でけわしく、怒りのこもったものに変わった。彼女は向きを変えると走り出し、百もの悪魔に追われているかのようにロビーを突っ切っていった。一度、肩ごしに振り返り、怖い目でセオドシアをにらみつけた。それから、月明かりに照らされた墓地に現われる亡霊のように、音もなく姿を消した。

セオドシアは心のなかでぽつりとつぶやいた。いったいどこに行ったの？

31

セオドシアがガチョウを落として椅子からいきおいよく立ちあがったとき、携帯電話が鳴りはじめた。

ポケットから出して電話に出た。

「もしもし?」そう言いながらも厨房に向かって廊下を猛然と歩いていった。

「セオ、ぼくだ」ライリーの声だった。「きみに頼まれたとおり、例の名前を調べた」

「ライリー」恐怖と不安の色を帯びた声で言いながら、厨房のドアを乱暴にあけ、ステンレスのキッチンカウンターのひとつをまわりこんだが、その際に腰を激しく打ちつけた。「ちょっと奇妙なことがあって。たぶん……」

「それと、ぼくのほうでふたりほど、名前をつけくわえた」ライリーはセオドシアをさえぎるようにして言った。「それでわかったんだが……」

セオドシアはライリーの話を適当に聞き流しながら、サラダを盛りつけていたヘイリーとパセリを添えていたドレイトンのそばを通り過ぎた。ふたりは唖然としながらも少し不安な顔でセオドシアを見つめた。

「エコーがここを通っていかなかった?」セオドシアの声にはただならぬ気配がにじんでいた。

「誰かに追われてるみたいないきおいで駆け抜けていったよ」ヘイリーが答えた。「どこに行こうとしてたのかはわからないけど」

セオドシアは急いでロビーに戻るとあたりを見まわし、それからパティオに向かってダッシュした。

エコーの姿は見当たらなかった。悠然とスコーンを食べている人たちしかいなかった。

「セオ、ぼくの話を聞いてる？」ライリーの声が耳に響く。

「ええ……だいたいは」セオドシアは答えた。本当はまったく聞いていなかった。もっと大事なことを考えていた。

エコーはどこに逃げたの？

〈フェザーベッド・ハウス〉のなかに戻ると、セオドシアはなりふりかまわず狭い廊下を猛然と走り、朝食室のドアをあけた。なかは真っ暗だった。明かりがついていないので、テーブルも椅子も、その他の大きな家具もほとんど見えなかった。

エコーはここに逃げこんだの？

「セオ？」ライリーの声がまた耳に響いた。

セオドシアはなんの返事もしなかった。誰かいるのが見えたからだ。部屋の隅で身をかがめ、左右に揺れている。

あれが彼女？　なにをしているの？

セオドシアは足音をひそめてゆっくり近づいた。唯一の明かりは、アンジーが集めたコッパーラスターの皿のささやかなコレクションが並ぶメープル材のハイボーイ型チェストのほの明るいランプが放つ光だけだ。

セオドシアは暗さに目を慣らそうとまばたきをした。そのとき、そこにいるのがアンジーだとわかっておおいにびっくりした。「アンジー、あなたなの？」

それにしても、アンジーはなぜこんな暗いなかに隠れ、おびえた猫のようにがたがた震えているんだろう？　本来なら、パティオでホステス役をつとめていなくてはいけないんじゃないの？

あいかわらずライリーがあれこれまくしたてるなか、セオドシアは薄暗い部屋のあちこちに目を向けた。

そこで、アンジーの肩が、重たいものを持ちあげようとするように前に出ているのに気がついた。しかも、いつもなら穏やかなアンジーの顔に張りつめたような、こわばった表情が浮かんでいる。

それがあまりに奇妙で似つかわしくないため、セオドシアは思わず口走った。

「アンジー、いったいどういう……？」

「どうした？」耳のなかでライリーの声がする。

そこではじめて、アンジーがひとりでないことにセオドシアは気がついた。アンジーのすぐうしろ、彼女の陰に隠れるようにしてエコー・グレイスが立っていた。ただし、エコーは片腕をアンジーの首にまわし、ナイフを喉に突きつけていた。

セオドシアは時間がとまったように感じた。置き時計が時を刻む音、なにかに反射する細い光、自分の静かな呼吸を痛いほど意識していた。

一秒もたたずにセオドシアはこのおぞましい光景の意味を理解した。そして、アンジーがとんでもない危険にさらされていることに気がついた。エコーが手にしているナイフは物騒な、長さがある細身のもので、出所は宿の厨房であるのはまちがいない。本格的な調理をするのに使うナイフだ。鶏肉の骨を取りのぞいたり、あるいは魚をおろしたりするためのものだ。

あるいは人間の喉を掻き切るのにも。

「セオドシア?」ライリーがしつこく声をかけてくる。声が大きすぎて、部屋にいる全員に聞こえてしまいそうだ。

「電話を切って」エコーがうわずった声で命じた。

「わかった」セオドシアは言った。「彼女を傷つけるのはやめて、お願い」適当なボタンを押し、そばにあった棚に携帯電話を慎重に置いた。これから起こることがライリーの耳にも届くよう、はかない望みを抱いてのことだ。

「じゃあ、なかに入って、そこのドアを閉めて」そう命じたエコーの顔がけわしく冷ややかなものに変わったかと思うと、彼女はアンジーの喉にナイフの刃をさらに強く押しつけた。

「なんでこんなことをするの？」

エコーは吐き捨てるようにセオドシアに答えた。「わかってるでしょうに」

「ナディーンを殺したのはあなたね」セオドシアは言った。エコーの腕のなかで身をよじるアンジーの顔色が、また一段、青白くなった。

「だからなんなの？　邪魔だったのよ」エコーはすごみのある声で言い返した。「ばかよね、あんなところにふらっと入ってくるなんて」

「麻薬の取引の現場に？」

「さすがに頭がいいわね。なにがあったのか、あなたの推理を聞かせてちょうだい」エコーは言った。

「エディ・フォックスはあなたと組んでいた」セオドシアは当てずっぽうを言った。

「エディって本当に最悪。たしかに、いろんなところにコネを、しかもいいコネを持ってた。でも、あの人はけっきょく、ブツを吸引したいだけだったのよ」エコーはかぶりを振った。

「わたし、麻薬の常用者にはがまんならないの」

「麻薬の売人だったのね」セオドシアは言った。アンジーをじっと見つめると、彼女は目で訴えていた。なにか手を打ってほしいとセオドシアに懇願していた。セオドシアもそれに応えたかった。心から。でもどうすれば？

「麻薬はあくまで副業」エコーは傲慢そのものの声で言った。「それなのに、まったく……いろいろ面倒なことをしてくれたわね。ややこしくしてくれたわね」エコーがアンジーの喉にナイフをさらに強く押しあてると、血が玉となって浮きあがり、小さなルビーのように光った。

「彼女を傷つけるのはやめて」けわしい表情にふさわしく、氷のように冷たい声が出た。

「やめなかったらどうするつもり？」エコーがあざけるように言った。

突然、ドアがバタンとあいて、ドレイトンが朝食室に入ってきた。

「セオ、ここにいるのかね？　ヘイリーが……」彼は言葉を切った。「いやはや、なぜこんなに暗いのだ？　まるで墓のなかにいるようではないか」

ドレイトンはバレエの指導者のように背筋をまっすぐにのばし、熱々のお茶が入ったポットをのせたシルバーのトレイを持って、怪訝そうな表情でそこに立っていた。

「すばらしい」エコーはせせら笑った。「腰巾着まで来たわ」

暗闇からエコーの声が聞こえたので、ドレイトンは驚いて目をこらした。「なにか？」

「トレイを下におろして」エコーは命じた。「それからティーショップ女と一緒にそこに立ってなさい」

ドレイトンは一インチも動かなかった。動かずに、状況を見てとっていたが――アンジーの喉に突きつけられたナイフ、セオドシアの厳しい表情、エコーの怒り――動揺があまりに激しく、トレイを持ったまま固まったように動けなくなった。

エコーが歯ぎしりした。「それをおろせと言ったでしょうが！」

「ごめんなさい、ごめんなさい」セオドシアは申し訳なさとおびえが入り交じった表情を浮かべて謝りながら、ドレイトンに駆け寄った。「わたしがやってあげる」彼女は彼の手からトレイを奪うと、片手をティーポットの頑丈な持ち手にかけ、マホガニーのテーブルにトレイをおろした。

それから間髪をいれず、ティーポットをきつく握ると、それをエコーの頭目がけて力まかせに投げつけた。いわば、二軍のバッターが打席に入り、ニューヨーク・ヤンキースのベテラン投手相手にバットを振るようなものだった。ただし、セオドシアは、藁《わら》にもすがりつきたい思いで小声で訴えた。お願い、なんとかぶつかって、あの頭のおかしな女をやっつけて！

その願いはかなった。

ティーポットは銃声のような音をたててエコーの側頭部にまともにぶつかり、彼女の全身が衝撃で震えた。その一撃で一本の歯にひびが入り、下唇が盛大に切れ、彼女は体のバランスを完全に失った。火傷するほど熱いお茶が追い打ちをかけるように飛び散り、おかげでアンジーは隙を見てその手から逃れることができ、一方、エコーは頭からつま先までずぶ濡れになった。

エコーの体は一万ワットの電気が一気に流れたみたいに反応した。あまりの痛みに叫び声をあげながら必死に宙をかき、黄泉《よみ》の国のように熱いお茶を浴びて床でのたうちまわった。

倒れたとき、ナイフが手から転がり落ちた。

生きるか死ぬかの戦いに縁がないわけではないセオドシアは、すばやく両手両膝をついた。

そして、熱いお茶がたまり、ポットの破片が散乱しているのも気にせず、ナイフはどこかと猛烈ないきおいで捜しはじめた。

床に倒れていたエコーも、手当たりしだいに捜しまわった。わめく声がしだいに切羽詰まって殺気だっていくなか、ナイフを見つけようと必死の形相で……。

32

先に手をのばしたのはセオドシアだった。骨取りナイフの持ち手を握り、急いで立ちあがった。息が切れていたしおびえていたし、おまけにまだ体がぶるぶる震えていたが、アンジーを守るためにあの行動を起こすしかなかったという気持ちに変わりはなかった。

まだ負けを受け入れられないエコーは、野生動物のようなうなり声をあげ、両手の爪を立ててごろごろまわっていた。目を血走らせ、なんとか膝立ちになって立ちあがり、殺すための攻撃をしかけようとしていた——今度の相手はセオドシアだ。

猛毒のヨコバイガラガラヘビのようにとぐろを巻いている相手を見て、セオドシアはまたも一瞬の動きで応戦した。振り向きざまに慎重にバランスを取って、右足をあげた。正確にねらいをさだめて膝を曲げ、殺人キックを放った。

ウッ。

セオドシアの革のローファーがエコーの顎にまともに当たった。エコーは安物のトランプ用テーブルのように簡単に崩れ、顔から床に突っ伏した。

そのとき、ドアがいきなり乱暴にあいて、〝ドン！〟という音が響きわたり、心配したへ

イリーが飛びこんできた。

「なんなの、これは！」ヘイリーは大声で叫んで、急停止した。少し怪我をしているアンジーと床にまるまっているエコー・グレイスが目に入り、呆気にとられて口をあんぐりあけ、ショックで目を見ひらいた。しばらくしてようやくもごもごとかすれ声で言った。「ここでなにがあったの？」

「エコーがアンジーを殺そうとしたの」セオドシアは息を詰まらせながら、どうにかこうにか説明した。恐怖と大立ち回り、それに血管を荒々しく駆けめぐる過剰なアドレナリンのせいで、息がすっかりあがっていた。「ナイフで」

「アンジーを殺そうとしたの？」ヘイリーはぐるっとまわりこんで、エコーと向かい合った。いまは床にうずくまってみじめな姿をさらし、うめき声をあげながら顎を押さえている。

「アンジーを殺そうとしたの？」

「エコーがナディーンとエディ・フォックスさんを殺した犯人だったの」セオドシアは言った。「それにたぶん、マーク・デヴリンさんをハイウェイから落とそうとした犯人も」

「彼女の犯行だったの？　でもどうして？」

「動機は麻薬の取引よ」セオドシアが答えた。

「彼女がそうだったの？」ヘイリーは赤く血走った目でエコーをにらんでつぶやいた。「なんてひどいことを」

エコーは怒りの形相で体をまるめ、じろりとにらみつけた。

「よくもわたしの歯をだめにしてくれたわね！」彼女はセオドシアに向かってわめいた。「こういうことよ」セオドシアはぶっきらぼうに言った。「大事な友だちが危害をくわえられそうになったら、お行儀よくなんてしてられないわ」彼女は言葉を切った。「そんなの……がまんならない」

「セオ、警察には通報した？」ヘイリーが大きな声で訊いた。急にテンション高くせかせか動き出した。「警察に通報しなきゃ。それも、大至急。ふたつの殺人事件を解決したって言わなきゃ。それも魔法のようにあざやかに」ヘイリーはすっかり舞いあがった様子で両手の埃を払った。

「いまかける、かけるってば」セオドシアは疲れきった様子で言った。この一連の出来事がライリーの耳にほんの一部でも届いていただろうかと考えながら、棚に置いた携帯電話をつかみ、耳に当てた。残念、もう切れてる。彼女はため息をついて緊急通報の九一一にかけた。その間ドレイトンは、どっしりと重たい金属のトレイを拾いあげると、エコーが体を起こそうとするそぶりを見せたら、一発お見舞いしてやるぞとばかりに、おかしな角度でかまえた。彼女がそんなそぶりを見せることはなかった。

「来た」九一一との短い会話ののち、セオドシアは言った。「いま警察がこっちに向かってる」

アンジーがセオドシアの肩におそるおそる手を置いた。

「セオ、あの人、わたしの喉を掻き切ろうとしたの。あ……あなたのおかげで助かったわ」

彼女の頬を涙が伝い、体ががたがた震えはじめた。

セオドシアはアンジーを引き寄せて抱き締めた。「もう大丈夫、もう大丈夫よ」アンジーがどうにかこうにか落ち着くまで、何度も何度もそう繰り返した。

「ええ、もう大丈夫」アンジーはごくりと唾をのみこんだ。「いまはね。でもあなたが助けてくれたおかげ。ありがとう、セオ。本当にありがとう」

セオドシアは隅っこに逃げこんで、ふてくされた顔をしているエコーを指さした。

「彼女の脚を調べないと」

ヘイリーはエコーの様子をうかがった。「脚のなにを確認するの？」

「犬のかみ痕。アール・グレイが彼女にかみついたかもしれないの」

ヘイリーはエコーのロングスカートを膝のところまで押しあげて言った。

「うん、あたしの目には犬がかんだみたいな痕がついてるね。これ、アール・グレイがやったの？」

「ありがたいことにね」セオドシアは言った。「このあいだの夜、彼女とエディがわたしを襲おうとしたときに、アール・グレイが追いかけてくれたの。あのときはなにをするつもりだったのかしらね」

「いいことでないのはたしかだな」ドレイトンが言った。

五分後、サイレンの音が次々に近づき、セオドシアはロビーに駆けこんで警察を出迎えた。

ライリーとティドウェル刑事がやってきた。大勢の制服警官を引き連れていたので昼食会はいったん、完全に中断となった。

参加者のひとり、七十代の赤毛の女性が、いったいなんの騒ぎかと駆け寄ってきた。その場で口をあんぐりさせて見ていたら、ハンサムな男性警官が数人、目の前を通り過ぎていった。彼女は熱心に見つめながら言った。

「ストリッパーなの？　男性ストリッパーを雇ったの？　最高！」

セオドシアは声をあげて笑った。そのあと、この人たちは本物の警察官であって、仮装した男性ストリッパー集団のチッペンデールズではないという、悪いニュースを伝えなくてはならなかった。

「セオ！」ライリーが呼んだ。「話を聞かせてほしい」

突然、カメラを首からぶらさげたビル・グラスが駆けこんできて、叫んだ。

「なにがあった？　いったいなにがあったんだ？」

「外に出ていてください」ティドウェル刑事がうながした。「あとでちゃんと説明します」

セオドシアは安楽椅子にへたりこむようにしてすわると、ライリーとティドウェル刑事にあったことを正確に説明した。アンジーの喉にナイフが突きつけられたこと、ドレイトンがうっかり入ってきてしまったこと、一か八かの勝負に出て、ティーポットをエコーの顔に投げつけたこと。

ライリーとティドウェル刑事による詳細な事情聴取が終わると、セオドシアは携帯電話を出して〈コットン・ダック〉に電話をかけ、デレインとベッティーナに朗報を伝えた。

「終わったわ。エコー・グレイスがナディーンと自分の共犯者のエディ・フォックスを殺害した容疑で逮捕されたの。おそらく、マーク・デヴリンさんの自動車事故を誘発したことでも刑事責任を問われると思う。あ、それに麻薬に関する罪もあるわ」

一緒に電話に出たデレインとベッティーナはどちらも大声で質問を浴びせ、セオドシアが答えるといちいち歓声をあげた。

「やりましたね！」ベッティーナが大きな声で言った。「母を殺した犯人を見つけてくれるという言葉どおり、本当にやってくれたんですね」

「あたしは一分だってセオの力を疑ったことなんかないわ」デレインが叫んだ。


その後、アンジーの動揺がまだひどいので、セオドシアが外に出て、パティオの席でティーサンドイッチとメインディッシュが出てくるのを待っている参加者たちに、奇妙な状況について慎重に説明した。なにからなにまで話したわけではなく、あくまでざっとしたあらましだけに絞った。

話し終えたセオドシアは、せっかくの昼食会をだめにされて、参加者が怒ったり、動揺したりするものと覚悟した。けれども実際には心温まる拍手を送られた。

「ブラボー！」ひとりの女性が拍手喝采しながら立ちあがり、それにつられてほかの参加者も立ちあがった。

「ブラボー、お嬢さん」べつの参加者が大声を出した。

「ありがとう、本当にありがとうございます」セオドシアは両手をあげて、〝どうかおすわりください〟とジェスチャーでしめした。「ですが、これだけは伝えさせてください。昼食会はこのままつづけます。いますぐティーサンドイッチ、アスパラガスとハムの特製タルティーヌもお出しします。ドレイトンがさきほど淹れたお茶もたっぷりございますよ」

ティドウェル刑事が突然、笑みを顔に貼りつけ、のそのそと現われた。

似合わないスーツを着た、ぶっきらぼうな刑事さんに助けられたわ。

「そしてみなさま」セオドシアはつづけた。「こちらがチャールストン警察の殺人課を率いるバート・ティドウェル刑事です」

またも拍手喝采が起こると、セオドシアはちょっといたずらして、もう一歩進めてみようと決めた。

「実は、最近起こった二件の殺人事件の解決のために果たした役割を、こちらの敏腕刑事さんがお話しくださるそうです」

「なんですと?」ティドウェル刑事はうなった。「わたしがですか?」

拍手の音が次第に大きくなっていくなか、セオドシアは励ますように刑事にほほえんだ。

ビル・グラスがカメラをかまえて身を乗り出し、邪悪なジャック・オー・ランタンのようににやりとした。

「早くしてくれよ、おっさん」彼は小声でつぶやいた。「ありのままの話を頼むぜ」そこでセオドシアがビル・グラスを押しのけた。

ティドウェル刑事は困惑し、聴衆をながめまわし、期待に満ちた目に見つめられながら、どうすればいいのか決めかねていた。やがて顎をあげて背筋をのばした。「概要を簡単に説明するとしましょう……もちろん警察の視点から見た内容になりますが」

そのとき、ティドウェル刑事のいかつい顔を、めったにお目にかかれない笑みがかすめたのを、セオドシアはたしかに見たように思った。

勘違いかもしれないけれど。

＊作り方＊

1　バターはやわらかくしておく。レモンは果汁を搾る。オーブンを175℃に温めておく。

2　中くらいのボウルにやわらかくしたバター、砂糖のうちの½カップ、中力粉のうち2カップを入れて混ぜる。

3　油を引いていない33cm×23cmの焼き型の底に**2**を敷きつめ、オーブンで15～18分、全体がキツネ色になるまで焼く。

4　残った1½カップの砂糖、残った½カップの中力粉をべつのボウルに入れて混ぜ、そこに卵を割り入れ、レモン果汁をくわえる。

5　**4**を焼きあがった**3**の上に注ぎ入れ、オーブンでさらに20分焼く。

※焼きあがったクッキーは冷めるとしっかりした食感になる。

※米国の１カップは約240ml

ヘイリー特製
レモンのバークッキー

＊用意するもの（12個分）＊

バター……1カップ

砂糖……2カップ

中力粉……2½カップ

卵……4個

レモン……2個

ローストした赤パプリカのフムス

＊用意するもの（2カップ分）＊

缶詰のひよこ豆（425g入り）……1缶

にんにく……2かけ

タヒニ……⅓カップ

レモン果汁…⅓カップ

ローストした赤パプリカ……½カップ

乾燥バジル……小さじ¼

塩・コショウ……適宜

＊作り方＊

1　にんにくは細かく刻んでおく。

2　フードプロセッサーにひよこ豆、にんにく、タヒニ、レモン果汁を入れて全体がなめらかでクリーミーになるまで攪拌する。

3　2にローストした赤パプリカと乾燥バジルをくわえ、赤パプリカが細かくなるまでプロセッサーを作動させる。

4　3を小さな容器に移し、覆いをして冷やす。

※ピタパンや、チェダーチーズのスコーンなど甘くないスコーンと合わせると最高。

※タヒニは焙煎していない白ごまのペースト。

バルサミコ酢でマリネしたイチゴ

＊用意するもの（6人分）＊

イチゴ……450g

バルサミコ酢……大さじ2

砂糖……¼カップ

＊作り方＊

1　イチゴはへたを取って半分に切っておく。

2　ボウルに**1**のイチゴを入れて上からバルサミコ酢をかけ、砂糖をまぶし、調味料がなじむように全体をそっと混ぜる。

3　上に覆いをして室温で1～2時間おく。

※このおいしいイチゴはお茶とスコーンのつけ合わせに最高。

マスカルポーネチーズ入り クロテッド・クリーム

＊用意するもの（1½カップ）＊

生クリーム……½カップ

粉砂糖……大さじ2

マスカルポーネチーズ……225g

サワークリーム……½カップ

＊作り方＊

1　中くらいのボウルに材料をすべて入れ、ハンドミキサーでよく混ぜる。

2　冷蔵庫で保管し、食べる際は30分前に出して室温におく。

ドレイトンお気に入りのレモンカード

＊用意するもの（1⅔カップ分）＊

生のレモン果汁……¾カップ

レモンの皮のすりおろし……大さじ1

砂糖……¾カップ

卵……3個

無塩バター……½本

＊作り方＊

1　バターはさいの目に刻んでおく。

2　2リットルの容量があるソースパンにレモン果汁、レモンの皮のすりおろし、砂糖、卵、それにバターを入れ、弱い中火で混ぜながら加熱し、全体がもったりして表面に泡立て器の跡がつくようになればできあがり。

※保存容器に入れて表面をラップで覆い、冷蔵庫で保存する。

＊作り方＊

1　大きなボウルにレタス以外の材料をすべて入れ、よく混ぜる。

2　ランチ皿の上にレタスカップを6個作り、1のサラダをすくって入れる。

チキンと果物のランチサラダ

＊用意するもの（6人分）＊

サラダチキン（さいの目切りにしたもの）……4カップ

セロリのみじん切り……2カップ

リンゴのみじん切り……1カップ

パイナップルチャンク（水気を切ったもの）……1カップ

マヨネーズ……1カップ

塩……小さじ½

レモン果汁……大さじ2

アーモンドのみじん切り……½カップ

レタス……レタスカップを6個作るのに必要なだけ

＊作り方＊

1　オーブンを175℃に温めておく。

2　ボウルに小麦粉、ベーキングパウダー、塩を入れて混ぜる。

3　バタースコッチチップを溶かして大きなボウルに入れる。

4　**3**にバターとブラウンシュガーをくわえて、クリーム状になるまでよく混ぜたのち、5分ほど冷やす。

5　**4**に割りほぐした卵とバニラエクストラクトをくわえ、さらに**2**の粉類とナッツをくわえて混ぜる。

6　33㎝×23㎝の焼き型に**5**の生地を均等にひろげ、30分焼き、冷ましてからいただく。

おいしい
バタースコッチのブラウニー

＊用意するもの（12個分）＊

小麦粉……2カップ

ベーキングパウダー……小さじ2

塩……小さじ1½

バタースコッチチップ……1袋（340g入り）

バター……½カップ

ブラウンシュガー……1カップ

卵……4個

バニラエクストラクト……小さじ1

刻んだナッツ……1カップ（お好みで）

＊作り方＊

1　オーブンを190℃に温めておく。

2　油を引いていない20㎝×28㎝の耐熱皿にレモン果汁を入れ、ブラウンシュガーをちらす。

3　2にサーモンの切り身を並べ、溶かしバターを上からかける。

4　オーブンで覆いをせずに15分間焼く。

5　切り身をひっくり返し、上にレモンの輪切りをのせ、さらに12〜15分焼く。

6　切り身を皿に移し、焼き皿に残った汁をかける。

サーモンのブラウンシュガー焼き

＊用意するもの（4人分）＊

レモン果汁……大さじ2

ブラウンシュガー……⅓カップ

サーモンの切り身……4枚

溶かしバター……大さじ2

レモンの輪切り（薄く）……4枚

＊作り方＊

1 大きなボウルにドライイースト、砂糖、それにぬるま湯を入れ、15分ほどたってぶくぶく泡が出るようになるまで待つ。

2 1に卵、牛乳、バターのうち大さじ1をくわえて混ぜ、中力粉と塩をくわえ、なめらかになるまで混ぜ合わせる。

3 2に覆いをして生地が膨らんで2倍の大きさになるまで暖かい場所に置く(45分くらい)。

4 残った大さじ3のバターをグリドルにのせ、弱火から中火で熱し、そこにグリドル用のベーキングリングを並べる。

5 各リングに大さじ3ずつ生地を流して7分間、または表面に小さな穴がぽつぽつとあいて乾いてくるまで焼く。

6 リングをはずし、クランペットをひっくり返し、うっすらキツネ色になるまで焼く。

7 温かいうちにバターやジャムを添えて出す。

誓って本物のイングリッシュクランペット

＊用意するもの（6〜8個分）＊
アクティブドライイースト……小袋1
砂糖……小さじ1
ぬるま湯……¼カップ
卵……1個
牛乳（室温にする）……⅓カップ
バター……大さじ4
中力粉……1カップ
塩……小さじ½

＊作り方＊

1　サラダの材料をすべて混ぜ合わせ、味がなじむまでしばらく置く。

2　パンを横に半分にスライスし、上のまるい部分を帽子のように取り去る

3　パンの中央部分を少しくりぬき、サラダの油を上下両方に垂らす。

4　下になるほうのパンにオリーブサラダ、ハム、チーズ、赤玉ねぎのスライスの順に重ねていき、具が残るようなら繰り返して全部のせる。

5　パンの上になるほうをのせてはさみ、6等分にカットする。スープかポテトチップスを添えて出す。

オリーブサラダのマファレッタサンドイッチ

＊用意するもの（6個分）＊

●サラダ

スタッフドオリーブ（細かく刻んだもの）……½カップ

ブラックオリーブ（種をとって細かく刻んだもの）……½カップ

ペペロンチーニ……4本

ローストした赤パプリカ（さいの目切りにしたもの）…½カップ

エキストラバージンオイル……1カップ

生のパセリ……大さじ3

バジル……小さじ¼　バルサミコ酢……大さじ2

●サンドイッチ

大きめのまるいパン（イタリアンかサワードウ）……1個

薄くスライスしたサラミ……150g

薄くスライスしたプロシュートまたはコッパ……150g

薄くスライスしたプロヴォローネチーズ……225g

薄くスライスしたハバティスチーズ……225g

薄くスライスした赤玉ねぎ……½個分

＊作り方＊

1　オーブンを190℃に温めておく。

2　中くらいのボウルに小麦粉、砂糖、ベーキングパウダー、塩、すりおろしたレモンの皮を入れ、そこに生クリームと水をくわえてフォークで混ぜる。

3　**2**の生地がボール状にまとまるくらいになったら、薄く打ち粉をした台の上で4、5回こねる。

4　油を引いたクッキーシートに**3**をのせ、半径が20㎝の円になるようのす。

5　大きめのナイフで**4**を8等分し、オーブンで20〜25分、全体がキツネ色になるまで焼く。

6　レモンカードかクロテッド・クリームを添えて出す。

とびきりおいしい
レモンクリームのスコーン

✳用意するもの（8個分）✳

小麦粉……2カップ

砂糖……⅓カップ

ベーキングパウダー……大さじ1

塩……小さじ¼

レモンの皮のすりおろし……小さじ1

生クリーム……1カップ

水……大さじ3

column and recipe illustration by GOTO Takashi
artwork by KAMIMURA Tatsuya (base on shape)

訳者あとがき

〈お茶と探偵〉シリーズの第二十五作『レモン・ティーと危ない秘密の話』をお届けします。

前作『ティー・ラテと夜霧の目撃者』から一ヵ月がたち、チャールストンに春がやってきました。暑すぎもせず、寒すぎもせず、快適に過ごせるこの時期は、街のいたるところで花が咲き乱れ、道行く人の目を楽しませてくれます。

そんな春のある日、インディゴ・ティーショップのオーナー、セオドシア・ブラウニングは、チャールストンからほど近いジョンズ・アイランドにある、サウス・カロライナ州唯一のレモン畑でお茶会を開催します。このお茶会では、〈レモン・スクイーズ・クチュール〉という新しいファッションブランドのファッションショーがおこなわれることになっていて、関係者は準備に余念がありません。実はこのブランド、前作でちょっとだけ触れられているのですが、セオドシアの友人でブティックを営むデレインの姉、ナディーンが共同経営者のひとりとしてかかわっています。そのファッションショーが始まる直前、ナディーンが厨房の冷蔵庫で死体となって発見されます。後頭部を銃で撃たれるという、残酷なものでした。

地元の保安官事務所が捜査を開始しますが、ナディーンの娘のベッティーナはセオドシアにも調べてほしいと頼みこみます。母親を亡くして悲しみに沈んでいるベッティーナの頼みを無下にはできず、セオドシアは調べてみると約束するのですが、容疑者候補は次々と現われるものの、どの人も決め手に欠け、時間だけが過ぎていきます。犯人は〈レモン・スクイーズ・クチュール〉の関係者なのか、それともナディーンがかつて交際していた男性なのか、それとも……？

悪天候のなかの連続殺人事件が描かれた前作とはうってかわり、いつものチャールストンが戻ってきました。事件そのものは悲しく悲惨なものですが、春らしい、いいお天気がつづき、花の香りがただよい、みんなの気持ちが浮き立っているのが伝わってきます。そして、チャールストン・ファッション・ウィークと銘打った街をあげての一大イベントが開催中で、街は華やいだ雰囲気に包まれています。また、各時代の名車が一堂に会するイベントもおこなわれるなど、いろいろなものが動き出し、人々が生き生きと活動を始める春という季節を強く感じさせる内容になっています。

被害者となったナディーンは、これまでに何度か登場しているので、〈お茶と探偵〉シリーズの読者のみなさまにはすっかりおなじみのことと思います。横柄で傍若無人で見栄っ張りで、妹のデレイン以上に癖の強い、お騒がせキャラクターとして描かれてきました。本作でもモデルたちをいびったり、撮影スタッフに怒鳴り散らしたり、ブランドのインターンの女性につらくあたったりといった行動が伝聞の形で描かれています。そんなナディーンでも、亡くなっていいわけではありません。ましてや、マフィアの処刑のように、後頭部を撃たれて殺されるなんて……。気の毒でなりません。物語を引っかきまわす役として、これからも活躍してくれるものと思っていたのに。本当に残念です。

ここ最近のローラさんは四つあるシリーズのうち〈お茶と探偵〉シリーズに専念しているようで、本国では本書『レモン・ティーと危ない秘密の話』につづき、二十六作めの"*Honey Drop Dead*"、二十七作めの"*Murder In The Tea Leaves*"、二十八作めの"*Peach Tea Smash*"が出ています。さらに二十九作めの刊行も決まっているとのこと。

ローラさんの執筆スピードにはなかなか追いつけませんが、ここで次作"*Honey Drop Dead*"を簡単にご紹介しますね。新しくできた公園でのイベントのさなかに、州議会議員候補の男性が撃たれて亡くなるという事件が起こります。政治がらみの事件なのか、それとも被害者の不倫が関係あるのか。イベントの主催者からの依頼で、セオドシアはまたも事件に巻きこまれることになるのですが……。邦訳は二〇二五年三月の刊行予定です。どうぞお楽しみに。

二〇二四年十一月

コージーブックス

お茶《ちゃ》と探偵《たんてい》㉕

レモン・ティーと危《あぶ》ない秘密《ひみつ》の話《はなし》

著者　ローラ・チャイルズ
訳者　東野《ひがしの》さやか

2024年　11月20日　初版第1刷発行

発行人　　成瀬雅人
発行所　　株式会社　原書房
〒160-0022 東京都新宿区新宿1-25-13
電話・代表　03-3354-0685
振替・00150-6-151594
http://www.harashobo.co.jp
ブックデザイン　atmosphere ltd.
印刷所　　中央精版印刷株式会社

落丁・乱丁本はお取り替えいたします。
定価は、カバーに表示してあります。
 ISBN978-4-562-06145-7 Printed in Japan